KB104830

나의 한국미 산책

국립중앙도서관 출판시도서목록(CIP)

나의 한국미 산책 / 지은이 : 정목일　　　— 서울 : 청조사, 2014
p. ; cm

ISBN 978-89-7322-347-3 03810 : ₩13000

한국 현대 수필[韓國現代隨筆]

814.62-KDC5
895.744-DDC21　　　　　　　　　　　　　　　CIP2013026443

나의 한국미 산책

초판 1쇄 2014년 1월 7일

지은이 | 정목일
펴낸이 | 송성헌
펴낸곳 | 도서출판 청조사

주소 | 서울 성북구 안암동 4가 41-3
전화 | (02)922-3931~5 FAX | (02)926-7264
홈페이지 | www.chungjosa.co.kr
전자우편 | chungjosa@hanmail.net
등록 | 1-419(1976.9.27)

한류시대, 한국미의 발견과 재음미

나의 한국美 산책

정목일

청조사

머리말

1975년 〈월간문학〉지와 1976년 〈현대문학〉지를 통해 최초의 당선과 추천 완료로 수필가라는 이름을 부여받은 지 어느새 40년에 가까워지고 있다.

그동안 수필을 써 오면서 작품의 질은 어느 정도일까, 성찰과 후회의 시간을 보낼 때도 많았다. 종합문예지 첫 수필 등단자로서 어떤 수필을 쓸 것인가에 대한 나름대로의 전개 방향을 생각해 보곤 했다.

민족의 마음과 서정을 재발견하여 현대 감각에 맞게 재조명해 보고 싶었다. 한국의 고유한 미학을 찾아내어 재음미해 보고자 했다. 신문사 문화부 기자로 인간문화재, 민속, 문화 유적, 민속놀이, 예술 분야를 탐구하고 현장을 답사, 취재하는 등 노력을 기울여 오기도 했다.

나의 수필 테마가 무엇인가를 묻는다면, '민족 서정과 한국미의 재발견과 음미'라고 할 것이다. 누구나 알기 쉽게 마음에 와 닿아 공감하는 수필을 쓰고 싶었다. 수필은 '나의 체험, 나의 인생'을 그려 내는 자화상 같은 글이기에, 개인사적인 면이 없는 건 아니다.

그동안 낸 수필집만도 십여 권이 넘고 수필선집도 있지만, '어떤 수필을 보였는가?'라는 질문에 답할 수 있게, 자신의 수필 테마를 부각시키는데 미흡하였음을 느끼고 부끄럽게 생각한다.

　　이번에 묶어 내는 〈나의 한국미 산책〉은 '나의 수필 테마'를 선명히 한 것으로 한류시대를 맞아 우리 문화에 대한 재인식과 더불어 한국미의 바탕과 미학을 알려 한류 문화 전개에 조금이라도 도움이 되었으면 한다.

　　수필을 통한 한국미의 산책은 전문적인 탐구가 아니다. 우리 삶과 생활 주변에서 민족의 멋, 맛, 미, 흥을 발견하고, 민족의 숨결과 감성과 지혜를 통한 깨달음을 보여주고자 했다.

　　소박하고 부족하지만 민족의 마음과 삶에서 터득한 아름다움을 공유하는 한 계기가 되었으면 한다.

2014년 1월

鄭 木 日

2장 한국인의 생활 미학

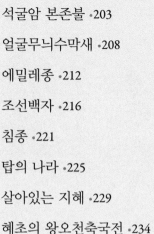

5장

한국미를 찾아서

1장

사군자와
소나무

눈 속에 핀 매화

매화梅 1

매화梅花.

눈발 속에 천리를 달려온 임이 뜻밖에도 방문 밖에 서 있다.

모두가 추위에 문을 닫아걸고 있을 때, 그리움의 등불을 들고 찾아온 임. 오랜 기다림에 마음은 저절로 깊어져 바닥에서부터 맑은 그리움이 은은히 솟구쳐 눈매엔 원도 한도 다 씻겨 가고 샘물 같은 맑음과 향기가 담겨 있다.

산 많은 이 땅의 고요한 명상이 피운 꽃.

눈보라에 살갗이 터지고 가진 것을 다 줘 버려도 지울 수 없는 한 점의 사랑이 싹터서 피운 꽃이다.

매화를 보면 생명이란 이토록 고결하고 거룩한 것인가를 알게 된다. 노인의 피부처럼 물기 없어 보이는 거무죽죽한 등걸에 성긴 가시가 듬성듬성 뻗어 있다. 꽃망울도 무성하게 다투듯 피는 것이 아니라, 띄엄띄엄 거문고 가락처럼 흘러가 몇 개씩 정갈하게 음표 音標를 달아 놓는다.

매화는 언 땅속에 뿌리를 뻗고 눈 속에서도 맑은 향기를 뿌린다.
눈보라가 속기俗氣와 근심마저도 다 날려 보내고 빈 마음속에 그리움만 잘 가라앉혀 은근하고도 부드러운 미소로 봄의 등불을 켜 준다. 백설白雪 속에 홀로 짓는 미소는 한없이 부드러우나 순수와 결백의 얼이 비친다.

늙을수록 더 고귀하고 맑은 영혼으로 피어나는 매화.
겨울이 깊으면 봄도 멀지 않고 매화가 피면 다른 꽃들도 피어날 것이다. 매화가 피어남으로써 봄기운이 싹트고 사람들에게 사랑의 체온과 향기를 불어넣어 준다.

매화는 자신의 둥지를 애써 꾸미려 하지 않는다. 혹독한 추위 속에서 등걸이 터지듯 갈라졌어도 눈물보다 맑은 꽃망울을 피워 낸다. 그 꽃은 시련과 고통을 견뎌 온 희망의 미소요, 위로의 향기다.

오랜 추위와 기다림 끝에 핀 매화이건만 무욕無慾의 얼굴인데다

절제와 함축의 고요한 달관을 보이고 있다. 찬바람 속에서도 담담하게 펼쳐 놓은 그리움의 세계. 개결介潔하고 함부로 넘볼 수도 없으며 바닥 모를 깊이를 지니고 있다.

이 땅의 산맥과 맑은 하늘과 산천의 마음을 다 알고 나서 그런 심사로 표정으로 피어난 꽃이다.

그 모습은 천년 달빛을 머금은 눈부신 백자白磁와 같고 정한하기로는 흰 모시옷보다 더하고, 한지韓紙 방문에 물드는 새벽빛 서기가 서려 있다. 정화수井華水의 정결한 마음과 푸른빛 도는 은장도의 순결미를 안으로 품고 있다.

매화를 보면 우리가 어떻게 살아가야 할 것인가. 또 어떤 향기로 남을 것인가를 생각하게 된다.

마침내 우리 삶과 인생도 어떤 고난과 시련 속에서도 매화처럼 피어나야 함을 보여준다.

고결한 자태 맑은 향기

매화梅 2

우리나라 겨울은 춥고 길다. 시베리아로부터 한파가 엄습하면 대지가 얼어붙고 긴 삼동三冬을 보내야만 한다. 차가운 북풍이 휘몰아치면 앙상한 나뭇가지는 비명을 내지르고 밤새 문풍지가 파르르 떨었다.

사람들은 어서 겨울이 지나고 봄이 오길 기다렸다. 얼어붙었던 땅이 풀리고 들판에 새싹이 돋아나면 다시 밭을 갈고 씨를 뿌리고 싶었다. 움츠리고 있던 방에서 뛰쳐나가 맑은 공기를 마음껏 마시며 종달새 소릴 듣고파 하였다.

정월이 가고 이월이 되면 가슴속엔 봄기운이 스며들었다. 가난한 생계를 꾸려 갔던 농경민들에게 추운 겨울은 동면기冬眠期나 다름없었다. 일년초一年草처럼 봄이면 다시 눈을 뜨고 깨어나고 싶었다. 오랜 휴식과 안일과 나태에서 벗어나 새 기분으로 나서고 싶었다.

봄이야말로 새로운 탄생이며 출발이다. 번데기가 제 스스로 허물을 벗어 버리고 다시 태어나듯 어둠에서 뛰쳐나와 광명의 들판으로 나서는 것이 봄이다. 고대하던 봄의 전령사傳令使가 다름 아닌 매화다. 제일 먼저 봄을 알려주는 매화가 어찌 귀하고 반갑지 않을 수 있으랴.

찬바람 속에 홀로 암향暗香을 뿌리는 매화의 표정은 그지없이 맑아 마음을 정결하게 해준다. 찬물에 목욕재계하고 정화수 앞에 단정히 꿇어앉아 두 손을 모으고 기구하는 어머니의 모습처럼 해맑기만 하다.

그 맑음 속엔 어떤 시련과 근심에도 잘 견디고 삭여서 평온을 얻는 법을 익혀 온 우리 겨레만이 갖는 고요와 평화가 깃들어 있다.

매화는 이 세상에서 제일 깊고 푸른 하늘 아래서나 지을 수 있는 표정을 띠고 피어난 꽃이다. 코끝에 닿을 듯 말 듯 그 향기는 우리 하늘의 맑음이 피워 낸 것으로 혼자 대하기가 아깝다.

매화는 고목일수록 더욱 운치가 있다. 검은 가지가 구부러져 비스듬히 올라간 자태가 멋스럽고 가지에 듬성듬성 달린 꽃송이는 정결하여 눈부시기조차 하다. 늙을수록 더 맑은 꽃과 향기를 뿌리는 매화를 보면 생명의 신비와 외경감을 느낀다.

매화는 시련과 가난 속에 짓눌려 왔던 우리 겨레의 마음에 봄을 알려주는 꽃인 동시에 지조와 기품을 보이는 꽃이다. 시퍼런 은장도가 지닌 절조와 순수로 우리의 마음에 향기롭게 피어 있다.

청산의 곡선

난초蘭 1

친구여.

난초 잎을 보면 달이 어떻게 떠오르고 어디로 돌아가는지를 알 것
만 같다. 난초는 그리움으로 뻗은 고요의 선율…… 고요의 한가운데
서 샘솟는 맑은 물줄기여서, 아니 오랜 그리움 끝에 은은한 피리 소
리로 울려 나간 선율이어서, 이 세상에서 가장 부드럽고 자연스럽다.

친구여.

난蘭은 머나먼 하늘을 나는 기러기의 날갯짓…… 어디선가 거문
고 선율이 번져 온다.

부드럽게 뻗은 그 선線은 명상으로 가다듬지 않고선 그을 수 없
다. 바위 옆에 가냘픈 모습을 의지하고 있으나 겨울에도 칼보다 푸

른빛을 낸다. 묵직하고 말 없는 바위 곁에 날렵하고 청초한 난초를 보게나.

친구여.
바위와 난초는 산이 오랜 명상으로 그린 마음의 한 모습이다. 난초 잎의 곡선과 빛깔은 청산靑山의 모습을 담고 있으며, 산의 몇만 년 침묵과 명상이 가다듬어 낸 마음의 선線이다. 볼수록 부드럽고 그리움이 넘치는 선율을 허공에 띄워 놓는 기막힌 비법秘法을 난초 말고 어디서 찾을 것인가.

난蘭은 몇 개의 잎만으로도 천엽만화千葉萬花보다 마음을 끈다. 무욕의 담백함 속에 기품이 깃들고 절제와 단아함 속에 운치가 있다. 난초는 그늘과 침묵 속에 몸을 숨기고 자신을 드러내지 않아 겸허하고 고결한 기품을 풍긴다.

친구여.
난초의 자태는 우리나라 산천山川의 곡선을 한 가닥으로 풀어놓은 것. 산이 많은 나라, 하늘 아래 첩첩한 산들의 선형線形을 한 잎으로 척 그어 놓았다. 영원으로 뻗은 고요의 곡선을…… 가슴을 들끓게 하는 감정을 잠재워 고요한 피리 소리를 들려주는 난의 유유자적하고 부드러운 선율이 마음에 번져 흐른다.

난초의 자태는 영원을 향해 흐르는 강물의 허리 곡선을 한 가닥으로 그어 놓은 것이다. 강물이 쉬지 않고 수만 리를 달려가는 동안, 산들과 바람과 들판의 말을 안으로 가다듬어 몇 개의 잎으로 그어 놓은 것이다.

난초꽃은 눈길을 끌만큼 아름답거나 요란스럽지 않다. 번잡하지 않고 화려하지 않으면서도 청한한 향기를 뿜고 있다. 꽃은 연둣빛으로 눈에 얼른 띄지 않으나 그 빛깔엔 생명의 윤기가 흐른다.

사람의 재능은 눈길을 끌지만 세월이 지나면 곧 잊혀지기 쉽다. 그러나 고결한 인품은 갈수록 감동과 마음의 향기를 남겨 준다.

친구여.

산의 명상, 강의 노래, 바위의 의지를 담아 그린 선이 난초의 곡선이다. 가장 고요하고 편안하고 자유로운 선. 우리 마음속으로 뻗어 나와 영원의 세계로 이어지는 선율이다. 그냥 풀草이면서도 우리 마음에 피운 향기로운 꽃. 영원히 시들지 않는 마음의 꽃이다. 난과 마음을 주고받으면 평온과 고요가 오고 푸르른 하늘이 열려 영원의 하늘이 펼쳐진다.

난분蘭盆은 유독 한옥의 구조 속에서 잘 어울린다. 한지韓紙로 바른 방문, 온돌방의 사방탁자에 난분 하나가 놓여 난향蘭香이 은은할 때…… 친구여, 지리산 작설차 한 잔을 나누며 이야기를 나누고 싶다. 우리의 이야기 속에 난향이 스밀지 모른다.

새벽녘에 고요히 난초를 바라본다.

난향십리
난초蘭 2

    내가 소년일 때 난초를 그린 족자가 방에 걸려 있었다. 밑부분에서 난초 잎이 허공으로 시원스레 뻗어 올랐고 그 위로는 여백이었다.

    그 그림을 무심히 볼 때마다 난초 잎이 고요 속으로 조금씩 뻗어 나가는 듯싶었다. 그림 위쪽엔 '난향십리蘭香十里'라는 화제畫題가 있었다.

    난초 잎이 뻗어 나간 곡선과 눈 맞추며 그 위로 텅 빈 공간을 보면서 생각에 잠기곤 했다. 난초가 뻗어 나간 곡선과 우리나라 산들의 곡선이 서로 닿아 있는 것이 아닐까 생각되었다. 그 곡선 위로 공허처럼 펼쳐진 여백은 천지를 가득 채운 달빛 같았다.

난초의 향기는 십 리까지만 뻗치는가. 달빛 속에 은은한 그 향기는 수십 년 지난 오늘날까지 내 마음에 와 닿고 있다.

난초는 무심코 거문고 가락이 허공 속에 뻗어 나간 선. 날렵한 여인의 감춰진 허리 곡선 같기만 했다. 공중에 길게 뻗어 나간 잎들은 하나의 잎이라도 그 자리에 없다면 조화의 율律이 깨트려져 버릴 듯 기막히게 어울려 있다. 한 분盆에 대개 세 촉 이상이 심어져 있는데 휘어지며 뻗은 잎, 곧게 치솟아 간 잎, 좌우로 임을 부르는 손짓인 듯 뻗은 잎 등 어떤 잎이나 절묘하게 조화의 미를 이뤄 놓고 있다.

난초 잎은 풀이나 나뭇잎에 흐르는 초록과는 달리 막 목욕하고 나선 소녀의 머릿결처럼 미끈하고 향기롭다. 그 모습은 뭐랄까 단아, 청초, 우아, 순수, 개결의 표정이다. 간결하면서도 심오하고 치장하지 않으면서 향기롭고 앞에 나서서 드러내 놓지 않으나 고결한 품위를 지녔다.

난은 동양의 마음, 동양의 향기, 동양의 명상 한가운데서 피어났기에 동양인의 가슴속에 피어 있다.

첫눈에 유혹, 농염, 화려, 순란, 행복, 환희, 사랑을 느끼게 하지 않고 오래도록 고독, 인내, 절제, 순결, 고요가 없인 대화할 수도 없다. 자신의 심성과 인품이 맑고 고결하지 않고선 난을 친구로 맞아들일 수 없다.

고요 속에 무심히 뻗어 나간 난초 잎의 그 부드러운 곡선과 눈을 맞추다 보면 마음도 평온해지고 달빛이 물들어 옴을 느낀다.

난초에 꽃대가 돋고 꽃이 피면, 친구여 어찌 혼자 볼 수 있으리.
이때를 기다려 그리운 벗을 초빙하여 한 잔 술을 나누는 맛이야 말로 삶의 향기가 아니고 무엇이리.

몇 분盆의 난을 기르고 꽃 피길 기다려서 벗을 초빙하여 정담을 나눌 수 있는 사람이라면 비록 권세나 부를 누리지 못할망정 아름다운 삶이라 하지 않을 수 없다.
난은 볼수록 동양의 심오한 정신과 정서의 향기로 피어 있다.

청자 하늘에 뿌리는 향기

국화菊 1

어느 가을날, 시골집 장독대 곁에 활짝 핀 국화를 오래도록 바라본 적이 있다. 가을이 깊은 것은 말하지 않아도 알 수 있다. 우물가 석류나무엔 익어서 툭 터진 석류 알이 쏟아질 듯한데, 그 아래 할머니가 붉은 고추를 널고 있었다. 마당에 나와 있는 할머니밖엔 아무도 없는 시골집 마당에 국화가 무더기로 피어 있었다.

계절 중 가장 깊은 하늘이 열려 있었다. 자신의 영혼을 비춰 볼 수 있는 거울을 꺼내고 싶은 순간이 지금이라는 것을 느낄 수 있었다. 가을 한복판에 촛불처럼 서 있는 자신의 모습을 볼 수 있을 때란 가을의 한순간뿐이다.

시골집 한쪽 마당에 흰 국화가 수북이 피어 은은한 향기를 뿌린다. 가을 하늘의 끝닿을 데 없는 고요가 내려와 숨 쉬는 하오 한나절이다. 눈이 시리도록 청명한 하늘 밑에 갓 피어난 국화꽃들이 빛나고 있었다.

아, 티끌 하나 묻지 않은 푸른 하늘을 가슴속에 담아 놓을 수는 없을까. 곧 지고 말 국화 송이와 향기를 가슴에 담아 놓을 수는 없을까.
맑게 열린 하늘을 배경으로 함초롬히 피어난 국화는 한순간이나마 영원 속에 새겨진 듯싶었다.

끝없는 하늘을 배경으로 잠시 피었다 지고 말 국화를 보면서 영원과 순간의 합치를 보았다. 그것은 그리움의 끝에서 만난 포옹이자, 곧 돌아서야 할 슬픔이었다.
살아가면서 번뇌와 잡념이 마음을 어지럽힐 때, 푸른 하늘 아래 피어난 국화꽃 향기로 마음을 채워 놓을 수 있을까를 생각해 보곤 했다.

언제인가 영원 속에 피어 있는 국화를 보았다. 가을 하늘 속에 그리움의 손수건을 흔들고 있었다. 마음속에 간직하고 싶었던 하늘, 오롯이 피워 놓고 싶었던 국화를 박물관에서 만날 수 있었다.

박물관 진열장 속에 놓여 있는 하나의 국화문상감청자매병菊花紋 象嵌靑磁梅瓶이다.

고려청자 속엔 이 세상에서 가장 푸르고 맑은 하늘이 숨 쉬고 있 다. 보면 볼수록 깊고 고요하여 신비로워지는 하늘을 어떻게 가슴 속에 담아 둘까 염원하며 빚어낸 게 청자靑磁이다.

청자 비색翡色은 이 세상에서 가장 맑은 하늘을 바라보고 사는 겨 레만이 낼 수 있는 마음의 빛깔이다. 그 빛깔은 매우 깊어 막막하 기도 하려니와 청명만으론 어쩐지 허전하여 학이나 국화 한 송이 라도 있었으면 싶다. 청자에 국화 무늬를 새겨 넣었던 것은 마음을 한데 모아 하늘에 꽃향기를 바치고 싶었던 게 아니었을까.

국화문상감청자는 인간이 영원의 하늘에 피워 놓은 꽃일 것이 다. 이렇게 해놓아야만 너무 맑아 눈물이 날 듯한 가을 하늘이 국 화로 말미암아 향기로울 수 있어 학도 기러기도 먼 길을 떠날 수 있을 것이 아닌가. 그뿐 아니라, 언젠가 인간도 하늘나라로 편안히 돌아갈 수 있지 않겠는가.

고결한 마음의 자태

국화菊 2

국화는 일 년 중 하늘이 가장 맑은 때를 기다려 가만히 마음의 문을 열고 얼굴을 내민다. 그 모습은 찬 샘물로 목욕재계하고 지성으로 기구祈求한 끝에 피워 낸 사랑일 듯싶다. 어디를 보아도 한 곳도 부족함이 없이 원만하여 성장한 신부처럼 눈을 황홀하게 해준다.

장미처럼 요염한 자태도 아니요, 청결하고 우아로운 기품을 드러내고 있다. 뭇 꽃들이 무서리에 시들어 자취를 감춘 뒤에 홀로 그 모습을 드러내지만 조금도 거만하지 않고 부드럽고도 온화한 미소를 보여준다. 날렵하나 연약하지 않은 자태는 풍상風霜을 견뎌 낸 의지와 지조 때문일 것이다.

국화는 가을을 대표하는 꽃답게 완벽의 미를 보여준다. 그 자태만으로도 면사포를 쓴 신부처럼 눈부시지만 은근한 빛깔과 향기는 가을의 청신함을 풍긴다.

국화는 고전적이면서도 현대적인 세련미를 유감없이 보여주는 꽃이다. 이 꽃은 식물 중에서도 가장 진화된 품종인 데다가 야생종이 아닌 재배종만도 2천여 종이나 된다.

창원昌原의 어느 여학교에서 열린 국화 전시회에 가 본 일이 있다. 국화 전시회에 가 보면 형형색색의 국화들이 보는 이를 환상의 세계로 초대한다. 세련, 섬세, 화려, 우아, 고결의 미를 두루 갖추고 있으면서도 속으로 겸양의 미덕을 간직해 야단스럽지 않고 조금도 눈에 거슬리지 않는다. 이런 점은 서양에서 꽃 중의 꽃인 장미의 매혹적이기는 하나 단조로운 풍모와는 사뭇 다른 느낌이다.

가을날 산이나 푸른 들판에서 피어난 들국화도 잡초 더미 속에 어울려 있건만 함부로 범접하지 못할 품격을 보여준다. 그 표정이 이슬로 닦아 낸 듯 해맑아 오래도록 들여다보게 하고 순수와 그리움을 샘솟게 한다. 불현듯 들국화를 한 움큼 꺾어 임에게 보내고 싶은 충동을 느낀다.

가을은 머리 위에 푸른 하늘이 열려 있고 우리 곁에 국화가 있어 향기로운 계절이다.

개결介潔 청한淸閑의 미
대竹 1

대나무는 언제나 곧고 푸르다.

하늘로 치솟은 초록빛 분수여서 마음을 시원하게 적셔준다. 그것은 마음속에서 솟아오른 염원의 분수이어서 속 시원한 하늘빛 청량감을 맛보게 한다. 사철 변함없이 창취하고 곧은 자태는 우리가 바라는 삶의 추구이자 지표가 아닐 수 없다.

언제나 굽힘 없는 지조와 개결한 기품은 인간들에게 정신적 표상이 된다. 하나같이 쭉쭉 뻗어 올라 한 정신으로 일관한 삶의 자세를 보여준다.

대나무는 고결하다.

푸른 하늘을 향해 쭉쭉 뻗은 푸른 기개를 누가 막을 수 있을 것인가. 엄동설한에도 푸른 물기가 뚝뚝 떨어질 듯한 그 기상은 예부터 충절의 상징으로 삼음직도 했다. 다른 나무처럼 모양새를 갖추려 하지 않고 또 꽃과 잎으로 남의 눈을 끌려고도 하지 않는다.

사람들은 좋은 집터로 뒷동산이나 뒤뜰에 대밭이 있는 곳을 즐겨 택했다. 당초 대밭이 없는 경우엔 대밭을 조성했다.

밤낮으로 푸른 대나무를 보며 대나무와 함께 살길 원했던 까닭이다. 우리 마음의 한 터전에는 언제나 곧고 푸른 대밭이 숨 쉬고 있으며, 이 대밭이야말로 순수와 지조를 지향점으로 삼은 민족의 정신 공간이었다.

아무리 어려운 사정이 있더라도 굽히지 않고 전란이 많은 역사 속에서 의연한 자태를 지녔던 겨레의 삶을 대나무는 보여주고 있다.

대숲은 강직하고 푸른 기개만이 아닌, 안으로 청한淸閑의 미美와 서정을 간직하고 있다. 대숲이 있는 집은 바람 소리, 새소리도 잘 들린다. 바람도 댓잎에 와 잎사귀를 스치면서 시원한 소리를 내고, 대숲을 지나는 소리는 어쩌면 고요 속에서 우러나는 휘파람 같기만 하다.

댓잎에 이는 바람 소리는 그리운 임이 오시는 발자국 소리처럼 가슴 설레게 하고 새들의 자장가가 되어 주기도 한다. 뒤뜰에 대숲을 만들어 아침저녁으로 대숲을 보며 사는 맛을 아는 사람은 맑은 그리움과 청한의 아름다움을 아는 사람이다.

　대숲이 있어서 기와집 한 채, 초가집 한 채는 자연 공간 속에 뿌리를 박고 호흡하는 것이며 인간의 삶을 생사生死 초월적 자연 공간으로 안내한다. 언제나 푸른 숲과 함께 살고 있다는 것이야말로 말없는 위로이며 기막힌 삶의 지혜가 아닌가.

　푸른 계절에 대밭에는 푸르름이 갑절이나 머물지만 겨울에도 그푸르름은 강물이 되어 출렁인다. 자연 속에서 나무들과 더불어 살았던 우리에게 겨울은 벌거숭이 나무들로 하여 얼마나 황량하고을씨년스런 느낌을 자아내게 하는가. 뒤뜰에는 대숲이 있으므로 겨울의 바람과 추위도 막아 주고 눈 속에서도 푸르게 빛나는 대나무를 보며 겨울을 넉넉히 참아 낸다.

　숲은 나무들의 나라이다. 큰 나무들이 모인 넓은 숲일수록 아름다운 나라가 된다. 숲은 꿈이 있고 서정과 평화가 있다.

　대숲은 한국인에게 정신적 삶의 공간이요, 정서적 숲이라 할 것이다. 한국인의 푸른 넋이 살아 숨 쉬는 곳인 동시에 맑은 시심詩心이 자라는 곳이다.

　눈 속의 대숲은 특이한 아름다움으로 빛난다. 푸른빛의 대와 흰눈이 함께 어울려 순수와 결백의 아름다운 나라를 만들어 준다. 눈보라 속에서도 은장도처럼 푸른빛을 내는 그 자태가 의연하고 장엄하며 신비롭기만 하다.

비 온 뒤 대숲은 더욱 그 푸르름이 새롭고 쑥쑥 하늘로 치솟은 죽순은 대장부의 기상을 말해 준다. 대나무는 탐욕과 세속적인 마음을 버렸기에, 하늘을 우러러 한 점 부끄러움이 없이 언제나 푸른 빛을 잃지 않는다. 그 속에서 맑은 영혼이 내는 대금 소리를 간직하고 있다.

대나무는 신성의 나무이다. 불변성, 강직성을 지니고 있으며, 무당들이 내림굿을 할 때 대를 잡는 모습을 보면 신神과 인간의 마음을 이어주는 영험을 갖고 있다는 걸 느낀다. 주술을 외우는 무당의 손이 떨리며 대나무가 무엇에 감전된 듯 부르르 떨 때, 대나무 잎사귀들은 전율하듯 춤을 춘다.

대나무는 한국인의 마음 한복판 조금도 비뚤어지지 않는 삶의 지향점을 향하여 치솟은 염원의 나무가 아닐 수 없다.

낙목한천의 푸르름
대竹 2

진주에서 나서 남강을 바라보며 자랐다.

촉석루에서 바라보면 강가에 흰 모래밭과 푸른 대나무 숲이 보기 좋았다.

남강의 북쪽으론 바위 절벽 위로 우뚝 선 촉석루와 진주성이 절경을 이루고, 건너편 남쪽으론 망경산과 백사장, 그리고 죽림竹林이 있어 짝을 맞추고 있다. 남강의 대밭은 촉석루 앞에 병풍처럼 드리워져 푸른 강물에 얼비치고 있다.

남강의 물결과 대나무 숲의 푸르름, 논개의 넋과 대나무의 곧음, 흰 바위 절벽과 백사장은 짝을 이루며 어울려 남강을 치장해 주고 있다.

어린 시절엔 백사장에 나가 친구들과 뒹굴면서 놀았다. 바람에 댓잎이 사운대는 소리는 정다운 이가 풀잎을 헤치며 걸어오는 소리 같았다.

대나무는 소나무와는 사뭇 다르다. 대나무가 직선으로 아름다움을 내뿜고 있다면 소나무는 곡선의 운치를 보여준다. 일직선으로 하늘 높이 치솟은 대나무는 소나무와 달리 숲을 이루어야만 제 모습을 드러낼 수 있다.

소나무가 한국의 곡선미와 여유를 안으로 수용하여 보여주는 나무라면 대나무는 한국의 시원스런 직선미와 여유를 숨김없이 보여주는 나무이다.

한국인은 왜 대숲을 생활환경 한가운데로 맞아들이려고 한 것일까. 대숲을 바라보며 살길 원하였던 것일까. 대는 곧고 늘 푸르러 그 지조가 변치 않는다. 어떤 시련과 고난 속에서도 변치 않는 지조와 선명하고도 의연한 기상은 삶의 지표로 삼을 만했다.

더군다나 낙목한천落木寒天에도 푸르름을 잃지 않는 모습은 강직한 성품과 일관된 신념을 보여주고 있다.

집 뒤에 대숲을 조성하였던 것은 삶 속에 대나무의 기상과 성품을 추구하고자 한 데도 있지만 거침없이 뻗어 나간 직선미와 푸르름, 정적감이 깃든 평온을 누릴 수가 있었기 때문이다.

대나무 숲은 풍치림이 되어 바람조차 함부로 침범할 수 없는 신비를 가져다줄 뿐 아니라 집과 자연을 한데 어울리게 하여 삶 자체를 한 그루 대나무처럼 푸르게 만들어 준다.

봄이면 땅 위로 불쑥불쑥 솟는 죽순의 모습은 시원스럽고 경이롭다. 비 온 뒤 대밭의 죽순을 보면 땅속에서 어떻게 단번에 하늘을 향해 분수처럼 솟구쳤을까 경탄하지 않을 수 없다.

저녁이면 대숲은 새들의 보금자리가 된다. 수많은 새들이 날아와 날개를 접고 밤을 보낸다.

대나무의 쭉쭉 뻗은 곧음과 변치 않는 푸르름은 우리 삶을 정화시켜 준다. 소나무는 집과 가구의 주재료였지만 대나무는 바구니, 소쿠리 등 죽세공품을 만드는 데 사용되고 대금 등의 악기로도 만들어져 한국인과 애환을 함께해 왔다.

대나무 숲에 자리한 한 채의 기와집, 그 뒤로 소나무가 우거진 동산……

이런 풍경은 한국인이 삶 속에 추구한 자연이었고, 이상향인지도 모른다. 이승에선 대숲을 바라보며 살길 원하고 죽으면 소나무 밑에 묻혀 송림 속에 안기길 원하였던 것이다. 살아서나 죽어서도 변치 않는 자연의 그 푸르름 속에 안겨 영생永生을 꿈꾸었던 게 아닐까.

한국 산의 얼굴

소나무松 1

　우리나라는 산의 나라……

　어느 곳이든 산 능선과 산자락이 보이고 마을은 대개 산 밑에 옹기종기 형성돼 있다.

　한국인은 산정기를 타고 태어나서 산에 묻힌다고 한다. 산은 한국인의 영원한 마음의 고향이다. 언제나 신성한 곳이며 하나의 자연으로서 뿐만 아니라 인간이 추구하는 이상 세계로 여겨져 왔다.

　한국인에게는 누구나 마음속에 청산靑山이 하나씩 자리 잡고 있다. 그것은 어머니의 품처럼 아늑하고 평안을 베풀어 주고 언제나 돌아가고 싶은 휴식의 장소이며 죽어서도 묻히길 원하는 곳이다.

우리나라 산에 가장 많은 나무는 소나무이다. 소나무야말로 한반도의 구석구석까지 뿌리를 내리고 잘 자라는 나무여서 우리 땅과 가장 잘 어울리는 나무임이 틀림없다. 우리는 산을 '청산'이라 부르길 좋아하는데, 이 청산의 임자는 소나무라 해도 좋을 것이다.

소나무는 다른 나무들이 자라지 않는 섬과 박토에도 잘 자라고, 바위 절벽 위에서도 고고한 생명력을 자랑한다. 소나무는 우리 겨레의 마음과 체질에 뿌리를 박고 푸른 가지를 뻗고 있다.

한국인은 소나무와 함께 살아간다. 소나무 우거진 산의 정기를 받고 태어나, 소나무로 지어진 집에서 살며, 죽으면 소나무 관에 넣어져 소나무 밑에 묻힌다. 소나무와는 숙명적인 관계를 맺고 있다.

여름이 무덥지 않은 것도 청산을 바라볼 수 있어서이고, 겨울이 춥지 않은 것도 청산이 있기 때문이다. 삶이 괴롭다거나 외로워도 위로를 받을 수 있는 것은 말 없는 청산이 있기 때문이다. 한국인에게 송림松林 우거진 청산은 곧 자연 세계를 상징한다.

송학도松鶴圖는 한국인의 이상향으로 상징된다. 청산이 한국의 자연을 상징하는 것이라면 소나무는 청산을 상징한다. 소나무는 언제나 푸르고 어디서나 볼 수 있는 나무이건만 언제 보아도 그 모습은 의연하고 기품이 있다. 구부러져 올라간 가지의 곡선미는 산 능선과 조화를 이루고 붉은 나무의 색깔과 푸른 솔잎의 빛깔은 대조를 이룬다.

남해안 고도 절벽 바위 위에 우뚝 서서 풍랑과 고독을 견뎌 내고 있는 소나무를 보면 그만 생명의 신비랄까 외경감마저 든다. 또 눈 속에서도 푸른빛을 잃지 않는 소나무의 자태와 절개는 우리 민족의 기상을 말해 주는 듯하다.

소나무처럼 한국인에게 친근하고 사랑받는 나무도 없으리라. 흉년이 들었을 때는 산으로 가 송기松肌를 벗겨 먹기도 했으며, 풍년이 들었을 때는 송엽주를 만들어 마셨고, 밥 짓고 잠잘 땐 땔감과 군불감으로도 가장 많이 썼다. 소나무는 한국인과 함께 호흡하며 살아가는 나무랄 수밖에 없다.

솔 씨가 땅에 떨어진 곳엔 어느 곳에서나 강한 생명력으로 싹을 틔우고 살아남지만, 소나무를 딴 곳으로 옮겨 놓으면 여간해서는 살려 내기 어렵다. 소나무는 생리적으로 자신이 싹튼 땅에 뿌리를 내리고 자라나길 원하는 나무로서 한국의 달, 바람, 흙을 가장 잘 알고 교감하는 나무임이 분명하다.

만년 청산의 기개

소나무松 2

소나무는 늙을수록 멋이 있다.

뒷짐을 지고 멀리 하늘을 바라보며 명상에 잠겨 있는 듯한 그 모습은 어떤 속박도 초월해 버린 시원스러움이 있다.

구부정하게 치켜 올라간 등걸과 가지들은 허공에다 여유와 온유의 곡선을 만들어 놓았다. 노송老松의 구부정한 자태는 노인의 모습처럼 처량하다는 느낌과는 달리 신묘한 가락을 품고 있다.

외딴 들판이나 산마루에서 노송의 모습을 보면 여느 나무와 다른 인상을 받는다. 마치 신선이 내려와 잠시 쉬고 있는 게 아닐까. 달밤이면 노송은 은밀히 피리를 꺼내 불고 있는 게 아닐까. 바람결에 솔잎이 떨리면서 피리 소리가 맑고 고요하게 퍼져 나가는 것만 같다. 노송은 영락없이 비스듬히 서서 피리를 불며 영원의 하늘을 향해 명상의 가락을 띄우는 모습이다.

노송일수록 의젓한 자태와 균형을 지녔다. 쭉쭉 치솟은 나무에선 젊음과 기백을 느끼지만 노송에선 자신이 뿌리박고 자란 흙과 산세와 경관에 어쩌면 그렇게 딱 들어맞게 어울리는 조화법을 터득했는지 경탄을 자아내게 한다. 구불구불 휘어지며 올라간 나무 등걸과 가지들이 보여주는 곡선은 가까이 보이는 산등선과 조화를 이뤄 조금도 눈에 거슬리지 않는다. 노송을 보면 마음이 경건해지면서 그 아래 쉬고 싶어진다. 초록빛 솔잎들은 빗으로 단정히 빗어낸 소녀의 머릿결처럼 윤기가 흐른다.

언젠가 울산 방어진 바닷가의 솔숲을 거닌 적이 있었다. 수많은 초록빛 솔잎들은 하나씩 뾰족한 바늘이었다. 방어진 소나무들은 수많은 초록빛 바늘로써, 파도 소리와 구름과 바람 소리로 자신의 삶의 수틀에다 한 올씩 수繡놓았으리라는 생각이 들었다. 그런 생각으로 초록빛 바늘들을 바라보자 그 솔잎들 하나하나는 자신의 삶을 수놓기 위해 마음의 문을 열어 놓고 깊은 명상에 잠겨 있었다.

소나무가 우거진 곳에는 으레 바위가 눈에 띈다. 풀과 바위와 소나무, 청산靑山을 이루는 요소이다. 바위는 말이 없고 여유롭다. 움직이지 않아 안정감이 있다. 불변의 모습을 보여주기 때문에 신뢰

감이 간다. 바위에 앉아 솔바람 소리를 들으며 투명한 햇살을 빗질하는 솔잎들을 보면 솔향기 묻어오는 허공에서 거문고 가락이 들려올 듯만 싶다.

솔바람 소리는 마음의 번뇌를 씻어준다. 바람이 솔숲에 오면 솔잎에 의해 온유해지고 청아한 가락으로 변해 간다. 바위에 걸터앉아 솔바람 소리를 들으면 세속을 떠나 초월의 시공時空과 맞닿은 듯한 느낌을 받는다.

달밤이면 가만히 노송을 찾아가 보고 싶다. 솔잎은 은빛으로 반짝이고 솔바람 소리는 몇천 년 적막을 넉넉히 잠재우면서 달빛 속에 턱을 괴고 서 있다. 노송은 푸른 명상과 운치를 지니고 있어서 마음의 대화를 나눌 수 있는 자리를 내어준다.

친구여, 번뇌가 마음을 어지럽히는 날에는 말없이 노송에게 가 솔잎 사이로 쏟아지는 햇살과 하늘을 바라보게.

아, 솔바람 소리에 섞여 오는 피리 소리와 마음속까지 차오르는 솔 내음……

문방사우

사랑방 문을 열고 들어서면 난향과 묵향이 풍겨 오고 창문 쪽으로 사방탁자가 놓여 있다. 그 위에 해묵은 고서와 조선자기가 고요하고 은은한 모습으로 얹혀 있다.

벽에는 매란국죽梅蘭菊竹의 사군자나 산수화가 걸려, 방 안은 더욱 정서적인 분위기를 자아낸다.

온돌방의 좌식 생활에 알맞게 배열된 가구들, 그중에서 문방사우는 선비들이 조금도 멀리할 수 없는 애용품이다. 머릿장 위에는 연적, 붓통, 벼루 들이 놓여 있어 필요할 때 언제나 사용할 수 있게 손길을 기다리고 있다.

지필묵연紙筆墨硯 이른바 문방사우는 곧 선비들의 대명사이며 서방書房의 필수적인 구비 용품이 아닐 수 없다. 그것은 바로 선비들의 정신을 담고 있는 물품들이다.

하나의 연적·벼루 속에 깃든 무한한 마음의 깊이, 이 보이지 않는 마음의 여백은 곧 동양 문화의 바탕이 되어 왔다.

사실 붓, 먹, 종이, 벼루 등의 문방사우는 단순히 문방구로서의 의미보다 동양의 정신문화를 이어 오게 한 용구였다. 항상 가까이 마음을 주고받을 수 있었던 변함없는 벗이기도 했던 것이다.

사방탁자 위 백자 항아리에 담긴 홍매紅梅의 향기가 좋을 때, 방문에 달빛이 아자형亞字型 문살의 선형을 드러낼 때, 선비들은 문득 먹을 갈고 싶었을 것이다. 그래서 연적처럼 여유를 보여주는 시를, 번지는 달빛처럼 여백을 남겨 놓는 동양의 그림이 탄생되는 것이었다.

조선 정신의 뿌리는 선비들의 서방에서 자라 온 것이며 서방의 중심은 곧 책과 문방사우가 아닐 수 없다.

과거제도라는 등용문을 거쳐야만 출세하고 명망을 얻을 수 있었던 조선시대의 정치 구조적인 체제 아래서 문방사우는 입신양명의 도구이기도 했다.

먹은 문방구의 하나로서 검은 빛깔의 도료로, 소나무나 식물류를 태워 얻은 검정과 풀을 재료로 하여 만든 것이다. 인류가 검은 색을 도료로 사용하여 그림을 그린 것은 구석기시대부터였다고 보고 있다.

우리나라는 신라시대에 들어 와서 비로소 제대로 된 정품의 먹이 생산되었다.

먹 만드는 법은 그을음을 체로 쳐서 풀로 개어 절굿대로 다진다. 이를 적당히 끓여서 나무로 조각한 목형에 압착한 다음, 재 속에 파묻어 수분(물기)을 빼면서 건조시킨다. 그 뒤에 먹에다 칠을 하기도 하고 금박을 발라 빛이 나게 하기도 한다.

벼루는 먹을 가는 문방구로서 돌로 만든 것이 보통이나 옥, 도자기, 수정, 나무 등으로 만든 것도 있다.

이 벼루는 그 만드는 모양에 따라 장방형, 방형, 원형, 타원형 등이 있고, 그 밖에 의장에 따라 벼루 둘레에 여러 모양의 조각 장식을 한 것도 있다.

좋은 벼루란 벼루에 먹을 갈 때에 먹이 잘 풀려서 그 먹이 지닌 색이 제대로 나타내게 하는 것이다. 우리나라에서는 황해도 옹진석, 평안도 청원석, 대동강석 등을 좋은 연석으로 쳐주었고 최근에 와서는 부여와 보령에서 나는 연석을 알아주고 있다.

진주의 사학자 김상조 씨가 소장한 1백여 점의 각양각색의 벼루는 저마다 개성과 특색 있는 문양으로 조각되어 향기 높은 예술품으로서의 품위를 보여주고 있다. 옛 선비들이 하나의 벼루를 예술품으로 완성하고 이를 얼마나 아꼈던가를 가히 짐작할 수 있는 것이다.

붓은 그 만드는 재료에 따라서 이름이 다르다. 만든 털에 따라서 족제비털붓, 양털붓, 수달비털붓, 여우털붓, 너구리털붓 등이 있다.

우리나라에서는 '족제비털붓'이 좋다고 전해 오며 토끼털은 가을철이 좋고, 사슴털은 여름철이 좋다고 한다.

고대에는 붓촉이 짧고 심이 있었으나 뒤에 붓촉이 길고 심이 없어졌다. 붓촉이 길어지기 시작한 것은 9세기경이라고 한다. 붓은 글씨가 잘 되고 쓰기 좋아야 하므로 특히 털이 가늘고 길어야 운필이 뜻대로 된다고 한다. 붓은 서양과는 다른 개성을 가지고 있기 때문에 문화 창조에도 판이한 모습을 보여주게 돼 어떤 영향을 미쳤으리라고 생각된다.

종이는 중국의 후한 화제 때 윤이 발명한 것으로 삼 따위의 식물 섬유를 원료로 하는 제지법을 발명한 데서 비롯된 것이다.

우리나라에서는 고려 때(인종~명종) 나라 안에 닥나무를 심을 것을 명하여 종이 생산을 도모하였고, 조선 세종 때는 서울 자하문 밖에 제지소를 두어 여러 가지 종이를 만들게 하였다. 우리나라 종이의 특색이라면 닥을 많이 사용하여 질기며 보존성이 높은 점이라 할 것이다.

문방사우는 이제 현대인의 생활 속에서 뒤로 물러앉고 말았다.

시의 세계, 그림의 세계, 학문과 멋의 세계를 간직한 채 선비 시대와 함께 물러가고 말았다.

그러나 동양 정신과 문화의 바탕으로 창조의 수단이 되어 온 문방사우는 선조들의 마음이 괴어 있는 물품이기에 두고두고 깊은 정감을 느끼게 한다.

2장

한국인의
생활 미학

막사발과 찻상茶床

막사발의 미학

다구는 용구에 불과하지만, 차에 멋을 부여하면 오묘한 미학美學이 된다. 아름다움이란 바깥만을 보아선 안 된다. 보이지 않는 내면의 아름다움까지 알지 않으면 안 된다. 다구의 미엔 멋, 풍류, 예藝, 격格, 사상도 포함된다. 미를 보는 안목은 인생 체험과 경지에 따라 달라진다.

외형적인 미는 누구나 볼 수 있으므로 평범하다. 미의 핵심은 보이지 않는 곳에 있다. 진실, 순수, 중심, 영원, 우주, 본질은 눈에 띄지 않는다. 깨달음의 눈으로 보지 않고선 발견하지도 도달할 수도 없는 깊이 속에 있다.

"차 한 잔을 마시자."는 말은 사소한 말일 수 있고, 일생에 한 번 가질 수 있는 인연의 대화일 수도 있다. 다구에 대한 개념도 사람마다 천차만별일 수밖에 없다.

다구엔 차 그릇, 다상, 소품, 보자기 등이 있다. 차 그릇과 다상이 주조를 이루지만, 그중에서도 도예품인 차 그릇이 핵심이다. 차 그릇의 미에 대한 관점도 민족마다 다르다. 중국의 차 그릇은 화려하고 사치스럽다. 일본의 차 그릇은 정교하고 섬세하다. 우리나라 차 그릇은 고려청자, 조선백자를 거쳐 막사발로 정착된 느낌이 든다. 중국의 차 그릇을 모란이라고 한다면, 일본의 차 그릇은 매화일 듯싶다. 그렇다면 우리 막사발은 풀꽃이 아닐까.

막그릇이란 잡기雜器를 의미한다. '막'이란 접두사를 붙이면 '아무렇게나'라는 뜻이다. 조선 백성들은 막사발을 밥공기로 썼다. 김치 그릇이나 막걸리 잔이 되고, 이가 빠지면 개밥 그릇이 되기도 했다. 잘 만들겠다는 마음 없이 그릇을 빚었다. 사발 둘레가 매끈하지 않고 삐뚤삐뚤하다. 굽도 반반하지 않다. 무욕無慾 무심無心으로 빚은 그릇이다. 뽐내려거나 잘 봐 달라는 심사도 없이 막 쓸 수 있는 그릇을 만들고자 했다.

이도다완井戸茶碗이라는 고려다완高麗茶碗이 있다. 16세기 조선에서 일본으로 건너간 것으로 높이 8.8cm다. 우리 눈에 투박해 보이는 이 막사발을 국보國寶로 지정하면서 일본인들은 "차의 경지가 모두 여기 모여 있다."고 경탄했다.

조선 막사발에 대한 일본인의 경탄은 미에 대한 새로운 발견이었다. 일본 문화에선 찾아볼 수 없는 미의식이었다. 정교, 섬세, 치밀, 균형, 완벽을 추구하던 일본인으로선 처음으로 대하는 미의 충격이었다.

막사발엔 치장, 장식, 과장이 없다. 소박하고 수수하다. 막사발에서 무욕과 순진무구의 표정을 보았다. 막사발의 밑동에 흘러내린 유약의 자국이 마치 개구리 알과 같이 뭉쳐 있는 것을 예술적인 표현으로 보았다. 막사발을 손으로 잡았을 때 울퉁불퉁한 그릇의 촉감과 차를 따랐을 적에 생기는 색감의 변화에 오묘한 미의식을 느꼈다.

막사발은 애착, 집념, 욕심이 없다. 천진무구하고 자유자재의 표정이다. 형식과 미의식도 없으므로 홀가분하고 편안하다. 아무리 보아도 이만큼 수수하고 소박할 수가 없다. 모두가 바라는 최고, 최선, 유일, 완벽의 길을 가지 않았다. 그냥 마음이 내키는 대로 빚었을 뿐이다. 꽃이고 잎이고 바위이고 자연 상태 그대로이고 싶었다. 꾸미고 치장하고자 하면 부자연스러워지는 법이다. 밭일을 하다가 막걸리 한 사발을 마시고 밭두렁에 누워서 푸른 하늘을 바라보는 기분이라고나 할까. 아무런 거리낌도 없고 불만도 없다.

막사발은 흙에다 물을 넣어 빚은 다음, 불로 구워 낸다. 도공이 구워 낸다고 할 지라도 흙, 물, 불, 공기의 힘을 빌리지 않고선 안 된다. 우주의 기운과 자연의 기氣를 얻어서 차 그릇이 만들어진다.

우리 막사발의 미는 무기교無技巧, 무심無心에서 오는 초탈超脫의 미이다. 찻잔을 잡으면 한없이 착해지고 잡념이 사라지는 듯 편안함을 준다. 밥상을 차리고, 빨래하는 어머니의 순정한 표정을 닮았다. 번쩍거리고 화려한 비단이 아니라, 우는 아이의 눈물을 닦아주던 무명 치마처럼 포근하다. 서민층을 포함한 모든 사람들이 편안하게 마실 수 있는 차 그릇이어야 좋다.

나에게도 막사발이 여럿 있다. 경남 사천에서 찻사발을 만드는 도예가 ㄱ 씨가 선물 한 것이다. 구수하고 정갈한 그릇이다. 그냥 손을 잡고 싶은 마음으로 차 그릇에 손이 간다. 맹물을 담아 마셔도 마음이 깊어지고 편안해 질 듯싶다.

내 마음도 막사발처럼 넉넉한 품을 지니고, 속에서 그리움의 향기를 낼 수 있을까. 무욕과 무심에서 오는 편안한 표정을 지닐 수 있을까. 막그릇을 공손하게 손 위에 놓고서 오래오래 바라보곤 한다.

찻상茶床의 미학

다구들은 찻상茶床에 놓여진다. 찻상은 목재여야 제격이다. 찻상으로 느티나무, 소나무 등 통나무를 켜서 쓰기도 한다. 1백 년 이상의 고목이면 좋다. 나무 찻상의 미는 나이테의 무늬인 목리문木理紋에 있다. 훌륭한 석공이 정으로 바위를 한 번 쳐 소리를 들어보는 것으로 바위가 품은 성격과 마음을 간파할 수 있듯이 훌륭한 소목장(小木匠 목가구품 만드는 장인)은 고목의 겉모습만 보고도 나무가 품은 목리문을 짐작할 수 있다고 한다.

나무는 일 년에 한 줄의 나이테를 가슴에 새긴다. 1백 년 수령의 나무라면 1백 줄의 나이테로 일생의 체험과 정감을 풀어서 삶의 진실과 아름다움을 목리문으로 그려 놓는다. 나무의 목리문 속엔 햇살과 빗방울과 새소리와 달빛이 스며 있다. 목리문 속에 햇살이 반짝이고 흙과 물방울과 바람의 말이 숨 쉬고 있다. 나무는 자신이 겪은 가장 아름답고 감동적인 일들과 기억들을 목리문 속에 응축시켜서 한 장 추상화로 그려 놓은 것이다.

차를 마시면서, 또는 찻잔을 손으로 어루만지면서 찻상의 목리문과 마주한다는 것은 다른 공예품을 감상할 때와는 다른 감회를 맛본다. 목리문의 미는 나무가 수령만큼의 내공과 깨달음으로 그려 놓은 필생의 작품이다. 4계절의 숨결과 추억이 첩첩으로 쌓여 한 장의 생생한 그림으로 남겨졌다.

찻상을 마주하고 차를 들 때, 한 나무와 대면하여 오랜 대화를 가지게 됨을 알아차린다. 나무는 자신의 모든 체험과 사유들을 목리문으로 내놓고 있다. 나는 지금까지 진실, 순수, 가치, 의미, 깨달음, 감동 등으로 단 한 줄의 목리문도 선명하게 새겨 놓은 게 없음을 절감한다.

우리 집 거실에는 두 개의 통나무 찻상이 놓여 있다. 책상 겸용이기도 하다. 나무의 일생 앞에 나는 곧잘 부끄러움이 짙어진다. 이렇다 할 목리문 하나 새기지 못해 지나간 시간이 아쉽고 애잔하다.

목리문 위에 차 한 잔을 올려놓는다. 목리문의 모습 속에 내재된 말들을 생각하면서 나무의 삶과 만나는 시간이다. 나무에 와 쏟아

지던 햇살과 달빛, 그리고 빗방울과 바람의 촉감을 떠올려 본다.

우리나라는 사계가 분명하여 나무의 목리문이 어느 나라 나무보다 아름답다고 한다. 나무가 품고 새겨 놓은 일생의 아름다움을 보면서, 내 삶의 목리문을 만들지 못한 안타까움을 느낀다.

차 그릇도 한 도공이 한 가마에서 구워 낸 같은 차 그릇이라 할지라도 쓰는 사람에 따라 명기名器도 되고 평범한 그릇이 되기도 한다. 어떤 사람이 사용하느냐에 따라서 그릇의 품격이 달라진다. 마음이 깨끗하고 인격이 높은 사람이 사용하는 차 그릇은 오랫동안 고매한 생각과 인격의 향기가 찻잔에 스며들어서 점차 맑고 오묘한 표정을 띠게 된다. 나쁜 인성의 사람이 쓰는 차 그릇엔 점차 좋지 않은 표정과 모습을 띤다는 것이다. 차 그릇은 쓰는 사람에 따라서 달라지므로 양기養器라는 말을 쓴다. 그릇을 기른다는 뜻이다. 차 그릇에 인격을 부여하고 있는 것도 놀라운 일이다.

차 그릇은 마음의 한가운데에 놓인다. 차를 마시는 일은 마음의 대화이며 영원과의 만남이다. 한국 다구는 깨달음과 비움과 정화의 표정을 지니며, 마음과 명상과 소통의 미학을 간직하고 있다.

다구가 놓여 있는 모습을 보면 나는 누구라도 함께 차 한 잔을 마시고 싶다.

돗자리

돗자리.

한국인에게 '자리'라는 것이 어떤 의미가 있을까. 그것은 안정과 휴식을 뜻하는 동시에 신분의 위치, 심지어 민속적인 의미까지 포함하고 있는 것은 아닐까.

우리나라 생활 습속이 좌식坐式이며 와식臥式이기 때문에 자리에 앉아야만 평온을 찾을 수 있고, 자리에 누워야만 휴식을 누릴 수 있었다.

우리 문화는 '자리' 위에서 더욱 윤택해졌다. 필요에 따라서 땅바닥에, 마루나 방바닥에 돗자리를 깔았다. 돗자리 위에서 손님을 접대했고 벗을 맞았으며, 연회를 베풀고 시를 읊었다.

시원한 나무 그늘에 모시옷 차림으로 돗자리를 펴 놓고 매미 소리를 벗 삼아 등을 대고 눕거나, 벗과 더불어 정담을 나누면서 바둑을 두는 재미, 피부로 전해져 오는 돗자리의 서늘한 감촉이야말로 한국인이 아니고서는 그 맛을 알 수 없다.

경치 좋은 절경지나 정자를 찾아갈 때도 돗자리를 휴대했고, 제사 지낼 때나 관례를 올릴 때도 쓰였다.

만남을 위하여, 베풂을 위하여, 예식이나 의식을 위해서도 돗자리가 있어야만 했다. 이렇게 한국인의 모든 예식과 의식에 돗자리가 사용되었으니 우리 문화는 돗자리 위에서 형성되었다고 해도 무방하지 않을까.

돗자리 위에서 한 수의 명시가 읊어졌고, 펴 놓은 화선지에 산수화가 그려졌으며 거문고의 음률이 달빛을 흔들었다. 자리는 우리 겨레에게 마음의 안식을 가져다주었고 만남과 대화를 이어주는 가교이기도 했다.

돗자리가 언제부터 만들어졌는가에 대해서는 확실하지 않으나 고려 광종 13년에 중국에 보낸 선물 가운데 화문석이 있는 것으로 보아 그 무렵부터 이미 외국에까지 알려졌던 것을 알 수 있다.

바닥에 까는 자리는 여러 가지 풀이나 볏짚 따위로 짜여졌으나 차차 왕골을 재료로 한 화문석으로 발전해 갔고, 거기에서도 더 귀하게 여겼던 것은 용수초龍水草에 고운 문양을 새겨 넣은 등메 꽃자리였다.

자리의 본디 바탕은 흰빛이나 여기에 여러 가지 물감을 들여 무늬를 놓은 것이 꽃자리華紋席이다. 꽃자리라 하여 꽃무늬만을 놓는 것은 결코 아니다. 십장생十長生, 문자문文字紋, 용문龍紋, 호문虎紋 등 여러 가지 문양을 놓은 것을 볼 수 있다.

화문석 중에 가장 최우량품인 등메 꽃자리는 어느 돗자리의 경우처럼 왕골의 껍질을 벗겨 그것을 가늘게 쪼개어 엮거나 짠 것이 아니고 온 대궁을 그냥 쓰게 되므로 짜고 난 다음의 촉감이 매우 부드러웠다.

돗자리는 하나의 깔자리라는 데 그치지 않고 그 위에 항상 정신적인 여유와 멋이 깃들고 예식이 베풀어졌기에 짜는 데 정성을 다하였다.

해마다 오월경이면 모를 내듯 논에다 왕골을 심어 칠월부터 거두어들인다. 장마가 시작되기 전에 뿌리째 뽑아 햇볕에 말린 다음 삼각형의 왕골 대를 세 쪽으로 나누어 껍질을 벗기고 물에 불려 칼 등으로 속을 훑어 내 납작하게 손질한다. 그런 다음 2m 20cm쯤 되는 자리틀에 왕골을 하나씩 틀 위에 달린 고드레의 실로써 앞뒤로 엮는다.

보통 틀 하나에 세 사람이 매달리지만 사람이 없으면 두 사람이 함께 할 수 있다. 이렇게 해서 표준형인 6자×9자짜리 화문석 한 장을 짜는 데는 세 사람이 일주일가량 매달려야 한다.

온양민속박물관 소장 호문석虎紋席은 다분히 민화적인 분위기를 살리고 있다. 가장자리에 난간 무늬를 둘리고 위는 소나무 가지 위에 까치 두 마리가 마주 보고 앉아 눈을 맞추며 이야기를 주고받는다. 중간 부분엔 양편으로 불거진 바위, 그 바위틈에서 불로초不老

草가 돋았고 아래엔 입을 벌린 호랑이가 앉아 있다.

입을 벌린 채 이쪽을 쳐다보고 있는 호랑이는 무섭다기보다 얼굴 전체에 가득 익살스러움을 머금고 있다.

소나무, 바위, 까치, 호랑이는 한국의 자연을 압축하여 상징화한 것이며 여기에 불로초를 보태어 늙지 않고 오래 살고 싶은 염원과 의식을 표현하고 있다.

대체로 한국의 어떤 문양에서나 두루 쓰이는 십장생문十長生紋, 길상문자문吉祥文字紋, 용龍 혹은 호문虎紋 등은 수복강녕壽福康寧을 기구하는 한국인의 의식 세계의 발현發現이다.

돗자리.

자리를 편다는 것은 벌써 마음의 준비를 의미하는 것이다. 만남의 자리, 베풂의 자리, 예와 의식을 행하는 자리는 한국인의 마음과 생활의 영역이었다. 돗자리를 깔아 놓음으로써 정과 마음을 펼치는 것이며, 따라서 달빛을, 바람을, 물소리를 더욱 고요롭게 음미할 수 있었다. 대청이나 정자, 나무 그늘에 돗자리를 편다는 이 단순한 변화가 벗과의 만남을 새롭고 하고, 손님에게 베풂을 더욱 의의롭게 만들며 생활 자체를 멋과 풍류로 이어 놓게 하였다.

우리 한옥에는 돗자리가 있어야만 제 멋이 우러나오며, 그 위에 목침을 베고 드러누워서 책을 보거나 낮잠을 자는 맛도 빠트릴 수 없는 우리네의 행복이 아닐 수 없다.

떡살을 보며

언젠가 ㅍ 화랑에서 우리나라 고미술전이 열렸다. 전시품 중에 나무로 만든 조선 떡살이 여러 개 진열돼 있었다. 떡살을 보면서 어머니를 생각했다. 집안에 무슨 행사가 있으면 떡을 하고 싶어 하셨다.

"떡을 하지 않으면 기분이 나지 않아⋯⋯"

떡살은 떡에 문양을 찍는 기구로써 원, 사각형으로부터 붕어, 꽃잎, 석류, 나뭇잎 등 여러 형태에다 길상문吉祥紋과 기하학적 도안에 이르기까지 다양한 문양이 아로새겨져 있다. 한낱 음식으로서만이 떡을 만든 것이 아닌 것 같다. 떡살의 문양 속에는 생활의 미학이 새겨져 있다. 음식은 먹는 것으로서만 맛을 느끼는 것이 아니다. 시각적으로 느껴지는 맛도 있어야 한다.

떡살은 맛과 멋, 흥을 찍어 내는 기구이다. 예전 우리네 가정에서 떡을 하는 경우는 명절이나 추수 때 등 즐거운 날이었다. '철거덕 철거덕……' 떡메질 소리에 아이들은 신바람이 났고 온 집안이 즐거움 속에 파묻혔다.

맛을 찍어 내는 떡살, 즐거움을 찍어 내는 떡살이었다. 그렇기에 떡살 하나하나의 섬세하고 아름다운 형태의 조형미와 문양은 보는 이로 하여금 절로 경탄을 자아내게 한다. 맛에다 미美까지 부여하려 했던 기막힌 미의식을 보여준다.

떡살 문양 속에는 생활의 미학이 새겨져 있다. 벽에 걸어 두고 바라만 보아도 흐뭇한 정감을 느끼게 되는 것은 떡살 무늬 속에 생활의 기쁨이 깃들어 있기 때문이다.

서양의 케이크도 여러 가지 모양으로 만들어, 꽃으로 장식하고 촛불을 켜도록 하는 등 아름다움을 부여한다. 서양의 케이크가 입체적인 미를 살린 조각품에 비유한다면 우리의 떡은 평면적인 미를 살린 판화라고 할 만하다.

서양의 케이크는 맛에다 축복의 의미를 부여하고 있지만, 우리의 떡에는 삶의 철학과 염원을 찍어 놓았다. 그래서 떡을 먹는다는 것은 단순히 맛을 즐기는 의미만이 아니라, 복福을 바라며 염원을 맛보는 일이다.

떡살은 보통 나무나 도자기로 만들어졌다. 나무로 된 것은 무늬를 하나씩 놓거나 긴 나무토막에 여러 개의 연속무늬를 이루고 있는 게 보통이다. 도자기로 된 떡살은 개개의 각기 다른 문양을 새겼다. 떡살은 문양을 새긴 판과 손잡이만으로 구성된 극히 간략한 도구에 불과하나 우리 겨레의 맛과 멋을, 흥과 여유를 함축시켜 놓았기에 아직도 정의 체온과 함께 정감을 느끼게 한다.

요즘 아이들은 갖가지 과자 맛에 길들여져 떡을 신통찮게 생각할 뿐 아니라, 가정에서도 떡이 인기를 못 얻고 있는 것 같다. 예전과는 달리 방앗간에서 간단히 만들 수 있다지만, 떡살이 없기 때문에 떡의 진미를 느낄 수가 없는 것이 아닐까.

출장이나 여행길에서 돌아올 때, 간혹 과자를 사올 때는 있어도 노모老母를 위해서 떡을 사올 때는 거의 없었던 것 같다. 얼마 전 나무 떡살을 하나 구해 어머니 방에 걸어 두었다. 국화 무늬와 빗살무늬가 새겨진 떡살이다.

삶도 인생도 어쩌면 맛이 아닐까. 생활 속에서 느끼는 희비애락喜悲哀樂도 맛이 아닐까 싶다. 어머니는 이 떡살 무늬를 보시고 지나온 세월 속에 무엇을 생각하실까.

떡살은 삶의 의미와 맛을 새겨 둔 기구가 아닐까. 내 삶도 벽에 걸린 떡살의 국화 무늬처럼 그런 향기와 맛을 빚을 수 있는 마음의 바탕이 있었으면 한다.

마당의 미학

한국인에게는 마당 깊은 집을 갖고 싶은 소망이 있다. 기와집이면 좋고, 초가삼간이라도 마당만은 넓었으면 했다.

마당은 집과 집, 건물과 건물, 실내와 바깥을 이어주는 공간이다. 잘 가꾸어 놓은 정원과는 달리 의식주 생활에 관계가 되고 다목적인 기능을 하는 공간이다. 한국의 전통적인 농가에는 안마당과 뒷마당이 있다. 안마당은 동선이 짧고 바닥이 평평하게 잘 다져진 곳으로, 주로 관혼상제 때 차일을 치고 멍석을 깔아 많은 사람들을 접대하거나, 추수 때 곡식을 타작하고 건조하며 더운 여름에는 평상 위에 온 가족이 모여 이야기를 나누는 장소로 사용된다.

뒷마당은 그리 넓지 않고 한적한 곳으로 된장, 간장 등을 저장하는 장독대나 화단, 우물이 있는 곳이다.

마당은 한옥의 구조에 있어서 바깥 공간이다. 비어 있는 듯한 공간은 여유와 사색의 마음 공간이자, 놀이와 휴식의 공간이기도 하다. 마당이 있어야 마루에 눕거나 앉아서 바깥 자연 풍경을 바라볼 수 있는 감상 공간이 생긴다.

서민들이 사는 초가집의 구조는 부엌이 딸린 방 두 개와 마당으로 구성돼 있는 게 보통이었다. 방은 비좁아 식구 수가 많아지면 한 이불 속에 여러 명이 함께 자야 했다. 바깥은 마당이란 넉넉한 공간이 있었다. 외양간과 돼지우리와 닭 집이 있어야 했다. 감나무, 밤나무가 몇 그루 서 있을 공간이 필요했다. 맨드라미, 분꽃, 함박꽃을 심을 꽃밭이 있어야 했다. 마당이 넓은 집이라면 우물과 장독대와 화단이 갖춰졌다.

마당이 있어야 대청에서 비가 오고 꽃이 핀 모습을 감상할 수 있다. 여름이면 마당에다 모깃불을 피우고 멍석을 깔거나 대로 만든 평상을 내놓았다. 식구들이 오순도순 앉아서 삶은 감자나 옥수수를 먹으면서 옛날 얘기를 나누거나 하늘의 별들을 바라보았다. 마당은 자연과 인간과의 만남, 바깥과 안과의 조화를 위한 공간이었다. 빈 공간만이 아니라, 마음의 휴식과 실생활과의 연계를 위한 예비 공간이기도 했다.

아침이면 마당에서 장닭이 새벽을 알리고, 식구들이 일어나 세수를 하고 소, 돼지, 닭들에게 먹이를 줘야 했다. 농가는 사람들만의 거주 공간이 아니다. 가축들을 기르고, 몇 그루씩의 과수나무가 있고, 모란이나 접시꽃을 심어 놓은 꽃밭이 있는 곳이다.

혼례식이 있는 잔칫날에는 마당에 차일을 치고 마을 사람들이 다 모여들어 신랑, 신부의 앞날을 축하하고 함께 기뻐했다. 텅 빈 것 같은 마당은 축하객으로 시끌벅적하게 변하고 웃음과 익살이 넘치는 흥겨운 축하 마당이 되었다.

마당은 놀이 공간이었다. 남자애들은 제기차기, 자치기를 했으며 여자애들은 공기놀이, 땅따먹기 놀이를 즐겼다. 정월 보름 같은 명절이면 동네 농악패가 마당마다 돌면서 일 년의 행복과 강녕을 축복하는 농악 놀이를 펼쳤다.

마당은 자연과 인간, 모두에게 열려 있었다. 달밤이면 달빛이 내려앉고, 새와 벌레들이 날아들었다. 밤이면 풀벌레 소리가 자욱한 소리의 마당이 되기도 했다.

비좁은 실내와 옹색한 살림살이를 보완해 주고, 숨통을 틔워주는 공간이었다. 방문을 열면 마당이 내려다보이고, 흙담에는 호박꽃이나 박꽃이 피어 있다. 담 너머로 들판과 산 능선의 곡선이 구비치듯 흘러간다. 마당의 감나무나 밤나무 잎새의 빛깔이 달라져 가고 있음을 느끼고 바람의 감촉을 맛본다.

한옥의 마당은 여백이나 빈 공간만이 아니다. 여유와 휴식의 공간이자 평화와 보호의 공간이다. 열려 있지만 담벼락의 보호망으로 안전의 공간이 된다.

옛날 한옥에서 살던 때는 마당이 있어서, 마음의 쉼터와 정서의 텃밭을 가졌다. 오늘날의 보편적인 집이랄 수 있는 아파트엔 마당이란 개념과 공간이 배제돼 버렸다. 한국인들은 어느새 마당을 잃고 공간감을 상실하고 말았다.

아파트의 특징은 마당을 없애고 실내 공간의 최대화를 도모한 주거 공간이다. 마당이 없기에 닫혀 있는 폐쇄 공간일 뿐이다. 이웃도 모른 채 지내고, 극도의 개인주의를 추구한 주거 공간이 아파트다. 서로 알지 않으려 하고 간섭하고 방해하지도 않는다. 아파트에 혼자 사는 노인이 죽어도 알지 못하는 비정한 공간이다. 편리와 개인적인 안일만을 추구한 아파트는 만남과 놀이가 없어지고, 공동체를 위한 공간도 사라졌다. 하루씩을 살아가는 편리한 주거 공간일 뿐 추억, 정서, 자연과의 교감과 정을 나눌 수 있는 상생相生의 공간이 될 수 없다.

인생은 자신이 마음속에 그려 온 하나의 집을 짓는 일이 아닐 수 없다. 집이란 이상, 성취, 성공의 유사어일 수 있다. 아무리 호화롭고 크다고 할지라도 마당이 없는 아파트는 안과 밖, 인간과 자연, 음과 양의 조화와 균형을 취할 수 없다. 주거 공간엔 사색의 여백과 자연과 우주를 만날 수 있는 열린 공간이 필요하다.

아파트에 살다 보면 흙이라는 생명체의 본향, 햇빛이라는 생명체의 은총, 비라는 생명체의 어머니를 잊어버린다. 빗소리의 음향을 듣지 못하고 바람의 감촉을 알지 못한다. 별과 달을 보고 느끼지 못한다.

마당이 없는 공간에 살게 된 한국인은 어느새 공간감, 여백의 아름다움, 자연의 정서를 점점 잃게 되는 건 아닐까. 집을 단순히 편리와 휴식의 주거 공간, 언제든지 사고파는 투자 가치로만 인식하게 된 건 서글픈 현상이 아닐 수 없다.

태어나서 오랫동안 살았던 집의 추억, 낭만, 분위기로 인한 잊을 수 없는 서정과 상징은 찾아볼 수 없는 세상이 되었다. 고향, 집, 어머니는 동격의 상징이 아니었던가. 한국인이 오랫동안 누렸던 마당의 상실로 인해 분명 잃을 것도 있으리라.

시골에서 마당이 깊은 한옥을 보면 마음이 포근해지고 안온해진다. 비로소 고향 집에 온 듯하다.

능선의 미

우리나라 자연미의 으뜸으로 능선棱線의 미를 들고 싶다. 어딜 둘러보나 눈이 닿는 곳은 산봉우리에서 봉우리로 이어지는 모나지 않게 편안하고 고즈넉하게 구비치는 능선이다. 끊일 듯 말 듯 먼 창공 속으로 영원에 닿기라도 한 듯 이어지는 곡선들은 우리의 마음속으로 흘러든다. 우리 능선이 지닌 자태와 선형線型의 미는 천년만년 명상 속에, 가장 순하고 부드럽게 가다듬어져 그리움으로 흐르고 있다.

바라볼수록 다정하고 고요초롬한 가운데 선미禪味가 있다. 평범 속에 깊은 맛이 우러나는 우리 산의 선형은 과장, 위세, 압도하려는 기세를 찾아볼 수 없고, 순리와 달관의 그윽하고 단아한 곡선을 보여준다.

한 가닥 난초 잎의 고요한 선형, 강물의 허리 곡선을 취하고 있다. 그리운 임의 눈매처럼 깊고 눈섭같이 부드럽다. 이런 곡선들이 푸른 하늘 속으로 끝없이 이어지는 풍경은 우리의 마음을 신비와 명상의 세계로 이끌어 준다.

동트는 산 위로 해가 솟을 때 여명 속에 차츰 자태를 드러내는 능선을 바라보면 아슴푸레 하늘로 뻗어 나간 곡선들을 따라 마음도 밝아져 옴을 느낀다.

달이 산 위에서 떠오를 때 능선의 자태는 꿈속에서 보는 정다운 이의 얼굴 윤곽처럼 떠오르다가 어둠 속으로 묻혀 버린다.

티 없이 푸른 하늘 속으로 가물거리며 뻗어나간 능선의 선형은 고려청자, 조선백자 항아리의 선線이 되고 초가집 지붕, 기와지붕의 선형이 되지 않았나 싶다.

집을 지을 때도 마루에서 산등성이의 곡선들을 바라볼 수 있게 담장을 쌓는다. 산등성이의 그 부드러운 곡선들은 자연으로 연결해 주는 마음의 탯줄인양, 또한 이상 세계로의 길목인 듯 느껴진다.

맑은 가을 하늘 속으로 뻗어 나간 산등성이의 곡선들을 바라보면, 어디선가 은은히 종소리가 울려 퍼질 듯싶다. 세상에서 가장 청명한 하늘과 부드러운 능선을 바라보고 사는 우리 겨레는 은연중 마음속에서 맑음과 부드러움이 샘솟아 이 세상에서 가장 맑은 종소리를 빚어낼 수 있었다. 첩첩한 능선을 타고 하늘 끝까지 번져 갈 종을 만들어 놓고 싶었을 것이다.

에밀레종의 맑고 긴 여운은 끝없이 능선을 타고 가는 선율……
산등성이의 곡선들은 하늘 강물이 되어 영원으로 흘러가고, 그 선
線은 우리의 마음에 닿아 있다. 한국인에게 산은 한 자연 대상물만
이 아니라, 마음의 쉼터이며 그리움의 원천이기도 하다.

사찰은 산세의 곡선들이 흐르다가 그리움에 이르러, 한데 만나
지 않으면 안될 곳에 자리 잡았고, 계곡의 물이 내려오다 서로 만
나 얘기라도 나누지 않으면 안될 곳, 합수머리에 지어졌다.

산세가 뻗어 나가다 물들이 흘러가다 서로의 아름다움에 반해
멈춰 서서 우두커니 바라보고 싶은 곳을 골라 절을 지었다. 조계산
송광사, 속리산 법주사, 가야산 해인사, 영취산 통도사…… 우리나
라 명사찰들이 다 그런 곳에 자리 잡고 있다.

능선들이 부드럽게 구비치듯 흘러서, 대금 가락처럼 유유히 영
원 속으로 뻗어 나가다 닿는 곳에 꽃처럼 사찰이 피어 있다.

우리 산들의 부드럽고 인자한 곡선을 보면 마음의 티끌과 시름
이 어느새 사라지는 것을 느낀다. 우리 산들의 곡선은 신비의 피리
소리가 번져 나간 것이다. 이별했던 임이 부르는 손짓이며, 천년만
년 쉬지 않고 흘러가는 강물의 유연한 곡선이다.

산도 보이지 않는 대평원을 가진 대륙, 바다로만 펼쳐진 섬, 굴
곡이 심하며 괴기하고 웅대한 모습의 산들이 있는 나라들과는 달
리 우리나라 산은 어디서나 친근하고 고요한 자태와 선으로 포근
히 맞아준다. 이런 곱고 부드러운 산등성이의 곡선이 민족의 마음
속에 담겨서 영원의 선형이 되고 가락이 되고 미의 원형선이 되지

않았을까 싶다.

찬탄과 경이의 선線들이 아니라, 백두대간에서 뻗어 내린 웅대한 기상을 지녔으면서도 한없이 부드럽고 편안해지는 온유의 선들은 영원 속에 얻은 마음의 미소가 아닐까.

어느 곳에서나 눈맞춤할 수 있는 능선들이 우리 마음을 푸른 하늘로 닿게 한다. 산등성이가 지닌 한없이 부드러운 곡선의 미를 볼 수 있다는 것은 얼마나 큰 행복인가.

시조의 맛

    시조의 특징은 민족의 정형시라는 데 있다.

    정형이라 하면 형식과 틀을 말하게 돼 한계를 먼저 생각하는 경향이 있지만, 시조는 가장 자유스런 가운데 누구나 읊을 수 있는 보편성과 민중성에 근거하여 이루어진 우리말의 음률이요, 가락이며 생각의 여운이 아닐까 한다.

    반만년이 넘게 한반도에서 삶을 영위하면서 가장 함축적이고도 뜻과 여운이 있는 노래 시로 피어난 게 시조여서, 가장 자연스럽고 한국적인 음률을 담고 있다. 말하고 읊으면 3, 4조의 노랫말이 되기 때문에 어쩌면 산 빛의 표정, 흐르는 강물의 가락, 들판의 모습을 보며 주고받는 말과 생각과 감정이 시조율이 되었을 법하다.

시조는 읊는 데 맛이 있다. 읊는다는 건 노래라는 것이며, 음미함을 말한다. 여기서 맛이란 멋, 흥, 기분, 감정, 느낌, 운치, 생각 등을 포함한다. 그냥 한 번으로 흘려보낼 게 아닌, 마음속에 담아 노래하고 되새김질해 보아야 그 이치와 까닭을 안다.

시조엔 장단이 있다. 삶에도 우여곡절과 희비애락이 섞이듯 기승전결이 어우러져 내는 변화가 장단이다. 마음속에 맺히거나 쌓인 한, 사랑, 흥, 슬픔, 상처, 그리움을 그냥 묻어 둘 수만 없어 탄식, 말, 노래로나 풀어내야 갑갑한 심사가 시원하게 풀어진다. 자신도 모르게 장단 맞춰 풀어내는 마음의 소리가 시조이다. 시조를 읊으면 춤추고 싶어지고, 장구 소리가 들려오는 듯싶고, 피리 소리에 맞추었으면 싶어지기도 한다.

시조는 말하는 시다. 주고받는 시인 셈이다. 자연에게 혹은 사람에게 들려주는 시다. 즉시성을 띠고 있다. '청산리 벽계수야 수이 감을 자랑마라' 라고 황진이가 벽계수에게 말하는 것이라든지, '이런들 어떠리 저런들 어떠리' 라고 이방원이 정몽주를 회유하는 이 시조는 곧 주고받는 말하는 시다. '이 몸이 죽어 가서 무엇이 될고 하니' 는 성삼문이 형장에 끌려가면서 읊었다. 시조는 즉흥적인 감정의 유로를 통해 자신의 인생관과 가치관을 드러낸다. 꾸미려는 기교적인 면보다는 즉시적인 반응과 감정은 순수하고 감동을 준다. 즉시성 속에 일생의 사상과 생각이 담겨 있다.

시조는 활자문화가 오랫동안 지속해 오는 동안에 '읊는다' '노래한다'는 의식에서부터 '읽는다' '감상한다'는 의식으로 굳어져 언어 구사력과 기교에 빠진 듯한 인상을 준다. 시조의 참맛은 즉시성의 신바람과 호방함, 현장에서 울려 내는 감정의 표출이 아닐 수 없다. 주고받는 데서 장단과 호흡이 있으며 '얼씨구' '좋다'는 추임새의 호응과 일체감이 있다.

2002년 한·일 월드컵대회 때 서울시청 앞 광장에 모인 '붉은 악마'들의 즉시적인 응원과 신바람은 우리 겨레의 특성을 잘 드러내는 대목이 아닐 수 없다. 겨레시인 시조는 이와 같은 감성의 표출을 살려 내야 한다.

노래 시, 즉흥시, 읊는 시에서 차츰 읽는 시, 기교 시, 감상 시로 바뀌게 되자, 장단과 가락이 없어지고, 현장감과 신바람이 줄어들고, 생명력과 주제 의식이 흐려진 게 아닐까 생각된다.

현대는 급변하는 시대이고, 시나 예술도 시대적인 추세를 타지 않을 수 없다. 시조의 장점은 길이가 짧다는 데 있다. 3장으로 이뤄진 45자 내외의 정형시여서 가장 함축적이면서도 효율성을 지니고 있다. 여기에 즉시성과 노래 시의 특성을 살려 내고, 주고받는 말하는 시의 면모를 드러내 대중성을 확보한다면 생활 속의 문학으로 꽃피울 수 있다. 우리 겨레의 훌륭한 문화 자원만이 아닌 세계에 내놓아도 향기로운 문학이 될 수 있다.

시조의 소재는 우리 생활 주변에 있다. 읊는 시, 말하는 시, 노래하는 시, 주고받는 시, 장단이 있는 시의 성격을 맞춰 찾아내면 된다. 즉시성과 현장감과 현대 감각을 살리는 일이다. 가장 자연스런 음률로 우리 가락과 감흥으로 현대의 삶을 울려 내는 시가 시조이다.

삶 속에 살아 있는 시, 민중 속에 읊조려지고 장구 장단에 맞춰 노래가 되는 시, '얼씨구' '좋다' 추임새가 넣어지는 시, 어깨춤을 추고 싶은 시가 시조 말고는 이 땅 어디에 찾을 것인가. 한국인에게 딱 들어맞고 현대 감각에 쏙 맞는 시의 형식, 맛과 흥은 시조밖에 더 있을 것인가.

아리랑

아리랑 아리랑 아라리요

아리랑 고개를 넘어간다.

나를 버리고 가시는 님은

십리도 못 가서 발병 난다.

아리랑은 우리나라 대표적인 민요이다. 누가 한 사람 부르기만 하면 어느새 모두가 부르게 되는 이 노래는 겨레의 핏속으로 전해져 온 게 분명하다.

아직 '아리랑'이 무슨 뜻인지 알지 못한다. 한국의 상징어로 굳어진 '아리랑', 기쁠 때나 슬플 때나 함께 부르던 '아리랑'의 어원에 대한 문헌의 기록이 없다. 몇 가지 학설이 있기는 하나, 정설로 받아들이기는 무리가 있다.

'한강'을 '아리수'라 부르기도 하였는데, '아리'는 '큰'이란 말이다. '랑'은 '님'을 뜻하는 말이니, '큰 님' 즉 '하늘님'이 된다는 설이다. '아랑설'도 있다. 옛날 밀양 사또의 딸 아랑이 통인通引의 요구에 항거하다 억울한 죽음을 당한 일을 애도한 데서 비롯되었을 것이란 설이다. 또 김해의 향토사학자 허명철이란 분은 아리랑의 원어는 '알이랑'으로 우주 창조자 '한알님 하늘님'을 뜻하며, 순음화 현상에 의해 '아리랑'이 되었다고 말한다.

'아리랑'이란 무슨 뜻인지 명확히 알 수는 없으나, 소리만은 한없이 정답고 포근하다. 가슴속으로 울려 퍼지는 종소리처럼 공명의 여음이 있다. 그리운 이가 손짓하며 부르는 소리 같고, 사랑하는 이의 이름을 남몰래 산에 가서 불러 보았을 때, 알았다는 듯이 은은히 들려오는 메아리 같다. 혼자서 입 밖으로 내보면 옆의 사람이 받아주고, 마침내 모두가 함께 부르는 노래이다. 공감과 공명을 일으키는 신비음神秘音을 지니고 있다.

'아' '리' '랑'의 세 음소音素는 기막힌 음의 조화를 이룬다. 음감音感이 밝고 소리내기에 좋으며 모음 'ㅏ + ㅣ + ㅏ'는 장長-단短-장長, 강强-약弱-강强의 리듬이 되고 대조와 조화의 완벽한 배합을 보인다. 가장 자연스런 운율성을 드러낸다. 성대를 울리는 유성음流聲音으로 돼 있으며 구슬을 굴리는 듯한 느낌이 든다. 뜻은 알지 못하나 우리말의 보배임이 분명하다. 그래서 자꾸만 부르고 싶은 충동이 들며, 가슴과 가슴으로 끝없이 울려 나가는 것이 아닐지 모른

다. 우리 겨레의 가슴속에서 자연스레 피어난 소리의 꽃이다. 아리
랑엔 우리나라 산수山水의 모습과 그 선線이 있고, 체질 속에 녹아
있는 가락이 있으며, 희비애락이 배여 있다.

'아리랑'은 누군가 부르는 소리일 듯하다.

혼자가 아니다. '랑'이란 받침 없는 체언에 붙어 두 개 이상의 사
물을 동등 자격으로 열거할 때 쓰이는 말이다. '랑'은 '-하고' '-과'
'-와' 등으로 '함께'인 것이다. 기쁨과 슬픔을 같이 하는 마음이다.
사랑의 가슴이고 멈춤이 없는 영원의 마음이다. 언젠가는 만나서
껴안고야마는 해후와 포옹의 세계라 할 것이다.

'아리랑'은 흥과 신명의 세계이다.

가락에 맞춰 춤을 춰 보면 다른 민족이 도저히 흉내 낼 수 없는
우리만의 춤사위와 흥을 연출해 낸다. 어깨가 들썩거리고 허리선
이 흔들리며 신명이 뿜어 오른다. 이럴 때 나와 너는 우리가 되어
만난다. 막혔던 가슴이 열리고 억장이 막히던 일들도 나눔으로써
풀어진다. 맺힌 것을 풀고 억울한 일을 달래는 말이다.

'아리랑'은 어머니의 손길처럼 달래주고 위로해 주는 듯한 기분
을 느끼게 한다.

'아리랑'은 '아리다'는 말과 흡사하고, '쓰리랑'은 '쓰리다'는 말을
연상시킨다. '아리다'는 '쑤시는 듯이 아프다'는 말이며, '쓰리다'는
'뱃속이 비어 몹시 허기지다'는 말이다. 그렇다면 고통과 배고픔을
하소연하는 것일까. 어찌 되었건 함께 나눔으로써 고통도 배고픔
도 참을 수 있고, 힘이 나고 용기가 나게 만든다. 진도아리랑의 '아

리아리–' 라는 대목에 이르러선 뼈마디가 아리는 듯한 기분이 들며, '쓰리쓰리–'라는 대목에선 허기져서 창자가 쓰린 느낌을 받는다. 그런데 정작 이 대목에서 오히려 신명을 내고 있다. 끝까지 참아 내면 희망이 있겠지, 이런 마음에서 투지와 용기가 솟구치고 있다. 고통을 함께 넘기고 배고픔을 함께 참아 내는 지혜와 용기를 보여주려는 것일까. 듣고 있으면 편안해 진다. 표정이 밝아지고 걱정이 사라진다.

아리랑이 민족의 상징어가 되기까진 음音의 꽃으로서만이 아닌 깊은 뜻을 지니고 있지 않을까 싶다. 민족의 가슴을 달래주고 광명과 신명으로 채워주는 '님'이나 '꿈'의 세계인가. 아마도 그리움과 동경의 세계이리라. '아리랑'은 우리 민족이 추구하는 이상향인가, 아니면 신앙의 세계인가, 축원의 소리인가.

아리랑은 알려진 것으로만 50여 종에 3천여 수가 확인되고 있다. '강원도아리랑' '밀양아리랑' '정선아리랑' '진도아리랑' '경기도아리랑'이 대표적인 것이다.

아리랑엔 좀 거슬리는 구절도 있다.

나를 버리고 가시는 님은
십리도 못 가서 발병 난다.

가지 말라는 간절한 기구를 담고 있지만, 원망을 나타내고 있다. 원망이되 포악하진 않다. 발병이 나는 정도이니, 어쩌면 멀리 가지 못하고 돌아설지 모른다는 미련을 두고 있다. 그러나 떠나는 이에게 축복을 보내는 포용력만은 보이지 않는다. 나를 버리고 가면 안된다는 마음을 강조한다.

> 나 보기가 역겨워 가실 때에는
> 말없이 고이 보내 드리우리다.
> 영변에 약산 진달래꽃
> 아름 따다 가실 길에 뿌리우리다.
> 가시는 걸음걸음 놓인 그 꽃을
> 사뿐히 즈려 밟고 가시옵소서.
> 나 보기가 역겨워 가실 때에는
> 죽어도 아니 눈물 흘리우리다.

　민요조를 계승한 김소월 시인의 대표작 중의 하나인 〈진달래꽃〉에선 원망 대신 축복을 담았다. 억지로 붙잡으려는 의도를 보이지 않고 님을 고이 보내 드리고 있다. 이런 감정의 승화는 현실과는 거리가 먼 것이다. '나를 버리고 가서는 안 된다, 그러면 십리도 못 가서 발병이 난다.'는 아리랑의 마음이 훨씬 인간적이어서 서민의 가슴에 와 닿은 것이 아닐까. 그냥 저주가 아니라 끝까지 함께 하여야 한다는 것을 토로한다.

　'아리랑 고개'란 또 무슨 뜻일까. 아리랑엔 알 수 없는 언어들로 채워져 있다. '아리랑' '고개' '넘어간다' '가시는 님'은 도대체 무엇을 말하는 것일까. 온 겨레가 뜻도 모른 채 즐거우나 슬플 때 함께 부르곤 하였으니, 여기엔 필시 신비의 힘이 작용하기 때문일 것이다. 영원을 바라는 겨레말의 꽃일 것이고, 함께 불러 한마음이 되는 희망과 축복의 말일 것이다. 우리는 풀리지 않는 것에서 신비와 영원을 발견한다. 속을 다 드러낸 것에선 한계가 있을 뿐이다.

아리랑은 한과 서러움과 고통을 함께 나눔으로써 흥과 살맛이 나게 하고, 마음을 환희와 광명으로 차오르게 만들며, 우리를 영원의 하늘과 닿게 해주는 신비의 기원어祈願語가 아닐까 한다. 아리랑은 우리 민족에 의해 만들어진 이 세상에서 가장 아름다운 말, 축복의 말, 영원의 말, 기원의 말, 신비의 말이다. 그런 말로써 겨레의 노래가 된 것이다.

'아리랑~ 아리랑~'

자수 병풍 앞에서

어쩌다 조선시대 자수 병풍을 대하게 되면 나는 까닭도 없이 가슴이 뜨거워지면서 어머니를 생각하게 된다.

자수 병풍을 보면 우리 어머니의 어머니, 내실의 등잔불이 보인다. 사랑채 시아버지의 기침 소리도 들리지 않는 한밤중, 내실 등잔불 아래 수틀을 앞에 놓고 앉은 우리 어머니의 어머니 모습이 떠오르는 것이다.

한밤중의 어둠과 고요 속에, 눈물처럼 맑게 넘치는 등잔불 아래 손끝에 바늘을 쥔 우리의 어머니. 바늘귀로 세상을 들여다보며, 바늘이 한 올 한 올 움직일 때마다 섬세하고 반짝거리는 생각들을 수틀에다 옮겨 짜놓은 자수들, 우리 어머니의 부드러운 손길의 촉감이 마음을 다사롭게 해준다. 아이를 낳아 기르며 옷을 해 입히던 그 따사로운 어머니의 손길……

자수 병풍을 보면 우리 어머니가 꿈꾸던 환상에 빠져든다. 바늘 끝에서 피어오르는 우리 어머니의 고전적 환상은 무엇일까.

자수 병풍에 희뿌옇게 바래진 모란이며 꽃잎이며 나비들……

그 자수 병풍에서 어머니의 한밤중이 달빛으로 넘쳐흐르고 있다.

자수 병풍을 보면 수틀 앞에서 바늘을 든 우리 어머니가 듣는 벌레 소리와 마당과 대청을 건너와 봉창 문에 젖어 있는 달빛과, 나뭇가지를 흔드는 바람 소리가 살며시 눈을 뜨고 있다.

자수 병풍을 보면 왠지 까닭 모르게 슬퍼진다. 고요를 적시는 풀벌레 소리의 맑은 속삭임을 수실로 한 올씩 한 송이 꽃잎으로 짜던 우리 어머니. 우리 어머니의 마음속에 채워 두었던 그리움과 노래가 풀벌레의 언어로 속삭여 준다. 자수 병풍을 보노라면 나도 몰래 '어머니!' 하고 부르며 따스한 품에 안겨듦을 느끼면서 어머니가 바늘로 수놓던 꿈과 환상에 빠져 버린다.

"어머니, 당신은 가슴에 맺힌 한의 실타래, 추억의 실꾸리에서 풀어낸 정을 한 올씩 수틀에다 수놓으며 그렇게 밤을 보냈습니까. 그런 밤으로 이마에 주름이 잡히고 부드럽고 곱던 손도 거칠어졌습니까?"

자수 병풍 앞에서 나는 뜨거운 정을 느끼며 어머니의 삶이 한 송이의 그리움으로 꽃피워져 있음을 본다.

　바늘 끝에서 끝없이 펼쳐지는 미의 세계, 꿈과 소망의 세계는 애처롭고 가련해 보이기까지 한다. 하나의 자수 병풍을 완성하기 위해 얼마나 많은 밤을 지새웠을까.
　한국의 여심, 어머니의 마음이 올올이 맺혀 있는 자수들. 자수 병풍엔 우리 어머니의 그리움에 젖은 밤이 묻혀 있고, 여인네의 한숨과 눈물과 고독이 사랑의 꽃으로 피어나고 새가 되어 날고 있다.

　한국 자수의 특징은 그림으로 표현하기 힘든 것일지라도 자수로는 표현이 용이했다는 점이며, 자수처럼 아름다운 색깔이 여태껏 남아 있는 것을 어느 예술 작품에서도 찾아볼 수 없다는 점이다.
　자수는 그림처럼 단숨에 그려진 것이 아니요, 바늘로써 오랜 시간 동안 한 올씩 정성을 다해 짜놓은 것이기에 무엇보다 수를 놓던 여인들의 숨결이 아직도 들리는 듯 따스한 체온을 느끼게 해준다.

　자수 병풍을 보면, 꽃 한 송이를 수놓던 우리 어머니가 바라보던 등잔불의 펄럭거림, 나비 한 마리를 수틀에 놓던 우리 어머니가 듣던 눈 내리는 날의 문풍지를 울리는 바람 소리, 잎사귀 한 잎을 짜던 우리 어머니의 애달픈 그리움을 느끼게 한다.

자수를 놓던 우리의 어머니, 행복을 꿈꾸면서 삶을 수놓던 어머니들이야말로 얼마나 자신의 행복을 만들 줄 안 사람들이었던가. 자수 병풍을 보면 우리 어머니의 어머니, 내실의 등잔불이 보이고 그 아래에 고개를 숙이고 수틀에다 아름다운 환상의 세계를 펼치고 있는 어머니의 꿈속에 포근히 안겨서 나는 착한 아기가 됨을 느낀다.

처마

경주 양동 한옥마을에 갔다. 한 기와집 대청마루에 걸터앉아 본
다. 마을을 에워싼 산 능선들이 아늑하고 평화롭다. 마루는 손님을
맞이하는 곳이요, 나그네가 잠시 앉아 쉬어 갈 수 있는 공간이다.
신발을 신은 채 마루에 걸터앉아 처마 끝으로 펼쳐진 푸른 하늘을
바라본다. 여인의 허리 곡선처럼 뻗어 나간 처마의 선은 눈부시게
맑은 하늘과 만나게 한다.

신발을 벗고 마루 위로 올라가고 싶다. 언제 한번 늘어지게 대청
마루에 누워 낮잠에 빠져 보고 싶다. 마루의 감촉이 서늘하게 전해
오고 산山 바람이 불어와 더위를 식혀 주리라. 백 년도 넘은 소나무
로 만든 마루는 온몸을 청량하게 해주리라.

처마는 집의 바깥쪽 기둥을 연결한 선에서 지붕 끝까지의 서까

래 아래 공간을 말한다. 처마는 햇볕의 양을 조절해 주어서 여름을 시원하게 겨울은 따뜻하게 해준다. 한옥은 단순한 구조이긴 하나 온돌방, 마루, 처마라는 특수한 공간들을 연결하여 실용적이면서도 미적인 조형성을 살려 내고 있다.

한옥 처마의 서까래는 햇살 무늬 같고 빗살무늬처럼 보인다. 처마 끝으로 보이는 하늘과 구름을 만나고, 계절의 운치와 정감을 느끼게 한다. 시원한 바람과 구름이 떠 흘러가는 모습을 보게 한다. 처마에서 떨어지는 빗소리가 마음을 적셔주며, 처마 끝에서 까치가 울면 반가운 소식이 있다고 했다.

처마는 생명 공간이다. 새봄이 오면 강남 갔던 제비가 집을 찾아 날아드는 곳이다. 제비가 처마 밑 둥지에 새끼를 낳게 되면, 온 집 안이 생동감으로 넘친다. 어미 제비가 물고 온 먹이를 받아먹으려 새끼들이 일제히 입을 벌린다. 처마는 제비의 보금자리가 되고, 새끼가 태어나고 성장하는 곳이기도 하다.

한옥의 아름다움은 기와지붕의 곡선에서 돋보인다. 부드럽고 온화한 선은 처마가 공중으로 흘러가는 듯하고 전체 지붕의 맛을 살린다. 밋밋하게 직선으로 돼 있지 않고 바깥쪽으로 봉황새가 날개를 편 채 날아가는 듯하고, 휘어진 수양버들처럼 나긋하고 늘씬하다. 처마의 선은 주변 사물과 어울리고 자연스러워 평온과 사랑의 미소를 보여준다.

공중으로 치켜 오르는 처마의 선은 여인의 허리 곡선과 버선코처럼 살아 움직이는 듯하다. 대궐이나 사찰 같은 곳에선 처마 끝에 단청을 올리고 연꽃 문양을 수놓았다. 하늘에 연꽃 향기를 띄워 보내고자 했다.

구름이 몰려오더니 소나기를 뿌린다. 오랜만에 낙숫물 소리를 듣는다. 빗줄기가 내는 음향 속으로 땅과 세상이 젖어 들고 있다. 만물이 파릇파릇 윤기를 내고 신록의 향기가 퍼져 흐른다.

초등학교 수업을 마치고 돌아오는 중에, 공교롭게도 비가 퍼붓기 시작했다. 우산 없이 집으로 가려면 한길 보다는 골목길을 택하는 게 좋다. 골목길의 집 처마 밑으로 들어가 비가 멈추거나 느슨하기를 기다리곤 했다. 어디선가 넝쿨 장미꽃이 향기를 뿜어주고 있었다.

발자국 소리가 들리는가 싶더니. 어머니와 딸이 우산을 쓰고 다가오고 있었다.

"석이 아니니?"

한반이었지만 서로 낯을 가리던 숙향이었다.

"한반 아이였구나. 비를 맞았구나. 이리 와 함께 가자."

숙향이 어머니가 웃으며 말을 건넬 때, 나는 냅다 빗속으로 백 미터 경주를 할 때처럼 달려갔다. 비 맞은 내 꼴을 보이기가 싫었기 때문인지 모른다.

처마를 보면 마루에 앉아 하늘로 떠가는 구름을 바라보던 어린 시절이 떠오른다. 어른이 되고 나서부터 하늘과 구름을 오랫동안 바라본 적이 없었다. 별과, 바람과 귀엣말을 주고받지 못하였다. 새소리와 귀뚜라미 소리를 듣지 못하였다. 까치와 인사말을 주고

받지 못했다.

30대 후반에 양산 통도사에 가서 월하月下 스님(전 불교 조계종 종정)을 친견親見한 적이 있었다. 직업을 물어 보셔서 글을 쓰고 있다는 대답을 드렸더니 필묵을 꺼내 좌우명座右銘을 써주셨다.

青山不墨萬古屛 流水無聲千年琴(청산불묵만고병 유수무성천년금)
청산은 먹으로 그리지 않아도 만고에 병풍처럼 아름답고
흐르는 물소리는 줄 없는 천년의 거문고일세.

자연 속의 이치와 순리를 못 보고 알지 못한다는 것을 일깨워 주는 말로써 자연의 아름다움을 상기시켜 준다.

처마는 자연과 만나는 문이 아닐까. 자신만의 삶만 알고 자연 속의 일부인 것을 모른 채 지내는 어리석음을 깨우치게 해주는 곳이 아닐까. 여유와 휴식과 지혜를 제공하는 공간이 아닐까.

처마를 바라보면서 한국인들은 무슨 생각에 잠겼을까. 빗방울 떨어지는 소리, 구름의 손짓과 산들바람의 촉감, 비에 젖은 풀꽃 향내, 번개와 뇌성…… 자연의 순리를 알려주는 처마 아래서 가만히 눈을 들어 하늘과 청산에 눈을 맞춰 본다.

침향

'침향沈香'이란 말을 처음 듣게 된 것은 어느 날의 차회茶會였다.

뜻이 통하는 몇몇 사람들이 함께 모여 우리나라의 전통차인 녹차綠茶를 들면서 대화를 나누는 모임이 한 달에 한 번씩 있었다. 차인茶人 ㅅ 선생이 주재하시는 차회에 가 보니 실내엔 전등 대신 몇 군데 촛불을 켜 놓았고 여러 가지 다기들이 진열돼 있었다.

ㅅ 선생은 끓인 차를 찻잔에 따르기 전 문갑 속에서 창호지로 싼 나무토막 한 개를 소중스러이 꺼내 놓으셨다. 그것은 약간 거무튀튀한 빛깔 속으로 반지르르 윤기를 띠고 있었다. 마치 관솔가지처럼 보이는 이 나무토막을 ㅅ 선생은 양손으로 감싸 쥐고 비비며 말씀해 주셨다.

"이게 침향이라는 거요."

나를 포함한 차회 회원들은 그 나무토막을 코로 가져가 향기를 맡아 보았다. 향나무보다 더 깊은 향기가 마음속까지 배어 왔다.

"옛 차인들이 끓인 차를 손님에게 권할 때 손에 밴 땀 냄새를 없애기 위한 방법으로, 이 침향으로 손을 비벼 향긋한 향기를 찻잔에 적신 다음, 권해 드리는 것이라오."

나는 이날, ㅅ 선생으로부터 처음으로 '침향'에 대한 얘기를 들었다. 침향은 땅속에 파묻힌 나무가 오랜 세월 동안 썩지 않고 있다가, 홍수로 인해 땅 위로 솟구치게 된 나무라고 한다. 감나무나 참나무가 1천 년 동안 땅속에 썩지 않은 채로 파묻혀 있다가 땅 위로 솟아오른 것이어서, 그 나무엔 1천 년의 심오한 향기가 배어난다는 것이다. 나무가 땅속에 묻혀서 1천 년 동안 썩지 않은 것은, 땅속이 물기가 많은 곳이었거나, 나무가 미이라가 된 상태일 것이라고 했다. 이 침향은 땅속에서 오랜 세월이 지날수록 향기를 간직하게 된다고 한다.

침향을 들고서 1천 년의 향기를 맡아 보았다. 땅속에 파묻힌 1천 년의 향기가 가슴속으로 흘러들었다. 이 침향이야말로, 썩지 않는 나무의 사리舍利이거나 나무의 영혼일 것만 같았다. 침향에 1천 년 침묵의 향내가 묻어났다. 방 안의 촛불들이 잠시 파르르 감격에 떠는 듯 했다. 차를 들면서 1천 년의 시공時空이 내 이마와 맞닿는 듯한 느낌이었다. 1천 년의 그림자가 찻잔에 잠겨 있었다.

지난 1988년 4월, 경남 창원시 다호리 고분에서 삼한三韓시대의 유물이 출토된 일이 있는데, 그중에 대형 통나무 목관木棺과 붓이 들어 있었다. 2천 년 전의 통나무 목관이 거의 원형의 모습으로 나온 것을 보고 감격과 신비감에 사로잡혔다. 낙동강 유역의 다호리 고분에서 나온 통나무 목관과 붓은 물에 잠긴 진흙 속에 파묻혀 있었기 때문에 썩지 않고 보존될 수가 있었다. 이로써 나무가 땅속에 파묻혀 2천 년 이상 썩지 않을 수 있다는 것이 증명된 셈이다.

촛불 아래서 침향에 젖은 차를 마셔 보았다. 1천 년의 말들을 생각해 보았다. 썩지 않는 나무의 영혼과 말들을 생각해 보았다. 참으로 고요하고 담백하기 만한 차의 맛처럼 1천 년이 지나가 버린 것일까. 손바닥만 한 나무토막, 모르는 사람이면 눈길조차 주지 않을 보잘 것 없는 것이 1천 년 세월을 향기로 품고 있다니, 다시금 손으로 어루만져 보곤 하였다.

나는 가끔 침향을 생각하며 그 향기를 꿈꾼다. 과연 무엇이 1천 년 동안 썩지 않고 향기로울 수 있을까. 세월이 지날수록 퇴색되지 않고 더욱 향기로울 수 있단 말인가. 침향이야말로 영원의 향기가 아닐까.

땅속에 파묻혀 아무도 모르게 버려졌던 나무토막이 1천 년의 향기를 전해주고 있다니, 참으로 신비한 일이 아닐 수 없다.

어떻게 하면 나의 삶도 한 1백 년의 향기쯤 간직할 수 있을까. 땅속에 파묻힌 듯 침묵으로 다스린 인내와 인격 속이라야만 향기가 밸 수 있으리라. 어쩌면 땅속에 묻혀 썩을 것이 다 썩고 난 다음 썩을 것이 없을 때, 비로소 영혼에 향기가 나리라.

나는 꿈속에서도 가끔 침향을 맡으며 삶 속에 그 향기를 흘려보내고 싶어 한다. 침향을 보배이듯 간직하고 계신 ㅅ 선생님이 부럽기만 하다.

한 달에 한 번씩 열리는 차회에 은근히 침향으로 인해 마음이 당겨 참석하곤 한다. 창호지를 벗기고 침향을 만지면, 마음이 황홀해진다. 내 마음을 촛불이 알아 펄럭거리고, 어디선가 달빛 젖은 대금산조 소리가 들려올 듯싶다. 침향이 스민 차 한 잔을 들면, 1천 년의 세월도 한순간일 것만 같다. 차향茶香에 침향沈香을 보태면, 찰나와 1천 년이 이마를 맞대고 있음을 느끼게 된다.

그리운 이여, 촛불은 바람도 없이 떠는데, 침향으로 손을 비비고서 마주 보고 한 잔 들어 보세. 1천 년 침묵의 향기, 세월의 향기가 어떤가.

촛불 아래 차 끓이는 소리, 침향으로 손 비비는 소리, 코끝에 스미는 차향과 1천 년 침향의 향기……

토기 앞에서

내 책상 위에는 하나의 토기土器가 놓여 있다.

흙으로 소박하게 빚은 토기. 무덤 속에 수백 년, 아니 수천 년 동안 잠자는 듯 파묻혀 있다가 출토된 토기……

그 토기엔 그을음 오르는 등잔불 같은 빛살과 화로에 담긴 재 속의 불씨 같은 따스함이 남아 있다.

그냥 멋 부림도 없이 담담히 빚은 이 흙 그릇. 손의 체온과 순박한 마음이 그대로 가슴에 전해 오는 듯하다.

나는 아무 생각 없이 토기에 눈이 머물다가도 문득 수천 년 전의 햇살과 만난다. 정신까지 청량해지고 옛 선조들이 얼굴을 비춰 보기까지 하던 그 토기 항아리에 담긴 물과도 만난다.

이 한 개의 토기가 간직하고 있는 원초적인 흙 내음, 흙의 신비는 늘 나를 감동시킨다.

흙처럼 신비하고 정다운 것이 있을 수 있을까. 만물이 흙에서 태어나고 흙으로 돌아가는 것이기에 흙은 만물의 고향이 아닐 수 없다. 성경에서는 태초에 하나님께서 인간을 흙으로 빚었다고 말하고 있다.

흙…… 그것은 생명의 신비를 간직한 가장 성스러운 것이 아닐 수 없다.

토기엔 순박하고 솔직한 옛 임들의 생활 감정과 양식이 그대로 담겨 있다. 옛 임들은 흙으로 돌아갔지만 임들이 빚은 토기는 그대로 남아 있는 것이다. 하늘이 담겨 있고 풀꽃 내음과 노래가 담겨 있다.

그 당시의 조상들은 영겁의 세월 속으로 얼굴을 묻어 버렸지만 토기는 흙의 생명이 되어, 조상들의 솜씨가 되어 우리들 눈앞에 변함없는 모습을 보여준다.

태초의 흙냄새를 풍기는 토기. 그 토기가 우리나라에 나타나기는 신석기시대부터라고 한다. 토기는 인간이 최초로 만들어 낸, 물체를 담을 수 있는 용구……

토기가 있었으므로 물을 담을 수 있었고 사랑과 생각을 담을 수 있게 되었으리라.

그뿐 아니었다. 술을 담그고 차를 끓일 수 있게 되었다. 무엇이든 담아 둘 수 있다는 건 지혜와 여유를 말하는 것이 아닐 수 없다. 담아 둘 수 있었으므로 바라볼 수 있게 되었고, 어떤 조형물을 바라보는 데서 감상과 창조라는 미의식이 싹틀 수 있었던 게 아닐까.

도자기는 부드럽고 윤택하며 선이 섬세하고 미끈해서 세련된 감각을 느끼게 한다. 그러나 토기는 어디까지나 질박하며 투박하다. 언제 보아도 토기는 햇빛에 검게 그을은 농부의 얼굴처럼 텁텁한 정감을 느끼게 한다.

지금도 경주나 삼국·가야 문화권의 산야에는 토기의 파편이 흩어져 있는 곳이 많다. 대부분 옛 무덤 속에서 나온 것들이다.

토기를 무덤 속에 함께 놓은 것은 단순히 제사 지낼 때 사용하던 제기祭器였기 때문이었을까. 아니면 토기엔 실로 변하지 않는 어떤 생명력의 신비가 감추어져 있다고 믿었던 것일까.

흙으로 항아리나 그릇을 빚던 우리 선조들의 빗살무늬로 남아 있는 신비한 언어, 따뜻한 무언의 언어들과 대화를 나눈다. 소박한 조형미 속에 숨 쉬는 마음을 서로 통하면서……

수천 년이 지난 오늘날에도 태곳적 마음이 담겨 있을 것만 같은 토기. 무언가 핏줄처럼 짜릿하게 이야기를 전해 주는 토기 앞에 앉아 있으면 내 마음은 먼 고대古代가 된다.

쇠로 만든 것은 녹슬고 돌로 된 것은 마멸되어 원형을 찾기 어려우나 토기만은 그때의 자태, 체취를 그대로 보여준다.

음식을 담아 두고 정을 주고받을 수 있었던 그릇이기에 이다지도 아련한 정감을 느끼는 것인가.

인간이 흙과 가장 가까이 생활했던 벌거숭이 때의 토속土俗이, 자연이, 노래가 그저 꾸밈없는 마음으로 담긴 토기이기 때문이리라.

손가락 끝으로 튕겨 두들기면 쟁쟁하는 소리를 내며 태곳적 음향을 들려주는 토기야말로 최초의 그릇이며 변하지 않는 신비이다.

책상 위에 놓인 토기 항아리에다 늘 꽃을 담아 두고 나는 흙을 생각한다. 흙의 신비, 생명을 생각한다. 꽃은 곧 시들고 말 테지만, 꽃향기 머금은 토기 항아리는 영원히 남을 것이다.

아침저녁으로 토기를 보면서, 비록 아름답고 유려하지는 못해도 변함없는 수명을 가진 토기 같은 글을 써 보았으면 한다.

풍경 소리

고성 옥천사에 와서 풍경 소리를 듣는다. 흐르는 바람결에 뿌려지는 그 소리를 듣고 있으면 시름 같은 건 어느새 사라지고 만다. 풍경은 사찰의 귀걸이, 마음의 귀가 하도 밝아 하늘의 소리 다 듣고서 '그래, 알았다'고 대답하는 소리……

'댕그랑~ 댕그랑~'

오랜 명상으로 길들여진 여유 속에 넘침도 모자람도 없이 낭랑히 울리고 있다. 몇백 년 묵은 고요의 한끝에 달려 있다가 내는 소리일 듯싶다. 유현한 그 음향은 그 자체만의 소리가 아니다. 풍경과 산의 명상이 만나서, 풍경과 바람이 한순간에 만나서 내는 소리……

이럴 때 대웅전의 부처는 한 번씩 미소를 지을지도 모른다. 한밤

중에도 기와지붕 외곽에 달려 있는 풍경만은 잠을 깨어 홀로 '댕그랑~ 댕그랑~' 소리 파문을 던지고 있다. 부드러운 바람이 풍경의 붕어를 살랑살랑 흔들어 본다.

풍경 소리를 들으면 평온해진다. 달빛 속으로 풍경 소리가 닿을 때, 풀벌레 소리와 풍경 소리가 만날 때…… 내 마음속에도 '댕그랑~ 댕그랑~' 소리가 난다. 그냥 움트는 연초록 산색山色 속으로 풍경 소리가 흘러갈 때, 추녀 외곽으로 떠 흘러가는 구름을 배웅할 때, 진초록 속으로 풍경 소리가 젖어갈 때, 단풍 빛깔의 산색 속에 풍경 소리가 불탈 때…… 그때마다 내는 음색은 저들 마음 편이다. 들릴 듯 말 듯 찰나를 흔들지만 영원의 소리이다.

기와지붕 단청丹靑의 연꽃 향기를 깨워 바람에 날리고 있다. 이 때문에 하늘도 더 깊어지고 향기로워지는 것 같다. 산도 눈 감고 절도 눈 감은 밤에도 홀로 깨어 마음의 문을 열어 놓고 있다. 고요의 한 음절일까. 언제나 미소 짓고 있는 부처의 깨달음 한 음절을 무심결에 들려준다. 수만 광년을 지나 내려온 별빛이 풍경 안 붕어 비늘을 비출 적에, 어찌 소리 한 번 내지 않을 수 있을까.

'댕그랑~ 댕그랑~' 아무도 모르게 빛과 소리가 만나고 있다.
'댕그랑~ 댕그랑~' 매달려 있지만 세월의 강물을 타고 영원 속에 붕어가 헤엄치고 있다.

그리운 이여, 우리 인생도 저 풍경 소리처럼 들릴 듯 말 듯 흐르고 있는가. 그리움도 매양 풍경 소리로 울릴 수 있다면 좋으련만…… 한 점 바람, 흘러가는 구름, 다시는 만날 수 없는 물결로 흐른다. 풍경 소리를 들으면 온유해지고 부드러워진다. 삶의 풍파에 팔랑개비처럼 바삐 돌기만 했을 뿐, 풍경처럼 낭랑한 소리를 한 번도 내지 못했다. 듣고 보니 소리의 자비였구나. 하늘에 올리는 소리의 공양이었구나. '걱정 말아라'고 달래주는 위로의 속삭임이었구나. 무심중에도 무심 같은 한 점의 바람인 줄 알았더니, 용서와 관용의 미소, 깨달음의 득음得音이었다.

'댕그랑~ 댕그랑~'
우리 인생도 꽃향기와 같은 의미여야만 한다는 것을 알려준다. 나도 풍경처럼 한 번쯤 하늘을 향해 '댕그랑~ 댕그랑~' 울어 보고만 싶다.

한글 서예

한글 서예전을 본다.

한글 서예를 보면서 그냥 활자로 대할 때와는 다른 우리글의 아름다움이 넘쳐흐르고 있음을 본다. 화선지를 앞에 두고 모시옷 차림새의 여인이 단정히 붓을 들고 있는 모습이 떠오른다.

정성껏 먹을 갈아 묵향은 은은히 마음까지 배는 데, 섬섬옥수의 여인이 붓을 들고 있는 모습이여.

한글 서예를 보면 난과 같은 선의 맵시, 매화와 같은 고취가 넘쳐흐른다. 물결 흘러가듯 자연스러운 가운데, 백로처럼 깃을 펼친 모습에, 후덕한 인품을 느끼게 하는 것이 한글 자태이다.

한글은 화려하지 않으나 볼수록 눈이 삼삼해지고 마음이 맑아지는 난이거나 한 송이 들국화이다. 복잡한 격식을 차리지 않고 그냥 간편하면서도 기품을 갖춘 모습이다. 한글 서예 병풍을 마주하면 어디선가 낭랑히 거문고 가락이 흘러나올 듯하고 거기에 맞춰 시조창이 들여올 듯싶다.

이런 느낌은 병풍의 분위기 탓만이 아닌, 한글 서예의 부드럽고 섬세한 곡선의 흐름에서 시각적인 음률성이 느껴진다. 한자는 왠지 근엄하고, 알파벳은 맵시는 있으나 무게가 덜하고, 일본의 가나는 어쩐지 가벼워 보이는 듯한 느낌은 내가 한국인이어서 갖는 편견일까.

한글은 대할수록 진실하고 소박하면서도 고운 멋이 있다. 한글 서예를 보노라면 문득 글자를 처음 익히던 어린 시절이 떠오른다. 일주일에 한 시간 정도 맞이하는 초등학교 습자 시간은 먹물을 손에 묻혀 가면서 한글을 커다랗게 써 보았던 시간이었다.

'ㄱ ㄴ ㄷ ㄹ …… ㅏ ㅑ ㅓ ㅕ ……'

너무 간단하여 더 쓰기 어려우면 글자를 소리 내며 써 보곤 했다.

'훈민정음 세종대왕' '을지문덕 연개소문' '우리나라 대한민국'

이런 글자들을 마음으로 소리 내며 한 획 한 획을 공들여 써 보곤 하였다. 하얀 습자지에 번지는 먹물을 보며 모양을 갖춰 쓴다는 것이 얼마나 어려운가를 생각하였다.

잊혀지지 않는다.

'ㄱ ㄴ ㄷ ㄹ …… ㅏ ㅑ ㅓ ㅕ ……'

손에 먹물을 묻혀 가며 써 보던 그때의 그 글자들은 아직도 내 가슴에 선명히 남아 지워지지 않는 낱말이 되고, 무한한 상상의 씨앗이 돼 주고 있다.

나는 곧잘 미닫이나 여닫이 방문을 바라보며, 문살에서 우리글의 홀소리와 닿소리의 글자를 맞춰 본다. 창호지 방문에 드러나는 문살에서 맞춰 보는 한글의 자모는 햇살을 머금은 글자, 새들의 노래가 깃든 흰 창호지 빛의 순박하고 평온한 글자였다.

우리 한글의 모양새는 수수하고 나긋하다. 바람결에 날리는 버들잎처럼 부드럽고 화평스러운 가운데, 어딘지 함부로 대할 수 없는 의젓함을 두루 갖추고 있다. 한글 서예를 보면 어느 때보다 우리글의 어여쁨을 속 깊이 느낄 수가 있다.

날렵하고 우아한 자태의 궁체엔 율과 격이 배어 있다. 속으로 읽으면 운율이 생기고 그 율은 샘물처럼 우리들 마음속으로 흘러든다.

우리글은 유달리 음악성을 지니고 있어서, 시조라는 겨레시가 우러나게 된 것이며, 또한 강줄기 같은 판소리가 겨레의 마음 바탕에서 울려 나오는 것이 아닐까 한다.

'ㄱ ㄴ ㄷ ㄹ …… ㅏ ㅑ ㅓ ㅕ ……'

이 너무나 하찮은 듯싶게, 또한 서운한 듯싶게 간결한 이 글자들이 한데 어울려 만들어 내는 변화무쌍한 조화…… 하늘 아래 땅 위의 어떤 소리나 형상이라도 다 표현할 수 있는 넉넉한 솜씨를 가진 글자를 우리 겨레가 사용하고 있다는 사실의 더없는 은혜와 행복이여.

한글의 모습에는 우리나라 산의 모습과 강의 흐름, 샘물의 맛이 깃들어 있다. 하늘의 빛깔이 담겨 있다. 우리 겨레가 만들어 낸 글자이기에 우리나라의 자연과 여기에서 우러나오는 정서와 맛이 배게 마련이다.

한글 서예를 보면서 나는 글자의 한 획 한 획이 그냥 이뤄지지 않았다는 것을 깨닫는다. 한국의 자연과 여기에서 우러나오는 감정과 한국인의 정신과 슬기의 뼈로서 이뤄진 것임을 느끼게 된다. 왜 지금까지 그것을 뼈저리게 느끼지 못하고 지내 왔을까.

한 줄의 문장을 쓰기에 앞서 우리글의 어여쁨을 알기 위해서라도, 하얀 화선지를 펴 놓고 한글 서예를 배우고 싶다. 아버지와 어머니를 생각하는 마음으로 공들여 써 보고 싶다.

'ㄱ ㄴ ㄷ ㄹ …… ㅏ ㅑ ㅓ ㅕ ……'

한지 방문

우리나라 아침은 한지 방문으로부터 온다.

희끄무레한 여명이 물들어 있는 한지 방문을 보면서 아침이 온 것을 알게 된다.

한지 방문은 정결하고 고요롭다. 세상에서 가장 먼저 밝아오는 아침의 서기와 명상이 어려 있다. 유리창처럼 빛을 투과하지 않고 머물게 하는 것은 한지 방문 밖에 없을 듯하다. 아침 빛을 맞아들이고 그 표정을 보여줌으로써 평화와 맑음을 준다.

한지 방문은 빛을 품어 광명을 안게 한다. 지난날의 어둠과 근심을 지워 버리고 새 기분으로 하루를 열게 한다. 드러나지 않고 은근하게, 눈부시지 않고 환하게, 번쩍거리지 않고 삼삼하게, 마음을 채워준다. 한지 방문은 빛을 여과시키고 함축시켜 담담하게 드러낸다. 한지 방문이야말로 우리 민족이 빛의 표정을 볼 수 있게 한 지혜의 꽃이 아닐까.

유리창이 사물을 분명히 볼 수 있게 한다면, 한지 방문은 빛의 표정과 숨결을 느끼며 사색의 시간을 갖게 만든다. 숨 쉬고 있는 이 순간의 소중함을 일깨워 준다. 시간의 흐름을 보여주며 빛의 미학을 펼쳐 보인다.

한지 방문엔 달빛이 찾아온다. 달빛을 머금는다고나 할까, 달빛에 젖는다고나 할까, 달빛과 만나 포옹하고 있는 것은 아닐까. 벌레는 무슨 말을 사방연속무늬로 늘어놓고, 바람은 나뭇가지를 흔들어 댄다. 소리만 들리는 게 아니다. 신록 향기와 들꽃 향기도 스며 온다.

바깥을 내다 볼 순 없지만 더 섬세하게 느끼고 교감할 수 있는 문이다. 안과 밖만이 아니라 찰나와 영원, 자연과 인간의 통로가 된다. 차단과 밀폐가 아닌 조화와 교감을 위한 문이다. 빛의 표정에 눈 맞추고 바람과 풀벌레의 소리에 귀 대고 있는 한지 방문. 닫혀 있는 게 아니라 자연 속으로 열려 있으며 숨 쉬고 있는 문이다. 바깥을 보는 게 아니라 마음을 보는 문이다.

조선 오백 년 동안 우리 겨레가 백자白瓷만을 추구해 온 것은 한지 방문의 한없이 맑고 환한 표정 때문이리라. 우리 민족 이외엔 순백색만을 오백 년 동안 탐구한 민족은 없다. 백자, 한지 방문은 빛을 반사시키지 않고 안으로 머금어 품어내므로 그윽하고도 고요 초롬하다. 다름 아닌 해와 달이 내는 영원의 빛깔이기 때문일 것이다. 무채색이지만 삼라만상의 모든 빛깔을 다 함축하고 있으며 정화된 빛이기에 한없이 빠져들었고 평안을 얻었다. 여명이 물든 한지 방문, 달빛 젖은 방문을 바라볼 때는 선禪의 세계에 빠져들게 한다. 우리 마음을 채워주는 생명의 빛, 평화의 빛, 환희의 빛이기 때문이리라.

한지 방문엔 밤늦도록 주무시지 않고 나를 기다리는 어머니의 모습이 투영돼 있다. 내 발걸음 소리 들으려고 귀를 기울이며 책을 읽고 계시는 어머니의 모습이 내 가슴에 새겨져 있다. 잔기침을 하면서 책을 읽으시던 어머니의 방문 그림자가 내 열여섯 살 적 가을 달빛과 함께 남아 있다.

한지 방문이 비어 있는 것처럼 너무 적적해 보여서일까. 한 쪽에 구절초 꽃잎이나 단풍잎을 붙여 놓는 경우도 있다. 다닥다닥 붙이지 않고 한편에 한두 잎쯤 붙여 심심파적深深破寂으로 단조로움을 면해 보자는 심사일 것이다. 북풍한설北風寒雪에도 지지 않는 꽃과 단풍잎을 보면서 겨울을 보내자는 것이다.

한지 방문엔 문풍지가 운다. 겨울철의 문풍지는 '우는' 것이 아닌 '떨림'이다. 한파에 떨고 있는 모든 것들의 모습을 보는 듯하지만, 문풍지 울리는 소리를 들으며 온돌방의 안온함에 안기게 한다.

한지 방문은 가로세로 짜여진 나무 문살의 단아한 모습을 보여준다. 직선들이 쭉쭉 뻗어나가 교차하면서 작은 정사각형들을 만든다. 한지 방문의 문살엔 한글의 자모가 들어앉아 있다. 'ㄱ, ㄴ, ㄷ, ㄹ, ㅁ, ㅂ'자가 눈에 띄며 'ㅅ'자를 찾기가 난감하지만 'ㅇ'자나

'ㅎ'자는 방 문고리를 보면 수긍이 된다. 흰 방문에 검고 둥근 무쇠 문고리가 달려 있어서 묘한 대조를 이룬다. 직선미와 곡선미가 어울리고 흑과 백이 만나고 있으며, 누군가 금방이라도 문고리를 잡아당길 듯한 여운을 준다. 기다림의 미학과 은근함을 품고 있다.

민족의 문자가 민족사상과 문화를 낳은 어머니라면, 한지 방문 또한 한국사상과 문화를 낳은 산파 역할을 한 것은 아니었을까. 고요한 아침의 나라, 맑고 깨끗함을 추구해 온 민족 정서의 바탕이 되게 한 한지 방문.

언제나 맑고 성스런 마음으로 아침을 맞고 깨끗하고 밝은 마음으로 하루를 보내고자 하는 우리 민족의 표상이 아닐까. 한국인의 여유, 깨끗한 마음, 심오한 사상은 빛을 머금어 매화꽃 빛 같은 표정을 지닌 한지 방문을 보면서 살아오는 동안 싹트고 피어난 것이 아닌가 한다.

나는 한지 방문을 물들이는 햇빛의 표정을 보면서 하루를 맞고, 한지 방문을 적시는 달빛의 명상을 보면서 하루를 거두고 싶다.

흙담

　시골 마을에 가면 시멘트로 된 담장보다 흙으로 담장을 둘러친 기와집이 마음에 든다.

　흙 담장은 할아버지의 인상처럼 구수하다. 바깥 세계로부터 차단시켜 내부의 모습을 드러나게 하지 않으려는 것이 아니라, 맑은 바람과 달빛이 드나들 수 있도록 닫힌 듯 열려 있는 흙 담장이다. 너무 훤히 드러나는 것이 민망하여 살짝 가렸을 뿐 발끝을 세워 보면 그대로 안이 눈에 들어온다. 무엇을 가릴 것이 있겠는가. 마당에 맨드라미, 분꽃, 수국, 봉숭아, 접시꽃이 수시로 피고 지고 감나무, 석류나무가 햇빛을 받아들이기 위해서는 담벽이 높아서는 안 된다.

　대청에 앉아서 무심코 바라보면 담장 너머로 산 능선이 푸른 하늘로 난초 잎의 곡선처럼 뻗어 간 모습을 아스라이 바라볼 수 있고, 동구 밖에서 정다운 손님이 오시는 것도 볼 수 있는 높이로 쌓아 놓았다.

시골 기와집의 흙담은 어쩐지 수줍음을 머금은 듯하고 농부의 옷차림처럼 수수하다. 더러 멋을 부린 흙담은 기와를 얹어 비에 쉽게 허물어지지 않게 해놓았을 뿐이다.

흙담을 쌓을 때를 상상해 보면 막걸리 한 잔을 들이키고 싶어진다. 황토 흙에 썬은 짚을 넣어 물을 부은 다음, 맨발로 들어가 밟으면서 흙의 묽기를 적당히 만드는 과정에서 황토 흙 속에 비비적거리는 발은 잠시 땅속의 나무뿌리가 된 듯해 보였다.

부드러운 흙의 촉감을 온몸으로 느끼면서 손에 쩍쩍 들러붙는 흙 반죽을, 깨진 기왓장이나 돌을 송송 박아 넣으며 흙담을 쌓아가는 장면은 한없이 천진스럽기만 하다.

흙 담장은 인간과 자연과의 경계를 만들어 놓는데 불과할 뿐 가장 밀접한 거리에서 서로 닿아 있음을 느끼게 한다.

세월이 지나면 흙담엔 풀씨가 날아들어 풀이 자라고 풀꽃이 피어난다. 어디 그뿐이랴. 담장으로 호박 덩굴이 뻗어 올라 오각형 황금빛 꽃을 피우는 것을 보면, 벽이라는 관념이 없어지고 살아 숨쉬는 공간 장식물이 되고 있는 것을 본다.

돌이나 시멘트로 만든 블록 담벽의 차가움과 딱딱한 인상과는 달리 생명감을 느끼는 자연물로 다가서는 것이다.

기왓장을 인 흙담을 보면 빗살무늬토기에서 느끼는 인간과 자연이 만나는 친화감의 온기를 감지할 수 있다. 누구의 손길도 닿지 않아 헝클어진 머리를 보는 듯한 흙담이지만 그 머리엔 인위적인 치장이 아닌, 풀꽃과 호박꽃으로 단장하여 질박하고도 야성적인 얼굴을 보여준다.

저녁이 되면, 담벽 위에 띄엄띄엄 핀 박꽃 위로 별들이 반짝거린다. 흙담은 달빛이 잘 내려와 마당을 곱게 물들여 줄 수 있도록, 바람이 들판의 벼 익는 향기를 들여올 수 있도록 쌓여졌다. 그뿐 아니라 풀벌레 소리도 잘 들리고 반딧불도 넘나들 수 있는 흙담 밑에 감나무가 어둠 속에 잠들어 있었다.

언젠가 고향 길에서 이농현상으로 마을마다 빈집이 덩그렇게 남아 퇴락해 가고 있는 모습들을 보았다.

어느 농가의 기와지붕은 군데군데 무너져 내린 채 있고, 대청엔 먼지가 쌓이고 마당엔 잡풀이 돋아나 있었지만, 우물 곁에 석류는 저절로 익어 터져 눈부신 진주알 같은 석류알이 데구루루 굴러 떨어질 것 같았고, 흙담 위로 누가 심었는지 달 같은 박 덩이가 올려져 있었다. 너무나 허망하고 쓸쓸해 보이는 폐가에서 뜻밖에 석류와 박 덩이가 영글어 주인 없는 집에 가을을 가득 채워주고 있었다.

나는 마당에서 한동안 우두커니 서서 농촌을 떠나지 않으면 안될 농민의 사정을 혼자 짚어 보면서 혹시 떠난 주인이 이 집으로 다시 돌아올 날이 있지 않을까 생각에 잠겼다.

틀림없이 가을 어느 날, 고향에 찾아와 자신이 살았던 집에 들어서서 마당의 석류와 흙담 위에 얹힌 박 덩이를 보면, 그냥 돌아설

수가 없으리라. 무너져 내린 기와지붕을 고치고 흙담을 손보아 다시금 살고 싶은 마음이 우러나올지 모를 것이다.

집을 버리고 고향을 떠난 농부는 언젠가 다시 돌아올 그날을 위해 집을 그대로 비워 두었을지 모른다.

시골 기와집의 흙담을 보면, 이런 집에서 가축들을 키우며 자연과 더불어 살고 싶다. 맑은 바람과 달을 맞으며 남새밭을 손수 가꾸며 욕심 없이 살고 싶다.

3장

차가
있는
풍경

녹차의 참맛

녹차의 맛은 우려서 낸 맛이다.

산의 만년 침묵을 우려내면 무슨 맛일까. 파르르 새로 솟아난 신록의 빛깔을 우려내면 무슨 맛일까. 산의 명상을 어떻게 맛볼 텐가. 바위의 그리움을 우려내면 그대의 얼굴이 떠오를까.

달빛처럼 투명한 맛을 어떻게 머금을 수 있을까. 맑아서 깊어진 마음을 어찌 알 수 있을까. 내 인생을 머금으면 이런 맛을 낼 수 있을까.

녹차의 맛은 활활 타는 쇠솥에서 덖어서 낸 맛이다.

오장육부를 불에 볶아서, 순하고 천진하게 만들었다. 샘물과 바람과도 마음을 통하는 벗이 되었다.

녹차의 맛은 손으로 비벼서 낸 맛이다.

햇살, 달빛, 바람, 이슬, 세월을 잘 비벼 내서 한 잔의 차를 마셔 볼 텐가. 누구와 어디서 마신들 상관할 바 없이.

녹차는 물맛이다.

산이 높을수록 계곡은 깊고, 땅속에 스민 물은 담담해진다. 새벽 종소리가 온몸의 신경을 깨우듯 한 잔의 물이 핏줄의 미세관微細管 까지 와 닿는다.

어찌 잎의 맛뿐이랴. 물의 맛뿐이랴. 바람의 맛뿐이랴. 달빛의 맛뿐이랴. 녹차엔 우리 자연의 성품과 눈매와 생각이 쌓여, 입에 오래오래 음미하게 만든다.

녹차의 맛은 하늘 속으로 첩첩으로 뻗은 산 능선과 만년을 유유 히 흘러내린 강물의 유선流線이 만나서 다정히 손잡고 있다.

녹차는 맛을 탐하지 않는다.

무심無心의 바닥이다. 풀벌레가 밤새도록 별들을 바라보며 발신 음發信音을 내고 있다.

녹차의 맛엔 그리움의 피리 소리가 젖어 있다. 흰옷을 입고, 한 지 방문을 바라보고, 백자를 빚어내던 우리 민족이 지닌 심성의 맛이다.

차는 무엇이며, 인생은 무엇인가. 눈을 감으면 영원 명상이 아닌
가. 인생과 자연과 여백의 맛이 아닐까. 시·공간을 초월한 영원과
의 눈맞춤……

차 한 잔

차 한 잔 속엔 평범 속의 오묘함이 있다.

그리운 이여, 매화가 피면, 국화가 피면 차 한 잔을 나누고 싶다. 촛불을 켜 놓고 마주 앉아 차 한 잔을 나누는 것만으로 얼마나 좋은가.

찻물은 심심산곡의 샘물을 받아와 쓴다. 첩첩산중의 빗물이 땅속으로 스며들어 맑은 물이 되기까지, 오랜 세월 동안 산의 마음에 고여 있었다. 산의 만년 명상과 만 가지 풀, 나무들의 뿌리를 거쳐, 맑고 깊어진데다가 온갖 약초 내음이 섞여 투명해졌다. 한 잔의 물에 산의 마음이 가라앉아 담담해졌지만 심오하기 그지없어 사량思量하기조차 힘이 든다.

좋은 차를 구하기 위해 봄에 하동 쌍계사에 가서 우전차雨前茶를 사 왔다. 우전차는 곡우穀雨 전후 따 온 녹차 잎으로 만든다. 우전차엔 겨울의 긴 침묵을 견뎌 낸 산의 입김이 서려 있다. 어둠과 죽음을 건너온 생명의 신비가 있다. 이 세상에 움보다 더 보드랍고 눈부신 색깔은 없다. 탄생의 빛깔이요 신이 낸 색채이기 때문이다.

차 그릇으론 막사발을 쓰고 싶다. 잘 만들겠다는 의식 없이 남에게 보여주겠다는 마음도 없이 무의식 무형식으로, 무상무념으로 빚어 놓은 막사발이 좋을 듯하다. 차 그릇은 산의 침묵, 하늘과 땅의 말들이 숨을 쉬는 마음을 담는 그릇이므로 텅 비어 있는 것이 좋다. 마음속까지 비워져야만 깊어질 대로 깊어져 산의 마음이 자리 잡을 수 있다. 잔을 잡았을 때, 온화하고 그윽하여 저절로 마음에 가닿아야 한다. 찻잔도 한순간에 마음과 일치되는 것이 아니다. 오랜 세월을 통해 만지는 동안 심오한 생각이 찻잔에 닿아, 어느새 정감과 사색의 이끼가 끼여야 오묘해진다.

차를 잘 다려 내려면 정성이 깃들어야 한다. 아, 깨달음이란 무엇인가. 어디 가서 깨달음을 얻을 수 있을까. 복숭아꽃이 핀 것을 보고, 설산에 핀 풀꽃들을 바라보며 깨달은 이들이여. 무심코 추녀 끝에서 낙숫물이 떨어지자 섬돌 앞의 땅이 젖는 것을 보고서, 찻잎을 따면서, 깨달은 이들이여. 그 마음속에는 무심의 차 한 잔이 놓여 있었던 것일까. 멀리서 영원하고 심오한 것을 보려다 눈이 먼 이들이여. 깨달음은 내 주변에 있는 데도 마음이 어두워 보이지 않는다.

차를 우려낸 다음, 침향沈香을 꺼내 손으로 부벼 향긋한 냄새를 적셔 권해드리고 싶다. 침향은 향나무가 천 년 동안 땅속에 묻혀 있다가 나온 것으로서, 세월이 지날수록 향기가 심원深遠해져 간다. 차향에 침향의 천년 향기를 보태 맡으며, 차를 맛보고 싶다. 차 한 잔에 잠긴 천년의 향기를 코끝에 대보며 천 년의 세월을 호흡해 보고 싶다.

차 한 잔을 드는 것처럼 손쉽고 간단한 일도 없다. 하지만, 한량 없이 신묘하여 막막해질 때가 있다.

차 한 잔을 드는 것은 산의 만년 명상과 마주 앉는 것, 영원의 하늘과 이마를 맞대어 보는 일일 수도 있다. 어떻게 차 한 잔을 잘 달여 마실 수 있을까. 만년 적막을 담담히 받아들일 수 있을까. 하염 없이 몇만 광년의 별빛을 맞을 수 있을까.

달빛 속에선 모두 닿아 있다. 찰라 속에 영원이 담기고 영원은 찰라 속에 숨을 쉰다. 별자리가 움직이고 계절이 바뀌고 물은 흐른다. 차 한 잔을 마시며 영원을 호흡해 본다. 찰라 속에 영원을 버리는 것이 영원을 얻는 일이 아닐까 싶다.

그리운 이여, 매화가 피거든 난초꽃이 피거든 차 한 잔을 마시고 싶다.

차를 마시고 싶은 곳

차를 마시는 데 있어서 어떤 조건이 있는 건 아니지만, 마음에 드는 곳을 택하고 싶어진다. 차 한 잔을 마시는 게 무슨 의미냐고 할지 모르지만, 누구와 언제 어디서 마시느냐에 따라서 의미나 품격이 달라진다.

차를 마실만한 곳으로 어떤 곳이 좋을까. 계절, 날씨, 기분, 대상에 따라서 달라진다. 혼자일 때와 마시는 사람과 용무에 따라서 달라진다.

언젠가 문우들의 안내로 남한강과 북한강이 만나 한강을 이루는 두물머리(양수리)를 바라볼 수 있는 곳, 운길산 수종사水鍾寺 삼정헌 三鼎軒이란 차실茶室에 간 적이 있다. 팔당댐의 산수 경치를 가장 잘 내려다볼 수 있는 이곳 차실에서 추사秋史 김정희, 다산茶山 정약용,

다성多聖 초의선사가 담소하며 차를 마시던 광경을 떠올려 보았다. 그들은 이곳에서 무슨 얘기를 나누었을까.

두물머리 물은 이제 대하大河를 이뤘지만, 한 방울의 물들이 수없이 만나고 헤어짐을 반복하면서 내川가 되고 강이 되고, 마침내 두물머리에서 얼싸안고 있다. 인간도 물처럼 어디서 온지도 모르지만 만나고 헤어지는 존재가 아닌가.

두물머리를 보면 물결 속에 만남과 헤어짐이 보인다. 물처럼 구름처럼 머물지 못하고 어디론지 떠나며 흐르는 존재라는 것을…… 수종사엔 물기 머금은 나무들과 한 잔의 차와 물의 영혼을 느낀다. 안개 한 알의 미립자와 만나는 듯 은밀한 촉감이 닿아 온다. 어디서 물의 종소리가 들려오는 듯하다.

인생은 만남의 연속과 이별 속에 피고 지는가 보다. 물처럼 흐르는가 보다. 사람의 인연이란 두물머리 물처럼, 삼정헌에서 차를 마시던 추사, 다산, 다성처럼 그렇게 만났다가 헤어짐인가.

삼정헌에서 두물머리와 산수유꽃을 보면서 어디선가 물의 종이 내는 소리를 들어보려 귀를 기울였다. 나도 강물처럼 구름처럼 흐르고 있었다. 어디선가 종소리가 들리는 듯하고 두물머리 물들이 손을 흔들며 떠나가고 있었다.

한가할 때라면 차 마실 곳으로 정자亭子 이상의 곳이 어디 있으랴 싶다. 정자는 인간과 자연의 거리를 밀착시킨 가장 가까운 경계에 자리 잡고 있다. 정자는 자연으로 열려 있는 장소이며, 삶으로부터의 일탈과 자유와 해방의 공간이 아닐 수 없다. 낙향한 선비들의 사색 공간인 동시에 학문과 정신의 집중력을 모으는 구심처이기도 했다. 자연 속으로의 은둔과 명승의 경치를 즐기는 한가한 삶의 공간쯤으로 생각해선 안 된다. 정자는 선비들의 마음 한가운데 세워진 사색과 명상의 공간으로 깨달음의 길목에 지어진 집이 아닐 수 없다. 청한한 바람과 하늘과 구름과도 통하고, 산수 경치를 관망하고 감상할 수 있는 가장 절묘한 위치에 세워져 있다.

산 능선들이 그리움처럼 부드러운 곡선으로 흘러가다 문득 고개를 돌려 서로 돌아보고 싶은 곳에, 냇물이 흘러가다 눈길을 돌려 한 번쯤 뒤돌아보고 싶은 곳에, 달이 뜨면 가장 오래도록 잘 보이는 곳에, 그냥 지나치기가 아쉽고 안타까운 마음이 드는 곳에 정자를 세워 놓았다.

정자 위에 오르면, 이곳에 지은 이치를 대번에 깨닫고 만다. 자연을 보는 안목이 얼마나 깊은가에 경탄하면서, 사방으로 펼쳐지는 전망에 절로 안복眼福을 누리게 된다. 벗과 더불어 정자에서 차 한 잔을 마시는 것이야말로 청복淸福이 아닐 수 없다. 바람과 새소리와 하늘 구름과 꽃들을 바라보며 차를 마시는 운치를 어디다 비길 수 있으랴.

정자 다음으론 고가의 사랑채나 대청이 차 마실 곳으로 좋다. 전통 한옥의 고가古家를 찾기가 쉬운 건 아니다. 문중門中 종가宗家나 재실齋室이 아니라면 옛집을 만나기란 어렵다. 이런 가옥은 지방문화재로 지정되어 보호를 받거나 민속촌이 아니면 볼 수조차 없다.

옛집의 대청마루에 앉아 보면 우선 나무에서 풍겨지는 느낌과

피부로 전해 오는 촉감이 다르다는 것을 느낀다. 오랜 나무에서만 이 풍겨 오는 생명의 향기와 촉감의 아름다움은 수명이 반영구적인 현대 건축자재로 만든 것과는 사뭇 다르다. 시멘트, 유리, 금속, 타일 등의 규격에 맞춘 자재에선 매끄럽고 우아한 분위기를 느끼지만, 생명체에서 전해 오는 온기와 느낌은 들지 않는다. 딱딱하고 차갑고 비생명성을 느끼게 한다. 그 자재들은 편리한 도구일 뿐이지 더불어 삶과 생명을 이야기할 수 있는 대상이 아니다.

대청마루에선 오랜 세월 비에 씻기고 퇴색된 자국을 나무의 나이테가 안고 있다. 집은 비록 낡았지만, 나무 일생의 흔적과 삶의 아름다움을 극명하게 증언해 주고 있다. 대청마루에 앉으면 서늘한 감촉으로 다가오는 나무에게서 다정함과 세월의 향기를 느끼게 된다. 사랑방과 거실, 서재에서 차를 마시면, 방 안에 있는 기물, 족자, 병풍 등 그림에서 풍기는 품격과 운치를 느낄 수 있다. 고대와의 만남이 싫지 않다.

수관樹冠이 준수한 정자나무, 노거수老巨樹 아래서 차를 마시는 것도 좋다. 먼저 수백 년 수령樹齡의 나무에게 차 한 잔을 올리고, 대화를 나누었으면 한다. 철따라 모습을 달리하는 순리의 적응, 수만 가지의 잎들이 펼치는 사색과 느낌의 세심한 색깔들을 바라보는 데만도 미의식의 한계를 느낀다. 차를 마신다는 것은 마음을 통하고, 대화를 나누는 일이다. 차를 통해서 나무와 마음으로 통하고 대화를 가짐으로서 땅과 하늘과도 통하게 됨을 알게 된다.

여행을 하다 보면, 국적 불명의 건축물들이 절경지마다 세워져 있고, 전통차나 음식을 파는 곳이 많아졌다. 지붕이 버섯 모양새이고 벽도 황토벽처럼 해놓았으나 우리 전통 가옥과는 판이하다. 눈길을 끌고 있으나, 우리 멋과 맛과 품격이란 찾아볼 수 없고, 천박해 보인다.

오늘날에도 현대 감각에 걸맞는 전통찻집이 선보이고 있긴 하다. 건축가들에 의한 전통찻집의 실내 공간 창출과 장식 등으로 우리 전통 미의식의 계승을 보여주고 있는 곳도 많이 늘어나고 있다. 차를 마시고 싶은 흥미를 유발시키는 명소들이 많아야만 차 문화가 향상되고 차 인구가 늘어나는 법이다.

대개의 경우는 차茶와 다구茶具들의 진열로 말미암아 실내 공간이 잠식되어 사색과 대화 공간이 좁아져 갑갑증을 느끼는 경우가 많다. 다구들의 진열장이 있어서 감상 공간을 마련하여야 하지만, 차를 마시는 공간과의 간격, 조화 등이 이뤄져야 하지 않겠는가.

좌식座式 공간과 의자식 공간과의 조화, 실내장식에 있어서 현대와 고전과의 조화, 조명과 음악 등이 품격과 분위기를 살려 주어야 한다.

차를 마시고 싶은 곳의 최상을 들자면 너무 호화 사치에 빠질 우려가 있음을 경계하고, 또한 기교, 형식에 치우쳐 자유분방함과 소박함, 즉시성과 평안함 등 더 소중한 요건을 상실하지 않는 것이다. 마음이 행하는 대로 하면 된다. 불현듯 그곳에 가 보고 싶다고 할지라도, 그것은 오래전부터 생각해 두었거나 그리움이 눈짓하는 추억의 곳이기 때문이리라.

차를 마시고 싶은 사람

차를 마실 때 가장 중요한 것이 무엇일까. 때와 장소, 차와 다구, 분위기 등이 맞으면 좋을 것이다.

달이 뜨면 좋을 것이고 곁에 꽃이 피어 있으면 황홀할 것이다. 거문고나 대금 연주가 있으면 더 흥겹지 않으랴. 때맞춰 산들바람이 불어오고 날씨조차 좋다면 더 무엇을 바랄까.

아무리 날씨와 때를 맞추고 달과 꽃이 있어 배경이 좋아도, 또 음악이 있어서 흥취를 돋운다고 해도 한 공간이 비어 있으면 마음이 동하지 않는다. 달이 아무리 밝아도 꽃이 어여쁘다 할지라도 그대가 없다면 무슨 소용인가. 가장 중요한 것은 차를 마시고 싶은 사람이 있어야 한다.

차 한 잔을 마시는 일처럼 평범하고 쉬운 일도 없을 테지만, 언제 어디서 누구와 만나 어떤 대화를 나누며 차를 마셨느냐 하는 것은 멋이요 맛과 풍류가 아닐 수 없다. 우연 중에 또는 약속하여 이뤄졌던 간에, 차 한 잔을 나누는 시간을 가진다는 건 삶의 여유와 운치다.

인생은 만남과 이별의 연속선상에 놓여 있다. 태어날 적부터 인간은 숙명적으로 여행자가 되어 정처 모를 곳으로 떠나는 존재다. 어디에서 와서 어디로 가는 것인지, 아무도 알지 못할 길을 갈 뿐이다.

30여 년이 다 돼 가는 아득한 일인데도 기억만은 생생하다. 나는 통도사 극락암에 계시던 경봉선사鏡峰禪師를 친견親見하였다. 막막함과 얼떨떨함 속에서 순간을 보내고 말았지만, 그때 경봉선사와의 단 한 번의 선문답禪問答은 평생 동안 내 가슴에 천둥소리를 내며 울리고 있다. 산부처라 불리던 선승 앞에 꿇어앉아 세 번 절을 드리고 앞에 놓인 차를 마시지 못하였다. 마음의 여유가 없었기 때문이다.

"길이 없는데 어떻게 왔는가?"

그 분의 물음은 공허한 내 마음 가운데 종소리처럼 들려왔다.

"마음에 길이 있지 않습니까?"

불쑥 이런 대답을 해 버린 순간, 얼굴이 붉어졌다. '모르겠습니다.'라고 왜 말하지 못했을까. 침묵 속에 얼굴을 붉히고 있었으면 더 좋았을 것이다. 경봉선사의 질문은 나를 비롯한 중생들에게 던져 보는 것이었지만, 자신에게 던지는 질문이었다. 인간으로서 알 수 없고 풀 길 없는 영원한 질문이었다. 인간의 생로병사에 대한 존재적인 질문이며 화두話頭였음을 당시는 알지 못했다.

'길이 없는데 어떻게 왔는가?'

나는 가끔 경봉선사가 던진 이 신비한 질문 앞에서 차 한 잔을 놓고, 생각하는 시간을 가지곤 했다. 그때 마음의 여유가 없어서, 편안하지가 않아서 차 한 잔을 마시지 못하고 일어서고 만 것을 아쉬워한다.

마음이 통하는 사람이라면 차 한 잔 마시는 데 아무런 조건이 필요하지 않다. 그대가 있으면 만사형통이 아닌가. 차를 마신다는 것은 구실에 불과하다. 차란 대화의 문을 열기 위한 하나의 매개체에 지나지 않는다.

나이가 들어갈수록 술친구보다 좋은 다우茶友가 있었으면 한다. 차차 술을 멀리 하고 나서부터 만날 사람이 있으면 찻집을 찾게 된다. 한 달에 한 번씩 차를 마시며 대화를 나누는 차 모임茶會에 들어서 지내기도 하였다. 차회는 격식과 의식이 번거로운데다가 마음을 맞추기가 쉽지 않았다.

차 한 잔을 마시기 위해 먼 길을 찾아오는 이가 마음이 통하는 차 벗이다. 난초가 꽃을 피우면 차 한 잔을 마시고 싶은 사람이 있다면 흥겨울 것이다. 매화가 봉오리를 터트렸다며 차 한 잔을 마시자는 벗이 있으면 좋을 것이다. 보름날에 차 마시러 오라고 전갈을 보내는 벗이 있으면 행복할 것이다.

달린다고 해서 앞서 가는 것이 아니며, 걷는다고 해서 느린 것이 아니다. 인생길에 지름길이란 없다. 인생은 자신의 성격에 따라 마음의 행로에 따라 가는 길이다. 만남과 헤어짐으로 점철된 인생길에서 차를 마시는 시간은 하나의 쉼표가 아닌가. 쉼표를 찍는다는 건 인생의 속도 조절이며, 숨결을 고르는 순간이 아닐 수 없다. 나만이 아니라 타인도 이해하며, 균형과 조화를 얻으려는 슬기가 아닌가.

일 년은 계절이 있어서 쉼표를 만들고 새로운 전환기를 마련한다. 차를 마시는 일은 생각을 깊게 일이며 대화를 통해 인생에 대한 지식과 정보를 얻는 일이다.

실크로드가 열리기도 전에 중국과 티베트 간에 차의 교역로인 차마고도茶馬古道가 고산준령에 개설되었으며, 죽음을 넘나들며 차를 말에 실어 운송하였다. 차는 인류의 삶에 없어선 안 될 하나의 기호 식품에 그치지 않고 정신적이고 문화적인 필수품이었음을 알게 한다.

주변에 차 벗이 있다면 인생은 적적하지 않다. 언제나 찾아가고 찾아올 수 있게 허물없는 벗이라면 더욱 좋으리라. 죽마지우라면 좋지만, 말 한마디 없어도 마음이 통하고 편안한 사람이면 바랄 게 없다. 갓 핀 난초꽃을 앞에 두고, 설중매雪中梅를 보면서 함께 마시는 차 벗에게서 난초 향기와 매화 향기가 나지 않을 수 없다. 달을 기다려 차 마시자고 초청하는 벗에게서 달빛의 마음이 흐른다.

차 한 잔을 함께 하자는 것은 마음을 나누자는 말이 아닌가. 공감의 미학과 삶의 여유와 마음에 물기를 적셔 보는 일이 아닌가.

차 한 잔으로 인생은 더 깊어지고 아름다워질 수 있음을 깨닫는다.

차 한 잔을 마시자고 하면, 선뜻 응해줄 차 벗이 너무나 귀하다. 세상에 차 한 잔을 함께할 차 벗이 없어 적막할 때가 있다. 달이 뜨지 않아도 꽃이 없더라도 차를 마실 수 있는 벗이 있으면 좋겠다.

차와 계절

언제 어디서 차를 마실까

차를 마시는 것처럼 쉬운 일도 없을 성싶다. 삶의 여유이고 바쁜 일상 속의 쉼표와 같은 게 아닐까. 어떤 때는 차 한 잔을 마시기 위해 여러 가지 조건을 생각한다. 차 한 잔 마시는 일은 단순 명료한 일이면서도 산의 만년 명상과 마주 앉는 일일 수 있다. 달빛 속에 홀로 산책하는 맛이 이럴까. 자신의 마음을 들여다보며 대화하는 순간일 수도 있다.

어떤 차를 마시느냐는 것 보다 언제 어디서 누구와 차를 마시느냐가 중요하다. 시간과 공간, 차를 마시는 사람에 따라서 차의 맛, 분위기, 의미는 사뭇 달라지기 때문이다.

매화가 피면 한 번 모인다. 복사꽃이 피면 한 번 모인다. 난초꽃
이 피면 한 번 모인다. 첫 국화꽃이 피면 한 번 모인다. 첫눈이
내리면 한 번 모인다.

다산 정약용(1762~1836)이 전남 영암에서 귀양살이를 할 적에 주
변의 선비들을 모아 '죽란시사'라는 시 동인회를 만들고, 모임의 시
기를 규약으로 정한 내용이다. 계절에 따라 꽃 필 때를 맞춰 그 동
안의 회포를 풀고 시를 읊고 차를 마시는 모임이었다. 차 한 잔을
마시는 것이 대수로운 일이 아니라 할지라도, 꽃을 보며 시를 읊
는 것이 음풍농월吟風弄月만이 아닌 삶 속의 멋, 맛, 미를 공유하면
서 인생과 학문에 대한 생각들을 나누는 일이야말로 얼마나 운치
가 있고 지혜로운 삶의 모습인가.

차를 마실 대상으로 어떤 사람이 좋을까. 어떤 대화를 나누는 게
좋을까.

양평군 두물머리兩水里 근처에 있는 수종사는 팔당호수를 내려다
보는 운길산雲吉山에 있는 절로서 1460년(세조 6년)에 창건되었다. 세
조가 금강산을 다녀오는 길에 두물머리에 당도하여 야경을 즐기던
중이었다. 난데없이 종소리가 들려와 주민들에게 물어보았다. "근
처에 종은 없고 종소리가 날만한 곳은 운길산 암굴 속에 오래된 절
터가 한 곳 있을 뿐."이라고 대답했다. 즉시 탐사케 하여 알아보았
더니, 암굴 속에 18나한상이 열좌列座해 있고, 바위틈에서 물방울
이 떨어지면서 내는 소리임을 알게 되었다. 왕은 여기에다 사찰을

짓게 하고 수종사라 명명命名하였다.

　팔당댐의 절경이 한눈에 내려다보이는 수종사에 '삼정헌三鼎軒'이라는 별채 다실茶室이 있는데, 다성茶聖 초의선사, 다산茶山 정약용, 추사秋史 김정희가 즐겨 차를 마시며 대화를 나누던 곳이다. 그들은 차를 마시면서 무슨 대화를 나누었을까. 초의선사는 자신이 심고 거둔 햇차를 귀양살이하던 다산과 추사에게 보내주었고, 다산과 추사는 고마움을 편지로 보내며 우정을 쌓아 갔다.

매화, 산수유꽃이 피면

　겨울이 깊어질수록 녹색이 그리워진다. '날 좀 보소, 날 좀 보소, 동지섣달 꽃 본 듯이 날 좀 보소.' 밀양아리랑의 한 구절만 보아도 삼동三冬은 꽃이 그리울 때다. 긴 겨울을 넘겨 제일 먼저 봄을 알리는 전령사가 매화다. 매화가 피면 어떤 꽃가지를 꺾어 담아야 항아리나 병이 절묘하게 어울릴 것인가를 생각한다. 백자 항아리면 백매白梅보다 홍매紅梅가 더 어울린다. 백자 항아리와 홍매가 만나는 인연과 아름다움을 생각하며 차를 드는 맛을 누가 알 것인가.

　봄이면 어디서 차를 마시는 게 좋을까. 어디든지 좋을 것이지만, 꽃을 보면서 차를 든다는 것은 삶과 계절과 자연을 조화시키는 미학이다. 때와 곳과 사람이 조화를 이루는 만남의 미학이다. 그 자연스런 만남은 차와 꽃의 눈짓과 향기로 채워진다.

매화 다음으로 우리 강산에 봄이 옴을 알리는 건 산수유꽃이다. 지리산 기슭 전남 구례군 산동면 상위마을은 우리나라에서 가장 먼저 산수유꽃이 피는 곳이다. 이때를 맞아 산수유꽃 축제를 연다. 한반도에 바야흐로 봄철이 당도하였음을 확인시켜 주는 것은 산수유꽃이 아닌가. 삭막하고 황량한 산 빛을 은은한 연둣빛으로 젖어들게 한다. 보이지 않던 움들이 한꺼번에 툭툭 피어서 세상을 찬미와 경이의 세계로 만들어 버린다. 아무도 모르는 사이에 움 하나씩이 피어나면서 산천에 피를 돌게 하는 산수유꽃.

산수유꽃을 보면서 벗들과 무슨 대화를 나눌까. 물질의 욕망과 집착에서 벗어나 계절이 주는 아름다움에 취한다. 시시각각으로 변하는 일시적인 것의 아름다움을 발견한다.

산수유차를 들면 온몸으로 푸른 수액이 흐르는 듯하고 가슴이 산수유꽃으로 채워져 온다.

여름엔 연꽃차를 마시고 싶다

여름이면 초목의 빛깔이 푸르무레 푸르스레하던 것이 푸르딩딩 푸르죽죽해진다. 한낮의 열기는 가슴을 답답하게 만들고 나태에 빠지게 한다.

여름이면 연꽃을 보면서 차를 마시면 좋지 않으랴. 연못 옆의 정자亭子라면 더 좋을 듯하다. 정자는 인간과 자연의 경계를 최대한 좁힌 곳에 위치하며, 우리 선조들이 지혜로 얻어 낸 마음의 휴식처요, 청정의 명상 공간이 아닐까. 정자에서 차를 들면서 여름의 무더위를 식히며 연꽃을 바라보는 맛과 운치를 누구와 함께 나눌 것인가.

연꽃이 있는 곳이야말로 번뇌 근심을 버린 고요한 깨달음의 자리이다. 연꽃이 피는 것은 땅이 아닌 물속이다. 물은 생명을 탄생시킨 어머니요, 자연을 낳은 힘을 지녔다. 물은 순리를 따른다. 깨달음의 꽃, 연꽃이 물 위에서 피어난 것은 우주의 순리에 순응한 모습이다. 연꽃을 피우기 위해선 욕심, 성냄, 어리석음, 곧 불교에서 말하는 삼독三毒을 씻어 내야 한다. 마음을 안으로 잘 가라앉혀 맑은 심경으로 만들어야 한다. 흙탕물을 명경지수明鏡之水로 만들고, 악취를 향내로 바꿔야 한다.

경남 하동군 곤명면 백연리는 백연지白蓮池로 알려진 곳이며 도자기 마을로 유명하다. 하동은 도자기의 원료인 고령토의 생산지일 뿐 아니라, 인근 화계면 쌍계사 일대는 자생 녹차밭이 많아 해마다 야생차 축제를 연다. 백연리에 있는 '새미골 가마'는 영화 〈취화선〉의 촬영지로 알려져 있다. 이곳에서 구워 내는 막사발이 유명하다.

나는 찻잔으로 막사발을 쓴다. 막사발은 막 사용할 수 있는 그릇이라는 말이다. 백자나 청자처럼 고도의 미의식을 부여한 것이 아니고, 무의식 무형식으로 마음 내키는 대로 빚어 만든 그릇이다. 보기에도 칙칙하고 촌뜨기 같은 느낌을 준다. 눈에 띄게 화려하거나 우아한 모양을 취하지 않고, 황홀 찬란한 색깔을 염두에 두지 않고, 그냥 아무렇게나 손쉽게 쓸 수 있는 그릇이다. 생활자기를 일컫는 말이 따로 없다. 대개 우리나라 도자기라고 하면 고려청자 조선백자를 들고 청화백자, 분청자기 등을 말하지만 거무튀튀하게 보이는 생활자기를 부르는 이름이 없다.

1970년대 어느 여름날로 기억된다. 진주의 차인 아인亞人 박종환 선생을 대아고등학교 교장실로 찾아 갔다. 당시 교장으로 이 학교 설립자이시기도 한 아인 선생은 학교 다실로 나를 안내했다. 학교에 다실을 만들어 학생들에게 차 교육을 시킨 것은 이 학교가 처음이다. 아인 선생은 막사발에 차를 따라 주시면서 "청자, 백자 계통의 도자기 외에 서민들이 쓰던 거무칙칙한 도자기가 있는데, 딱히 적당한 이름이 없다."고 하셨다. 우리는 차를 마시며 소박하게 생활 용구로써 사용할 목적으로 만든 서민용 도자기를 '향자鄕瓷'라고 이름 붙였다.

청자, 백자가 양반층이 쓰던 그릇이라면 향자는 서민들이 쓰던 그릇인 셈이다. 막사발이란 찻잔도 처음엔 서민들이 쓰던 그릇이었다. 이것이 임진왜란 때 일본으로 건너가 알려지게 되고 일본인들에게 차츰 애호를 받게 되었다. 섬세, 완벽의 미를 추구하려는 일본 도자기와는 너무나 대조적인 소탈, 무의식, 자유로움, 시원함을 느끼게 하는 막사발은 일본인이 발견하지 못했던 새로운 미의 식과 매력을 안겨주었기 때문이다. 투박하나 구수해 보이고, 제 멋대로 주물러 빚어 내놓은 것처럼 보이지만, 정감이 가는 그릇이다.

겉모양만 매끈하고 화려해 보이는 그릇과는 다른 독특하고도 깊은 맛에 끌리게 하는 데가 있다.

연꽃 축제를 개최하고 있는 곳으로 전남 무안의 백연지가 유명하며, 전주 덕진 연못도 연꽃으로 알려진 곳이다.

연꽃을 바라보면서 막사발에 연꽃차를 마시는 맛을 어디에 비길 수 있으랴.

여름엔 물가의 창포꽃이 눈을 청신하게 해준다. 창포꽃은 보라와 노랑 빛깔이 있다. 단옷날에 여인들은 창포 잎을 삶아 우려낸 물에 머리를 감고 창포 뿌리로 단오비녀를 머리에 꽂았던 풍습이 있었다. 창포로 머리를 감으면 일 년 내내 머리에 윤기가 나며, 땀띠가 나지 않는다고 했다. 창포는 개천, 강가, 습지에 자라지만 근래엔 찾아보기가 매우 어렵다.

꽃창포나 붓꽃과 비슷하나 종부터 전혀 다르다. 창포는 천남성목 천남성과에 속하고 꽃창포는 백합목 붓꽃과에 속한다. 줄기는 비슷하며 구분하기 쉽지 않지만, 꽃만은 확연히 다르다. 칼처럼 생긴 길다란 잎 사이로 꽃줄기가 돋아나 그 끝 부분에 몇 송이의 꽃을 단다. 여인이 창포물에 머리를 감는 장면은 상상만 해도 향기로워진다. 물의 청량감, 꽃의 화사함, 치렁치렁한 머릿결의 윤기와 어울려 여인에게서 창포꽃의 어여쁨과 쇄락함을 느끼게 해준다.

창포꽃을 볼 수 있는 곳 중의 하나로 창녕 우포늪이 있다. 우포늪은 낙동강물이 내륙에 갇혀 늪이 된 지역으로 1억 4천만 년 전에 형성된 것으로 알려져 있다. 이곳은 많은 수생생물이 서식하고 있어서 생태계의 보고寶庫다. 태고의 공간과 원시의 시간을 느낄 수 있는 곳이다.

우포늪에서 1억 년의 시간과 공간을 느끼며 샛노란 창포꽃이랑 보라 창포꽃을 보면서 차를 들면, 한시적인 삶을 살지라도 영원의 강물 소리가 들려온다.

찻물에 피어나는 국화의 맛

가을꽃들은 청초하고 맑은 표정을 지녔다. 하늘의 고요와 순수를 지녔다. 서리가 내리면 꽃들은 자취 없이 사라질 표정을 하고 있다. 가을이면 기러기와 철새들도 하늘길을 재촉하며 먼 여행을 떠나고, 누구나 나그네가 되어 떠날 준비를 서두른다. 단풍도 일생의 아름다운 단장을 마치고 이제 빛을 해체하고 돌아가려 한다. 곤충들과 벌레들도 자신의 갈 길을 찾아 소리 없이 떠나고 있다. 가을이면 모든 사물들이 제각기 삶의 결실을 거두고, 다시금 제자리로 돌아가기 위해 침묵 속으로 빠져들려 한다. 산들도 색채를 벗어버리고 내부를 드러낸다. 뼈와 살을 드러내고 침잠의 시간을 가지려 한다.

꽃은 이제 질 때가 되었다. 꽃은 절정, 최고, 최선을 뜻한다. 바로 삶의 정점頂点이고 미의 정화精華다. 꽃이 필 때는 폭우가 쏟아져도 지지 않는 법이다. 일생의 집중력을 다 기울이기 때문이다. 초목들이 있는 힘을 기울여 꽃을 피우려는 순간, 하늘과 땅도 때를 맞춰 함께 호응하여 피워 낸다. 병아리가 알을 깨고 나올 때 안팎에서 병아리와 어미 닭이 함께 알을 쪼아 댄다. 혼자의 힘으로써만이 아니라, 때를 맞춰 안팎에서 동시에 힘을 보태는 것이다. 누구나 꽃이길 바라고, 한 번 꽃자리에 있으면 오랫동안 물러나지 않으려 한다. 꽃은 열매를 맺기 위해 피어났으므로 스스로 떨어질 때를 안다. 가을의 꽃은 마음을 비워 놓아 청초하다.

가을이면 우리나라 산야엔 구절초꽃이 피어난다. 산길이나 들판길을 걷다 보면 산비탈이나 밭두렁에서 가장 먼저 눈에 띄는 것이 구절초꽃이며 쑥부쟁이꽃이다. 표정이 청순하고 맑아 눈물이 돌듯하다. 구절초 말린 것을 한지에 싸서 옷장 아래쪽에 넣어 둔다거나 책갈피에 끼워 두면 좀이 슬지 않는다. 책을 펼 때마다 산뜻한 향기가 머리까지 맑게 한다. 구절초는 예로부터 향기로운 차와 약초, 술의 재료로 쓰였다. 가을에 꽃이 핀 줄기를 채취하여 그늘지고 비를 맞지 않는 벽에 매달아 말린다. 이것을 1cm 정도로 썰어서 끓는 물에 우려 두면 연한 차색의 맑은 차가 된다. 구절초차를 마시면 정신이 맑아지고 가을 하늘 향기가 가슴까지 스며 온다.

가을철의 차로선 국화차를 들 수 있다. 국화 중에서 차로 쓸 수 있는 건 소국小菊이며, 소국 중에서도 꽃 가운데 열매를 맺게 하는 심이 없고 솜털처럼 부드러워서 씨가 맺히지 않는 종류여야 한다. 소금을 넣은 뜨거운 물에 꽃잎을 데친 다음 소쿠리에 건져 냉수로

헹구고 소금기를 완전히 빼서 그늘에 2일 정도 말려 밀봉 보관한다. 말린 국화를 3~4송이 찻잔에 넣고 따뜻한 물에 1분 정도 우려내어 마신다. 4~5번 우러서 먹을 수 있다. 따뜻한 물에서 3분 정도 지나면 마른 꽃송이가 활짝 피어난다. 차를 마시면서 국화의 부활을 보게 된다. 부활한 국화를 녹차 위에 띄워 마셔도 향과 운치가 그윽하다.

가을의 차는 향기에 취한다.

첫눈 내릴 적 난초꽃을 보며

겨울이면 첫눈이 내릴 때 차를 마시고 싶다. 함박눈이 내릴 때 찻물을 끓이면서 멀리서 반가운 이가 오면 좋으리라. 세상은 갑자기 고요와 순결의 표정으로 변하고 어디선가 한 번도 듣지 못한 종소리가 은은히 울려오는 듯하다. 눈 내리는 광경을 보면서 그리운 이와 문득 대화를 나누고 싶어진다. 찻물 끓는 소리는 누군가 길을 떠나 눈을 밟고 나에게로 향하는 소리일지 모른다.

찻물은 심심산곡에서 떠 온 샘물을 쓴다. 물도 맑음의 맛이 다르다. 산이 높을수록 계곡도 깊고, 물맛도 좋아지는 법이다. 빗물이 산의 땅속으로 스며들어 온갖 초목의 뿌리와 흙을 스치는 동안 맑고 투명해진 데다가 향기로워졌다. 그 물들이 샘을 이룬 곳을 찾아 받아 온 물이다.

겨울의 차로는 우전차雨前茶가 좋다. 우전차는 곡우 전후에 딴 녹차 잎으로 만든다. 하동 쌍계사 근처에 야생 차밭에서 따내 만든 우전차를 준비해 둔다. 눈 내리는 날, 함께 우전차를 마실 시간을 위하여 방의 한곳에 다상이 놓이고 다구가 있다.

차인은 자신의 찻잔만을 즐겨 쓴다. 오랜 세월 손으로 만지는 동안 정이 들기 때문이다. 찻잔을 들고 명상하는 동안 따스한 차의 기운이 손바닥을 통해 마음으로 전해 온다. 찻잔은 하나의 다구에 그치지 않고 대화의 상대가 되기도 한다. 찻잔은 한 도공이 만들어 낸 것일지라도, 누가 사용하느냐에 따라 명기名器가 되기도, 하찮은 찻잔이 되기도 한다. 찻잔을 사용하는 이의 인격과 마음 경지에 따라서 찻잔의 표정과 품격이 달라진다는 것이다. 도공이 명기를 만들어 내는 게 아니라, 차인에 따라서 점점 좋은 찻잔이 되기도 하고 대수롭지 않는 찻잔으로 변해 간다. 이를 양기養器라고 한다. 그릇을 기른다는 뜻이지만, 차차 완성시켜 간다는 것이다. 차인이 오랜 세월 동안 찻잔을 들고 명상 속에서 마음의 꽃을 피워 낼 때에 찻잔도 그 경지를 닮게 된다는 것이다. 같은 악기일 지라도 그 악기를 연주하는 사람에 따라서 명기도 될 수 있으며 평범한 악기도 될 수 있는 이치와 같다.

겨울엔 바깥에 꽃이 없어서 삭막하다. 한지 방문을 배경으로 난초꽃을 보면서 차를 드는 맛이 그만이다. 난초는 자신을 드러내지 않는다. 그늘에 몸을 숨기고 삼동에도 칼보다 푸른빛을 낸다. 몇 가닥 허공으로 치켜 올라간 난초 잎을 바라보는 것만으로도 눈이 심심하지 않다. 부드러운 잎 몇 가닥이 고요의 공간 속으로 척 치켜 올라간 모습, 그 곡선의 아름다움은 한국의 산 능선의 곡선과 닮아 있고, 강물의 허리 곡선과 닮아 있다. 부드럽게 영원으로 흐르는 대금산조 가락 같은 곡선, 온유하고 한없이 편안해지는 선율을 지니고 있다. 겨울 동안 난초를 바라보는 것만으로도 조금도 눈에 거슬리거나 추하지 않고, 볼수록 오묘하게 조화와 균형을 맞춰서 평온한 선線의 미를 보이는 난초 잎…… 몇 가닥 잎을 치켜 올려서 방 안에서 산 능선의 아름다움과 강의 만년 흐름의 곡선을 보여준다. 겨우내 참았다가 꽃을 피워 낸 난초를 보면서, 향기에 취하면서 우전차를 드는 맛을 누구와 나눌 것인가.

한국의 기후는 유난히 여름이 덥고 겨울이 춥다. 한옥의 구조는 우선적으로 여름과 겨울을 지혜롭게 보내기 위한 목적에 주안점을 두었다. 여름을 나기 위해 대청을 마련하고, 겨울을 나기 위해 온돌방을 두었다. 온돌방은 한국인이 삶 속에서 얻어 낸 가장 독창적인 난방시설이다. 아궁이에 불을 넣어서 구들을 달구어 오랫동안 따스한 불기를 온몸으로 느끼게 해준다. 서양의 벽난로와는 발상부터가 다른 우리 민족만의 난방법이다. 온도를 마음대로 조절하는 현대의 난방시설에 만족하지 못하는 것은 온돌방에서만 얻을 수 있는 체감과 정서가 없기 때문일 것이다. 한국인은 반만년 동안 온돌방에 길들여진 정서가 유전인자 속에 대물림돼 있다. 실내 공기가 아무리 따스하다고 할지라도 온돌방에 누워서 온몸을 녹이는 불기를 느껴야만 피로가 풀리고 단잠을 이룬다. 이러한 정서가 요즘의 찜질방의 번성으로 잘 나타나고 있는 게 아닌가 한다.

꽃이 귀한 겨울, 차와 난초가 있는 온돌방을 한지 방문이 환하게 밝혀 준다. 유리처럼 속이 훤히 보이지 않게 은근하게 빛이 머물러 바깥의 기후를 짐작하게 해주는 한지 방문은 언제 보아도 정결하다. 우전차의 맛은 달빛이나 아침 햇살을 받은 한지 방문을 바라보는 맛이 아닐까.

겨울을 나기 위해 방 안에서 수선화를 피우는 것도 운치가 있다. 수선화는 약간 물기 있는 땅이라야 잘 자라며 땅속 줄기는 검은색으로 양파처럼 둥글고 잎은 난초 잎 같다. 꽃은 12월~3월경 꽃줄기 끝에 6개 정도가 옆을 향해 핀다. 6장인 꽃받침 잎과 꽃잎은 흰색으로 모양이나 크기가 구분이 안 되며, 그 안쪽에 있는 술잔 모양의 부화관副花冠은 노란색이다. 그리스 신화에 나르키소스라는 아름다운 청년이 물속에 비친 자신의 모습에 반하여 빠져 죽은 자리에 핀 꽃이라는 전설이 있다. 자기도취와 최면을 상징하는 꽃이다. 수선이라는 이름은 성장에 많은 물이 필요하여 붙여진 이름이다. 물에 사는 신선이라는 의미도 포함돼 있다. 꽃말은 '자존'이고 꽃이 필 때 눈부시게 아름답고 향기가 그윽하다.

차와 꽃

차 마실 때 꽃이 있다면 좋겠다. 달밤이면 마음마저 눈부실 것이고 말없이도 통하는 사람이면 감흥이 일 것이다. 어느 꽃인들 싫을 리 없지만 그래도 골라 본다면 어떤 꽃이 좋을까.

봄 산수유꽃은 은은할 것이고, 백자白瓷에 홍매紅梅는 아리따울 것이다. 여름 연꽃은 눈이 황홀하고, 창포꽃은 산뜻하고 청신할 것이다. 가을 구절초꽃은 맑고 고요할 것이고 소국小菊은 향기가 넘치리라. 겨울 난초꽃은 청초하고 수선화는 고아한 기품을 보일 것이다.

꽃은 절정, 최고를 뜻한다. 꽃자리는 바로 삶의 정점頂点이고 미의 정화精華다. 꽃이 필 때는 폭우가 쏟아져도 지지 않는다. 일생의 집중력을 다 기울이기 때문이다. 초목들이 있는 힘을 쏟아 꽃을 피우려는 순간, 하늘과 땅도 때를 맞춰 함께 호응하여 피워 내는 것이다. 때를 맞출 수 있는 것은 풀이나 나무만의 힘이 아니다. 천지 기운과 조화가 어우러져 꽃이 피어난다.

이른 봄에 차를 마실 때, 항아리에 산수유꽃을 담아 놓고 싶다. 지리산 기슭 구례군 산동면 상위마을은 우리나라에서 가장 먼저 산수유꽃이 피는 곳이다. 4월 초순부터 중순까지 산수유축제를 연다. 한반도에 봄이 왔음을 먼저 알리는 것은 매화일 테지만, 봄철이 왔음을 확인시켜 주는 것은 산수유꽃이다.

겨울 동안은 산과 들에 초록이 사라져 사람들은 녹색결핍증에 걸려 봄을 고대한다. 산수유꽃은 삭막하고 황량한 산천에 생명의 핏기를 돌게 한다. 산을 은은한 연둣빛으로 물들이며 비로소 봄이 왔음을 알려주는 산수유꽃. 가장 먼저 피는 꽃이기에 반갑고 경이롭다. 수많은 꽃들이 일제히 피어나 나무 전체를 연둣빛으로 만들고 산과 세상을 찬미의 숨결로 채운다. 번데기에서 막 기어 나온 벌레처럼 살아 움직이는 꽃이다. 화가가 그린다면 연둣빛 물감을 붓에 찍은 다음 점묘법으로 탄생의 빛깔을 피워 내야 할 것이다.

산수유차는 새콤한 봄의 미각을 맛보게 한다.

매화가 피면 차를 마시고 싶다. 백매白梅도 좋지만 백자 항아리엔 홍매紅梅가 어울린다. 사방탁자 위나 거실 공간의 백자 항아리에 물을 담아 둔다. 어떤 꽃을 꽂으면 백자 항아리와 절묘하게 어울릴까. 내내 그 생각으로 백자 항아리에 물을 채워 놓고 기다린다. 제일 먼저 봄소식을 알려주는 매화는 추위도 가시기 전에 눈을 밝혀준다.

홍매가 피면 나무 밑에 가서 어떤 가지를 꺾어 백자 항아리에 담을까 궁리한다. 행복한 고민이다. 마침내 마음에 드는 가지를 골라 물 채워 놓은 백자 항아리에 담는다.

우리 꽃꽂이는 항아리에 물을 채우고 꽃을 담는 방식을 취한다. 일본식 꽃꽂이는 수반의 침봉에 꽃을 꽂는다. 일본의 꽃꽂이가 외형적인 형식미에 치중한다면, 우리의 꽃꽂이는 내면적인 미를 중시한다.

매화차를 들면 고결한 정신의 은은한 향기가 마음에 닿아 온다.

여름이면 연꽃을 보면서 차를 마시면 좋겠다. 연못 곁의 정자亭子라면 안성맞춤이지만, 집안의 돌확에 수련을 키워 내 연꽃 필 때를 맞춰 차를 드는 것도 좋다. 연꽃은 진흙 구덩이 속에 뿌리를 내리고 썩은 물속에 몸을 담그고 피어났기에 '깨달음의 꽃'이 되었다. 불교 정신을 상징하는 꽃이란 고정관념을 버리더라도 모양, 향기, 색깔이 여느 꽃과는 비교할 수 없을 만큼 우아하다.

우리 고대소설 〈심청전〉에서 효녀 심청은 아버지의 눈을 뜨게 하려고 공양미 삼백 석에 팔려 바다에 뛰어든다. 죽음의 나락으로 떨어진 심청을 살려 낸 게 연꽃이다. 연꽃으로 말미암아 목숨을 구하고, 왕비가 되고, 아버지의 눈을 뜨게 하여 효성을 완성한다. 심청전에 나타난 연꽃의 이미지는 진眞·선善·미美와 효孝의 극치이다. 구원의 꽃이자 광명의 꽃이요, 깨달음의 꽃인 것이다.

연꽃을 보면서 연꽃차를 마시면 마음이 황홀해진다.

가을에 첫 국화가 필 때 차를 마시고 싶다. 벗들과 꽃을 보면서 차를 든다는 것은 단순하고 사소한 일일 수도 있지만, 행복한 순간이다. 가을이면 우리 산야에 들국화로 불리는 구절초꽃이 눈길을 끈다. 청순하고 눈물이 솟을 듯한 꽃이다. 맑은 하늘 향내가 난다. 말린 국화를 따뜻한 찻물에 넣으면 국화가 살아나면서 향과 맛이 우러난다. 국화차를 마시면서 차 속에서 부활하는 국화를 만난다. 생명체는 일생을 끝내면 사라지고 말 운명을 지녔지만, 일생을 통한 의미와 가치는 향기와 온기로, 지혜와 감동으로 남아 있는 게 아닐까.

국화차를 마시면 삶의 어느 순간에 가졌던 감동이 되살아난다.

겨울엔 따스한 방 안에서 한지 방문을 배경으로 난초꽃과 수선화를 보면서 차를 마시고 싶다. 난초 잎은 불과 몇 가닥 밖에 되지 않지만, 볼수록 시원하고 삼삼하다.

나는 가끔 창원 성주사聖住寺 원정 주지스님을 뵈러 갈 때가 있다. 차 한잔을 마시고 싶어서이다. 스님의 방은 텅 비어 있다. 생활에 없어서 안 될 최소의 물품만이 정돈돼 있다. 정결하여 고요가 감돈다. 방의 중심에 다상茶床이 놓여 있다. 찾아오는 이를 대접하기 위한 것이다. 어느 늦은 겨울엔 다상 곁에 노란 수선화가 있었다.

수선화를 보면서 차를 마시니 잘 가라앉은 적막의 미소가 와 닿았다.

꽃을 보면서 차를 마시는 건 계절과 세월의 흐름을 보고 그 의미를 짚어 보자는 마음이다. 아름다움은 찰나에 불과하지만 마음에 오래 남아 있다. 모든 게 사라져 간다. 주변에 철따라 피고 지는 꽃들이 있다는 건 얼마나 신비스런 일인가. 그 꽃들을 보며 차를 마실 수 있다는 건 얼마나 큰 행복인가.

차와 난초

난초꽃을 바라보며 차 한 잔을 마시고 싶다.

달은 귀한 벗이다. 소리 없이 먼 길을 와서 은근한 얼굴로 다가온다. 달이 찾아오기까지 쉴 새 없이 궤도를 돌아왔건만, 마음속에 달빛을 맞을 맑은 공간이 없어 영접하지 못하는 건 아쉬운 노릇이다. 마음에 달빛이 내릴 수 있는 사색의 마당이 없어 달과 대화할 수가 없다.

달은 말하지 않고 영감으로 닿아 온다. 커다란 눈동자로 마음을 들여다보면서 얘기한다. 은은한 눈맞춤으로 공감 속에 손을 맞잡게 한다.

우리는 어느새 휘황한 전등불 속에서 밤하늘을 잊어버렸다. 어둠이 지닌 신비로운 세상을 망각해 버렸다. 어둠 속에서 문득 한

별과 눈맞춤하는 순간이 몇만 광년을 거쳐서 이뤄진 만남이란 걸 알지 못한다. 그 별빛은 내가 태어나기도 전, 몇만 광년 전에 출발하여 우주 공간을 거쳐 이 순간 내 동공으로 들어온 것이다. 기적 같은 순간이지만 모르고 있을 뿐이다.

난초꽃을 보는 것도 일 년에 한 번 만나는 귀한 순간이다.

'바깥에 대나무가 있으면 방 안에 난초가 없을 수 없다.'는 소리는 남도 선비의 집을 일컫는 말이다. 겨울 동안 방 안에 산수화山水畵나 화조도花鳥圖 병풍을 펼쳐 놓고 자연이 없는 무료를 달랜다고 해도 그림에 불과하다. 이보다 추위에도 본색을 잃지 않는 난초가 고마운 벗이 돼 준다.

차 한 잔을 놓고서 난초를 바라본다.

꽃 필 무렵의 향기도 그윽하지만, 청초하고 단아한 몇 가닥 잎만으로도 부족함이 없다. 공중으로 치켜 올라간 몇 가닥 난초 잎들, 허공 속으로 뻗어나간 유려한 곡선미는 기막혀서 말을 잃게 한다.

우리 산 능선의 아름다움을 몇 가닥 난초 잎의 선율 속에 응축시켜 놓은 게 아닐까. 아무리 보아도 싫증이 나지 않게 한없이 부드럽고 온유한 선線을 보여주는 산 능선…… 첩첩한 산들이 기러기 날갯짓으로 날아오는 난초 잎들, 우리 산 능선의 부드러움과 은근한 곡선을 그대로 빼닮은 모습이다. 난초 한 잎씩이 산의 만년 침묵과 마음 선율을 간직한 채 영원으로 한없이 뻗어 나간 자태를 본다.

난초 잎들은 간결하다. 난초 한 잎으로 거대하고 깊은 산의 영혼과 아름다움을 뭉뚱그려 허공 속에 척 그려 놓았는가. 볼수록 기가 막힌다. 산의 명상과 영원을 어떻게 한 줄의 살아 있는 곡선으로 그어 놓았는가.

눈이 삼삼하게 그리움으로 다가오는 임의 눈매 같고, 휘늘어진 허리 곡선 같다. 옛 선비들이 난초를 사랑한 까닭은 일 년 내내 푸른빛을 잃지 않는 절조 때문이기도 하지만, 그 모습 자체가 청초, 우아, 고결하기 때문이 아닌가.

난초 잎은 곡선의 미만 있는 게 아니다. 첫눈으로 보면 일직선으로 늘어진 모습이다. 가늘게 공중으로 뻗어 나간 잎줄기가 준수하다고 할까, 미려한 직선의 약동을 보여준다. 한참 동안 바라보는 가운데서 휘어지며 구부러지면서 뻗은 곡선미가 보여서 더 묘미를 느끼게 한다.

직선 속에 넘실대는 곡선, 곡선 속에 보이는 시원한 직선이 있다. 사철 변하지 않는 절조 가운데, 부드러움과 온유함을 품고 있다. 간결미 속에 풍만함이 있고, 가냘픔 속에 칼보다 무서운 지조가 엿보인다.

난초를 보면서 강물 소릴 듣는다.

난초 잎은 천년만년 흘러가는 강물의 허리 같다. 겨울 동안 난초만을 바라보아도 심심치 않은 것은 간소한 모습 속에 깃든 함축과 여운 때문이 아닐까. 산의 만년 명상으로 빚은 선율, 강이 만년을 흐르며 얻은 유선流線의 미를 간직하고 있다. 방 안에서 난초를 보면서 산과 강의 오묘한 선율과 아름다움을 느끼게 하기 때문이 아닐까.

너무 단출하여서 더 그리움과 상상력을 불러일으키는 비법을 난초 잎이 품고 있다. 난초 잎에 흐르는 빛깔이 산의 숨결이며, 강물의 물살이다. 그 빛깔을 영원의 빛깔이라 해도 좋으리라. 선비들은 한결같은 난초의 빛깔과 태도에 감탄하며 삶과 일생을 배우고 따르고자 했다.

난초를 보면 대금 소리가 들려온다.

난초의 선형線型은 대금산조의 선율이 아닐까 한다. 대금의 끝자락을 어깨 위에 올려놓고 달빛에 흔들리는 듯이 부는 대금산조 가락은 난초의 유현한 곡선이 아닐까. 어디에도 막힘없이 영원의 세계로 흘러가는 길목과 그리움을 전해주는 대금산조의 음률과 난초의 곡선은 닮은 데가 있다.

난초를 보면 혼자서라도 차를 마시고 싶어진다.

보는 것만으로도 눈이 맑아지고 많은 대화를 간직하고 있기 때문이다. 마음이 향기로워지는 것은 욕심으로부터 벗어난 듯 초탈한 난초의 자태 때문이리라. 무욕의 경지에서 한 가닥씩 뽑아 올린 불과 대여섯 가닥으로도 한 세계를 이뤄 놓는다. 일체의 수사와 설명과 묘사를 버리고 간명, 함축, 절제로 고요와 고결과 명상의 세계를 구축해 놓았다. 욕심을 다 채우려는 것들과는 그 격이 다르다.

난초꽃이 피면 차 한잔을 마시고 싶다.

난초꽃이 피면 차 한잔을 마시고 싶은 것은 난향을 마시며 난초 같은 대화를 나누고 싶어서이다.

차 한 잔을 앞에 두고, 난초를 바라본다.

만년 산과 만년 강물이 나를 쳐다본다. 난초의 자태 속엔 대금산조의 음률이 있고, 산 너머 영원으로 흘러가는 노을을 배경으로 울리는 종소리가 있다. 장구를 매고 휘몰이 장단에 빠진 여인의 허리 곡선이 있고, 판소리 한 대목이 있다.

　난초와 더불어 차 한잔을 나누는 것은 영원과 마주 앉는 무욕의 시간이고, 정갈한 마음의 공간이자, 삶의 깨달음이 아닌가 한다.

　난초꽃이 피면 혼자라도 차 한잔을 마시고 싶다.

차와 달

곁에 벗은 없고 낙엽은 지고 벌레 소리 애잔할 때라도 허전하지 않을 때가 있다. 휘영청 밝은 달밤일 때다.

달은 상상과 기억의 공감대를 보여준다. 구름 속으로 혼자 하염없이 달이 영원 속을 거닐듯이 우리로 하여금 환상 속으로 빠져들게 한다.

한지 방문에 달빛이 찾아왔을 때, 가만히 창문을 열지 않을 수 없다. 그리운 이가 올 리 없다는 걸 뻔히 알면서도 마당에 내려가 환한 달을 바라보지 않을 수 없다.

달은 여성적이다. 드러내 놓고 대화를 나누지 않을지라도 이심전심以心傳心의 세계다. 달빛 속에선 모든 사물들이 영감으로 통하고 있다.

달이시여, 높이 높이 솟으시어

멀리 멀리 비춰주소서.

저자(시장)에 가 계신가요?

위험한 곳을 디딜까 두렵습니다.

어느 곳에서나 놓으십시오.

당신 가시는 곳에 저물까 두렵습니다.

유일하게 현재까지 전해 오고 있는 백제의 〈정읍사〉란 노래다. 정읍의 한 상인이 행상하러 나갔다가 오랫동안 돌아오지 않으므로 그의 아내가 망부석에 올라가 남편이 돌아올 길을 바라보며, 혹시 밤길을 걷다가 해를 입지나 않을까 두려워하며 지어 부른 노래이다.

남편을 기다리는 아내의 순박한 마음이 달에 의탁되어 지순한 사랑으로 그려져 있다. 남편의 귀갓길과 아내의 길마중이 달빛 속에서 맞닿고 있다. 달은 인생행로의 어둠을 밝혀주는 광명의 상징으로 나타난다. 어둠 속에서 빛을 발하는 달은 소망과 기원의 이미지를 내포하고 있다. 달을 보고 소원 성취를 기원하던 옛 우리 어머니들의 모습이 떠오른다.

한국의 문화는 햇빛 문화라기 보다 달빛 문화이다. 자신의 심중을 그대로 다 드러내지 않고 은근히 나타낸다. 화려하고 사치스러운 것을 탐하지 않고, 맑고 담백한 것을 취한다. 외향적인 장식이 아니라 마음으로부터 우러나는 내면적인 미를 얻고자 한다.

우리 서정소설의 백미白眉라고 하는 이효석의 〈메밀꽃 필 무렵〉 김동리의 〈역마〉가 달빛의 조응을 받지 못하였더라면 과연 한국적인 정서를 기막히게 그려낼 수 있었을까.

달은 우리에게 끝없이 영감의 세계를 펼쳐주며 마음을 주고받을 수 있는 대상이다. 당사자에겐 말할 수 없지만, 달에게는 말을 걸 수 있다. 생사, 시공을 초월하여 누구든지 가슴속에 담아 둔 말을 털어놓을 수 있는 대상이다. 달은 나만 보는 게 아니라, 상대자도 볼 수 있다. 내밀성을 지니고 있어서 어떤 비밀 고백일지라도 다 들어주고 달래주는 포용력을 지녔다.

인간에게 가장 친근하고 다정하게 느껴지는 것은 모성을 지니고 있기 때문이다. 달의 주행과 여인의 월경은 상관이 있다. 달은 찼다가는 기울고 다시 차오른다. 초승달에부터 보름달에 이르기까지 그 모습을 달리한다. 분리와 합일, 충만함과 이지러짐의 이미지를 갖는다. 여성도 생명을 잉태하고 출산의 과정을 거쳐 죽음과 부활을 경험한다. 달과 여성의 모습은 일치하는 면이 없지 않다.

우리 삶에서 어느새 달과 별이 사라져 버렸다. 밤이 있지만 어두운 밤이 아니다. 네온과 조명 속에 밝은 밤이 있을 뿐이다. 하루가 밤과 낮, 밝음과 어둠, 일과 잠으로 시간대가 짜여 있다. 과학의 발전으로 밤은 있지만 어둠은 사라지고 말았다. 인위적으로 어둠이 사라진 이후부터 달과 별은 빛을 잃게 되었다. 달과 별이 지닌 고유한 상징성과 이미지는 퇴색되어 흔적을 감추고 말았다.

정월 보름, 백중, 칠석, 추석 등은 달을 보며 즐기는 명절이다.

달에 소원 성취를 빌며 달과 대화를 통해 우주와 교감하는 시간을 갖는 성스런 날이다. 우리는 잊었던 달을 되찾아야 한다. 과학은 급속도로 발전하여 편리를 가져다주었지만 인체만은 원시시대로부터 현재까지 빠른 진화를 하지 못했다. 생명공학이 아무리 발전한다고 해도 먹고 자고 배설하지 않으면 안 되는 신체 구조까지 바꿀 순 없다.

우리는 빛과 일만을 탐을 낸 나머지 어둠과 잠을 등한시해 온 게 아닐까. 어둠은 쓸모가 없는 게 아니다. 어둠은 편안한 잠을 자게 하며 달빛과 별빛을 볼 수 있는 여유를 준다. 휴식과 명상과 안락을 가져다준다.

달이 밝을 때, 홀로 찻잔을 놓고 하늘을 바라본다. 찻잔에 달이 오고 마음속에 달빛이 눈부실 때 입술에 찻물을 대 본다. 차가 달이 되고 달이 차가 될 때 잔을 든다. 녹차 맛은 영락없는 달빛의 맛이 아닐까 한다. 담담하고 무심하기도 하다. 차가 달이 되고 달이 차가 될 때, 찰나가 영원이 되고 영원이 찰나가 됨을 느낀다.

달빛 속에서 차 한 잔을 드는 것은 영원 한가운데 앉아 보는 게 아닐까. 만년 침묵 중인 산과 마주 앉아 이마를 맞대어 본다. 만년 흐르는 강과 손을 맞잡아 본다. 영원으로 흐르는 은하수와 눈맞춤해 본다. 달과 차가 빚는 무한한 환상성과 신비성으로 경계와 한계가 사라져 버린 것을 느낀다.

아쉬움과 그리움이 한낱 구름이 되어 영원과 만날 때, 달과 함께 차를 든다. 달처럼 차고 기우는 것이 인생이지만, 오늘 보던 달은

져서 또다시 떠오를 것이다. 달이 서녘으로 바삐 가고 있다. 세상에 진정한 나그네란 인간뿐이 아닐까 한다.

달은 꿈꾸는 세계다. 달빛은 아름다움을 더욱 북돋워 준다. 하늘의 조명을 받은 사물은 낮보다 훨씬 신비스러워진다. 달빛 속에서 보는 미인은 신비가 보태어져 더 아리따워지고, 달빛을 받은 폭포는 더 환상적이 되며, 달빛에 우는 여인의 울음은 비애성이 강조돼 더욱 처량해진다.

말하지 않지만 만감을 품고 있는 달이 찻잔을 적실 때에 하늘을 바라보며 차를 드는 맛을 누가 알 것인가. 하염없이 달이 가듯 세월이 가는 것에 무슨 말을 할 것인가. 달은 기울고 밤은 깊어가고, 달빛이 밴 차 맛이 마음에 감돈다. 달과 함께 살그머니 천계天界를 산책하는 맛이다.

차와 촛불

십 년 전쯤의 일이다. 한 달에 한 번씩 모이는 차회茶會가 있어서 참석하였다. 서예가 ㅅ 선생의 서실書室에 들어가니 전등불을 끄고 여러 개의 촛불을 켜 놓았다. 촛불을 보고 앉으니 고요의 한가운데에 앉은 듯했다.

촛불은 어둠의 추방이 아닌, 어둠 속에 빛의 존재를 확인시켜 준다. 어둠을 보여주는 것, 그 속에 빛이 있음을 알려준다. 어둠과 빛이 한 세계에 닿아 있다. 지나간 일의 추억과 몽상, 또한 미래의 일을 연결시켜 준다. 차는 혼자 끓고 아무도 입을 열지 않았다. 촛불은 침묵 속으로 우리를 끌어들이고 있었다.

당신들도 조용하게 되기를 바라는가? 그렇다면 침착하게 빛의 일을 하고 있는 경쾌한 불꽃 앞에서 가만히 숨 쉬어 보라.

프랑스의 철학자이며 시인인 가스통 바슐라르(1884~1962)가 〈촛불의 미학〉에서 한 말을 상기한다.

촛불이 방 안에 켜지는 순간, 촛불이 놓인 자리는 우주와 사색의 중심점이 된다. 공간의 중심에서 불꽃이 타오르고 있다. 촛불은 사람들의 시선을 끌어당긴다. 바라보도록 강요하고 있다. 촛불을 함께 응시함으로써 우리는 이 순간 한 공간에 있음을 인식한다. 바슐라르는 촛불을 보면서 몽상과 철학과 존재의 미학을 탐구했다.

창조에 있어서 삶이라고 불리어지는 것은 모든 형태, 모든 존재를 통하여 오직 하나의 동일한 정신, 즉 유일한 불꽃이다.

몇 개의 촛불이 선 자리, 그 곁에 찻잔이 놓였다. 무슨 말이 필요한가. 침묵이 좋을 때가 있다. 달빛일 때와 촛불일 때이다. 촛불은 바람에 너울거리며 말없이 타오르고, 한 잔의 차가 있다. 전등불은 스위치만 작동하면 손쉽게 환한 빛을 얻을 수 있지만, 촛불은 자신을 태운다. 시간을 태우고 영육을 불살라 빛을 만들어 낸다. 빛을 만들기 위해 소신공양을 바치고 있다. 엄숙하고도 장열한 순간이다. 촛불 앞에선 숨도 함부로 쉬어선 안 될 듯하다. 영혼의 뼈를 태우면서 내는 빛과 촛농으로 떨어지는 눈물을 본다.

촛불은 성스럽다. 정신 집중력의 한가운데 심지가 있으며, 일생이 타오르고 있다.

효용성으로 따지면 현대에 벌써 없어져야 할 촛불이 왜 존재하는가. 전등불이 실용과 장식을 위한 인위적인 것이라면, 촛불은 무한히 정신세계를 확대시켜 주며 우주와 신의 영역까지 이끌어 준다. 전등은 정전 사고가 일어나지 않고 스위치를 끄지 않는 한 불빛을 제공하지만 의미를 만들지 못한다.

촛불은 자신을 태우고 사라지는 존재이기에 영원을 말하고, 어둠을 보여준다. 빛 뒤에 어둠의 공간과 실체가 있음을 느끼게 한다. 현재의 공간만이 아니라, 미래의 공간을 알려주며, 모든 공간이 상호 연결돼 있음을 알게 한다. 짧게 일회성으로 사라지는 것이며 인간의 삶과도 무관하지 않다.

제의에서 촛불은 필수적으로 사용된다. 제단엔 물과 촛불이 놓여진다. 물과 촛불은 공간을 정화하는 작용을 하며 신성 공간으로 바꿔 놓는다. 물과 촛불은 생명을 상징하는 장치물이다. 초를 태워 빛을 만드는 것을 보는 순간, 사람들의 마음은 하나가 되며 집중력과 정신의 심지에서 촛불이 되어 타오르는 걸 느끼게 된다. 마치 주술에 걸려 신령 세계에 빠져드는 듯한 순간을 느낀다.

심지의 불꽃은 초를 태우며 촛농을 떨어뜨린다. 그 곁에 말없이 찻잔이 놓여 있다. 한 개의 촛불과 한 잔의 차. 사라지는 것과 흐르는 것의 만남을 본다. 불꽃이 초를 태울수록 영혼의 세계는 더 확장되고 깊어진다.

촛불이 타는 시간 동안 초는 줄어들지만 운명이 확대되는 듯한 느낌을 주는 건 무엇 때문일까. 촛불은 심령적인 세계를 거느리고 있다. 촛불은 사색의 심연에서 불타오르고 삶의 중심에서 빛을 낸다. 불꽃에의 조용한 응시, 차를 들고 명상에 빠져드는 것은 자신의 내부에서 타고 있는 촛불과 마음의 모습을 들여다보는 일이 아닐까.

촛불 앞에서 차 한 잔을 들면 알게 된다. 인간은 '일생'이라는 한 자루의 초라는 것을…… 자신에게 남겨진 초가 얼마나 있는가를 바라본다. 자신이 태우는 빛을 상상한다. 자신에게 남겨진 시간의 엄숙과 이미 타 버려서 사라진 시간과 앞으로 남겨진 시간을 보는 순간이다. 과거, 현재, 미래가 바람에 펄럭거리고 있다. 불꽃에의 조용한 응시는 찻잔으로 옮겨진다. 촛불과 함께 차 한 잔을 마시면, 침향이 없더라도 찰나 속에서 영원을 느낀다.

이제 나에게 남은 초는 과연 얼마일까? 소리 없이 타는 초와 한 잔의 차…… 고요의 한복판에 인생이라는 초와 차가 놓여 있다.

한 방울의 촛농도 없이 영육을 불살라 의미의 빛을 내고 싶어진다. 타오르는 촛불을 보며 차 한 잔을 마시는 마음. 하늘에 별이 기울고 강물은 몇천 리 흘러 갈 것인가.

차의 맛과 멋

작설차는 속세의 맛이 아니다.

속인의 혀로는 감정하기 어려운 선미禪味가 있다. 고고하면서도 삽상하고 무미하면서도 향긋한 맛이 있다. 차 그릇도 범속한 것으로는 격에 맞지 않는다.

송엽차松葉茶는 담담한 차다. 설탕을 넣지만 단내가 없다. 식혀서 먹는 것이기 때문에 청신한 맛을 준다. 빛깔도 없다. 맛도 약간 다를 뿐 냉수 맛 그대로이다. 화려하지 않고 속되지 않으면서 격이 높고 향취가 있다.

인생의 쓴맛 단맛을 본 사람이라야 맛을 감득할 수 있지 초심자나 풋내기는 그 떫은 맛 속에 담긴 오묘한 맛을 모른다.

이는 정재호 시인의 〈수필의 맛〉에 나오는 한 대목이다.

차의 맛을 알려면 십 년쯤 공을 들여야 그 진미를 알 수 있지 한두 잔으로는 어림도 없는 경지라고 한다.

오늘날의 차는 일상 음식물로서 누구든지 집이나 찻집에서 즐겨 마신다. 그러나 옛날 사람들은 결코 차를 음식처럼 마시지 않았다.

일본의 다도라는 것은 사실상 삼국시대 우리나라에서 일본으로 건너가 발달된 것이다. 다도란 무엇인가, 차를 끓여 마심으로써 정신을 맑게 하고 몸을 수양하는 것을 말한다.

한국에선 다도가 아닌 차례茶禮라는 말을 사용해 왔다. 맛으로서는 선禪의 경지에 도달하는 열반의 경지가 바로 차의 세계이다. 서양의 식도락이 도저히 범접하지 못할 맛의 예술, 맛의 극치이다.

한 잔의 차를 마셨다는 것은 우주의 시간을 토막 내어 입에다 집어넣고 음미한다는 뜻일 수 있다.

선인들은 차를 오감五感으로써 즐겼다.

눈으로 차의 빛깔을 즐기고, 코로 향내를 즐기고, 혀로 차의 맛을 즐기고, 귀로 차 솥에서 물 끓는 소리를 즐기고, 손으로 다기茶器를 어루만지는 촉감을 즐겼다.

오감으로 즐겼던 차의 세계. 실로 예술로 승화된 맛의 극치를 선인들은 즐겼던 것이다.

차를 끓이는 소리, 다기를 바라보고 만지는 즐거움은 고고한 도의 세계에만 머무르지 않고 마침내 미를 추구하고 감상하는 경지에까지 이르렀다.

차를 마시면서 우주의 신비를 생각하고 인생의 맛을 생각했다. 거기에서 멋이 우러나오고 고요한 달빛과도 같은 여유와 철학이 생겨났다.

'차례'라는 말은 자연스런 차의 맛봄을 말한다.

차茶의 예禮 즉 다례가 곧 차례인 것이다.

이 차례는 어디까지나 사리事理의 순서, 우주의 법칙을 뜻하는 말로 생각된다. 한 잔의 차로써 우주를 느끼고 사리의 순서를 생각하는 것은 바로 깨달음의 이치요, 도가 아닐 수 없다.

한국의 차례는 사상이나 철학을 말하는데 있는 것이 아닐 듯싶다. 멋의 함축이 아닐까. 멋은 말로 표현하는 것이 아니라 행동이다.

차를 마시는 사람은 침묵을 중요시하며 자기의 행위를 차의 맛, 이를테면 우주의 법칙에 맞춘다. 그것이 곧 멋이요, 미의 세계이다.

대체로 삼국시대의 용감한 투사들이나 충신들은 차를 즐겼다.

그들은 물 좋고 공기 좋은 산천을 찾아다니면서 차를 끓여 마셨다. 차를 끓여 마시는 모임을 통해 화랑 국사의 심오한 사상을 듣고 교훈으로 삼았으며 일단 나라를 위협하는 일이 생기면 말로써가 아니라 실제로 행동으로써 실천에 나섰다.

화랑들이 목숨을 초개같이 생각하여 나라를 위해 죽었던 것은 바로 맛의 이치이며 멋의 실천이다.

차의 미는 색향미色香味에 있다. 이것을 살리는 것은 도자陶磁이다.

도자는 오감五感으로 총괄적으로 감상해야 하는 것이다. 끓는 석정石井, 다탕茶湯의 소리에서 송뢰의 소리를 들으면서 더욱 감각의 경지를 초월하여 화적의 경지에 들려 한다. 화적의 경지란, 즉 종교의 경지이고 다도는 선禪과 부합된다. 선은 다도에 의하여 볼 수 있고 다도는 선에 의하여 생각할 수 있다.

우리의 차례가 자연스런 수도와 예법으로 행하는 것이라면 일본의 다도는 근엄하고 형식적인 데 치우쳐 있다. 일본에서는 다도를 하나의 통치 문화로 발전시킨 면이 있다.

우리 차의 오묘한 세계야말로 맛의 신비요 정신을 맑게 해주는 향기가 아닐 수 없다.

4장

한국 문화유산의
미의식

고려청자

티끌 하나 묻지 않은 맑고 푸른 우리나라 가을 하늘······

가만히 하늘을 올려다보면, 자신의 영혼이 비춰 보일 듯하고, 왠지 그리움이 밀려와 어디론지 훌쩍 떠나고 싶어진다.

고려청자는 한국의 가을 하늘과 한국인의 영혼을 담아 둔 그릇이다. 신비 무한의 우주가 잠자고 있다.

고려청자엔 국화가 피어 있고 하얀 학이 날고 있다. 눈물이 솟을 듯한 맑은 하늘을 혼자 보기가 아까워 국화꽃 향기를 뿌려 놓고 싶었다. 청자의 국화문菊花紋은 하늘에 바치는 꽃 공양일 뿐 아니라, 무한의 우주에 피워 놓은 영원의 꽃이다. 국화 향기 은은한 가을 하늘을 빚어 놓고 싶었던 것이다. 망망한 그리움을 주는 하늘에다 학을 띄워 놓은 것은 한국인의 마음이 영원의 세계와 맞닿아 있음을 표현한 것이리라.

한국의 가을 하늘이 끝없이 열려 있는 고려청자…… 가장 맑고 푸른 하늘을 가진 겨레만이 빚을 수 있는 불가사의한 공예품이다. 한국 문화는 고려청자가 있음으로 말미암아 신비를 띄게 되었을 뿐만 아니라, 다른 민족이 흉내 낼 수 없는 맑은 영혼의 꽃을 피워 놓았다. 고려청자는 민족의 마음과 하늘의 신비가 어우러져 빚어진 것이기에 청아, 고결, 유현의 빛깔로 빛난다.

고려청자엔 가을 하늘의 향기가 담겨 있다. 영원의 명상이 담겨 있다. 화려하고 눈부신 꽃의 향기가 아니라, 우리나라 어느 산야에서나 볼 수 있는 수수하나 너무 맑아 눈물이 돌 듯한 구절초꽃을 보는 듯하다. 한없이 깊고 맑아서 영혼과 맞닿은 하늘 속에 피어 있는 꽃의 향기를 맡아보게 한다.

고려청자의 빛깔은 한국인이 지닌 영혼의 빛깔이다. 고려 오백 년 명상 속에 깨달음의 빛깔이다. 바깥으로 드러나는 화려하고 눈부신 빛깔과 욕심을 모두 지우고, 하늘을 우러러 티 하나 없이 청결한 마음의 빛깔이다. 그 빛깔을 바라보며 안식을 얻고, 욕심 없이 소박한 삶을 살고 싶었다.

고려청자를 보면 한 송이 국화꽃이고 싶다. 창공을 날아가는 학이고 싶어진다. 무한한 영겁의 세계인 하늘의 푸른 빛깔 속에 국화와 학의 흰 빛깔이 그리움으로 만나고 있다. 투명하고도 은은한 이 만남은 영원과의 눈맞춤이 아닐지 모른다.

세계 도자기 사상 처음으로 개발된 상감기법은 고려인의 훌륭한 예술적 자질을 보여준다. 상감기법은 도자기 표면에 칼로서 나타 내고자 하는 문양을 파낸 다음, 여기에 백토라든지 다른 재료를 채 워 넣어 유약을 칠한 다음 구워 내는 기법이다. 12세기 중엽 유약 을 맑고 밝게 발전시켜 청자상감으로 세계 도자기 사상 가장 훌륭 한 도자기 예술을 꽃피웠다.

중국청자는 색이 진하고 유약이 불투명하여 예리하면서도 장중 한 데 비하여 고려청자는 은은하면서도 맑고 명랑한 비색, 유려한 형태미, 힘찬 선과 살아 숨 쉬는 듯한 상감문양으로 시적 여유와 운치를 살린 것이 특색이다.

고려청자가 구름 한 점 없는 가을 하늘같이 청명하기만 하다면 무언지 심심하고 아쉬워질까봐 국화나 난초꽃 한 송이라도 피워 놓아 향기를 내게 하고, 한 마리 학이라도 날려 놓아야 묵은 그리 움도 향기를 내고, 날개를 펼치게 됨을 알고 있었을 것이다.

고려청자를 보면 어디선가 낭랑히 종소리가 들려오는 듯하다. 닫힌 마음을 열어주는 종소리는 영원에서 들려오는 듯하다. 영혼 까지 밀려오는 여운은 번뇌와 근심을 지워주는 어머니의 손길 같 다. 포근하고 자비롭다.

고려 오백 년 동안 하늘을 바라보며 마음의 깨달음을 꽃피워 도 자기에 담아 놓은 도공들을 생각한다. 고려청자는 우리 민족의 영 혼을 꽃피워 놓은 눈부신 보물이다.

대금을 찾아서

　삼국유사엔 신라 신문왕 때 동해의 용에게 받은 피리, 만파식적 萬波息笛이 나온다. 이 피리 소리를 들으면 병자의 병이 치유되고 왜 구의 침범도 물리칠 수 있는 효력이 있어서 신라 삼보三寶 중의 하 나라고 돼 있다.

　온갖 근심을 지우는 만파식적이야말로 이 세상에서 가장 신비한 보물이 아닐 수 없다. 이것이 현물이었는지 전설 속의 얘기인지는 알 수 없으나 끝없는 상상력과 판타지를 불러일으킨다.

　만파식적은 대금을 말한다. 대금은 대나무로 만든 것이지만 소 리는 형언할 수 없는 오묘함이 있다. 부드럽고 고요하며 그리움이 넘치는 음률은 달빛처럼 가슴을 채워준다.

그냥 대나무로 만든 악기가 아니다. 영혼의 뼈마디 한 부분을 뚝 떼어 내어 만든 그리움의 악기…… 이 세상에서 가장 아득한 소리, 영혼의 뼈마디가 악기가 되어 그 속에서 울려 나는 소리……

나는 수필 〈대금산조〉에서 이렇게 표현한 적이 있지만, 실제로 티베트에 가서 뼈로 만든 피리 이야기를 듣게 되었다. 티베트 정신의 중심에 있는 조캉사원에서 승려에게서 들은 이야기다.

불과 50년 전만 해도 자신의 목숨을 사찰에 바쳐 하나의 피리가 되길 바라는 처녀가 있었다고 한다. 처녀가 16세면 시집갈 나이인데, 생명을 바쳐 하나의 피리가 되는 대신, 좋은 환생을 기약받는다고 한다. 처녀의 몸은 살과 뼈로 나뉘어져 독수리에게 제공된 후 어깨뼈나 다리뼈를 거두어 피리를 만든다. 뼈에 일정한 간격으로 구멍을 내고 입술을 대는 데는 금칠을 한다. 조캉사원엔 이렇게 만든 피리가 여러 개 있고, 불교축제일엔 뼈피리로 찬불가를 연주한다는 것이다.

순결한 처녀들의 영혼에서 나는 뼈피리 소리는 조캉사원을 울리고 영원 속에 퍼져 간다. 흐느끼는 영혼의 음률을 듣고는 오체투지五體投地를 바치지 않을 사람은 없다. 땅바닥에 온몸을 갖다 붙이고 영혼이 흐느끼는 뼈피리 소리를 듣는 티베트인들…… 아무리 한이 사무치고 고통이 있다고 한들 피리 소리를 듣는 순간에 사람들은 눈물로 젖어 버리고 만다. 피리 소리는 마음의 응어리와 슬픔을 풀어 다독여 주고 치유해 주는 신비의 손길임을 느끼곤 한다.

티베트에서 뼈피리 소리를 듣진 못하였으나, 우리나라 대금은 악기 중에서도 신비한 악기가 아닐 수 없다. 대금 소리는 우리 민족 정서와 그리움을 가장 잘 빚어낸 음률이다. 천년만년 침묵 속에 온유하고 부드럽게 흐르는 산 능선의 곡선 같고, 하얀 모래밭을 안고 도는 강물 유선流線의 허리 곡선 같다. 한국의 영혼이 울려오는 음률이며 영겁의 달빛이 물드는 노래일 듯싶다.

나는 어느 날 대금을 만드는 명인을 찾아 나섰다. 전남 담양면 금성면 금성리에서 대금 만들기에 30년을 보낸 ㅈ 씨를 수소문 끝에 찾아갔다. 대금 만드는 법을 듣고 싶어서이다. 그는 처음에 주저의 빛이 역력하였지만, 차츰 신명나게 이야기를 풀어 갔다.

대금을 만들 재료로는 여러 해 묵은 황죽黃竹을 쓰기도 하지만 대개 쌍골대를 쓴다. 평대는 갈수록 구멍이 커져 악기로 만들기엔 적합하지 않다. 쌍골대를 쓰는 이유는 대 안이 막혀 있어 구멍을 내면 소리를 일정하게 낼 수 있기 때문이다. 평대는 잎이 엇갈리게 나지만, 쌍골대는 가지가 양쪽에 나서 구별된다. 이 대는 약 10만 그루의 대 중에서 하나 정도로 발견되며, 대밭 가의 지저분한 곳이나 헌 집터에 곧잘 난다. 쌍골대라도 대금의 소재는 뿌리에서부터 1m까지만 사용된다.

쌍골대를 베어 시궁창 속에 3개월쯤 묻어 두면 진이 빠지며 벌어지지 않는다. 쌍골대를 구하여도 S자로 굽어 있는 것이 대부분이어서 이를 곧게 펴내는 일이 중요한 공정이다. 대금을 만드는 이마다 굽은 대를 바르게 펴는 방법을 갖고 있으며 대금 소리와도 밀접

한 관련이 있다. ㅈ 씨는 자신만의 비방을 갖고 있었다. 왕겨 불을 지펴 놓고 뭉게뭉게 탈 때 왕겨 불 속에 묻어 두면 타지 않고 부드러워진다. 이때를 기다려 대를 바르게 잡아낸다는 것이다. 쌍골대라고 해도 금년에 난 것은 소리가 갈려 좋지 않으므로 3년 이상 된 것을 골라야 한다.

쌍골대를 바르게 잡으면 구멍을 뚫는다. 구멍을 뚫기 전에 대나무를 살펴서 구멍이 난 곳이 있으면 칠을 한다. 악기에 구멍이나 흠이 있으면 음이 변한다. 미세한 구멍은 대의 숨구멍이므로 빨간 페인트로 칠해 막는다. 구멍을 내는 데도 기계로 하면 편리하겠으나 나무가 놀래어 음색이 좋지 않게 된다. 손작업으로 공과 시간을 들여 뚫어야 한다. 대금은 바람을 불어 넣는 취구吹口가 한 개 있고, 갈댓잎 등으로 울림막을 붙여 놓은 청공聽孔이 1개, 손으로 짚어 내는 지공指孔이 6개 있다. 또 음정을 조절하기 위하여 악기 끝에 뚫어 놓은 칠성공이 2개 정도 있다. 소리 구멍을 내는 데는 간격이 중요하다. 취구는 입으로 부는 곳을 말함인데, 어떻게 낼 것인가를 궁리해야 한다. 취구에서 소리를 불어 구멍으로 돌아 나가게 된다. 끝머리 두 개의 칠성공은 북두칠성을 상징한다.

대금을 분다는 것은 단순히 감정을 음으로 표현하는 것에 지나지 않고, 천상의 별들과 대화하는 방법일 듯싶다. 소리 언어로 우주와 교신하는 행위가 아닐까. 대금 소리는 인간의 악기로써 천상의 언어를 음률로 빚어낸 것이 아닐까 싶다.

하나의 좋은 대금을 만들기 위해선 10만 개의 대 중에서 쌍골대를 얻어야 하며, 이를 해치 구덩이 속에 3개월가량 묻어 둔 다음, 꺼내어 말리는 데만도 3년을 공들여야 한다. 굽은 대를 왕겨 불 속에 묻어 두었다가 펴내야 한다. 이런 공정은 인내와 정성이 아니면 가능하지 않다. 하나의 대금이 되기 위해선 쌍골죽으로 태어나 속 구멍이 막혀 숨을 쉴 수 없음에도 견뎌 내야 하고, 시궁창 속에 빠져 죽은 듯이 지내야 한다. 또한 굽은 몸을 펴기 위해선 왕겨 불의 뜨거움 속에 달구어지는 것을 참아 내야 한다. 하늘과 통하는 음을 얻기 위해선 자신을 버려야 하는 것이다.

대금 소리가 혼자 맑고 은은한 가락이 된 게 아니다. 그것은 오장육부가 썩고 뼈가 타는 고통과 시련을 견뎌 낸 끝에 가까스로 얻은 깨달음의 소리가 아닐까 한다. 대금 소리를 듣고서 근심을 지우고 병을 치유했다는 말을 나는 의심하고 싶지 않다.

대동여지도

대동여지도를 본다.

우리 국토의 영혼과 고산자古山子 김정호金正浩의 일생을 본다.

산 넘고 물 건너 백두산에서 한라산까지 걸어서 한반도의 구석 구석을 가 보았던 사람. 조선시대 평민의 신분으로 태어나 깨어 있는 자의식의 혼불을 밝혀 들고 국토의 곳곳을 빠짐없이 찾아가 자신의 눈으로 보고 느꼈던 김정호.

등에 맨 봇짐에 몇 컬레 손수 삼은 짚신을 매달고 땀에 저린 발로 삼천리의 황토를 묻히며 우리나라 산하를 온몸으로 안았던 유일한 사람.

김정호만큼 우리 국토의 영혼과 마음을 알았던 사람이 또 있었을까. 백두에서 뻗어 내려 장백, 태백, 소백산맥을 이루며 지리산까지 한반도의 척추를 이룬 백두대간白頭大幹의 웅대한 산세, 반도의 가슴을 적시며 유유히 흐르는 강물…… 들판과 언덕, 가까이 손짓해 부르면 대답할 듯한 섬들……

그는 평생을 다 바쳐 산 능선을 따라 강물을 따라 우리 국토 끝까지 닿아 땀에 젖은 발자국을 찍어 놓았다.

우리나라 산과 강과 들판, 여기에 살고 있는 삶의 모습들을 영원 속에 남겨 놓고 싶어 일생의 집중력을 쏟아 하나의 '지도'를 완성하고 싶었다.

그는 목판에다 칼로서 지도를 판각하면서 산하山河의 모습과 영혼을 끓어오르는 감격으로 새겨 나갔으리라. 대동여지도는 한반도를 한없이 사랑했던 그의 피와 눈물로 완성되었다.

한 장의 지도를 위해 아낌없이 불태운 그의 일생은 그리움과 열정으로 달려가 가슴에 안았던 그 산하가 가장 잘 알고 있을 것이다.

한반도의 뼈마디와 실핏줄 하나에 이르기까지 샅샅이 알고 있었던 조선시대 선각자 한 분. 수도승인양 걸어서 고행의 험한 길도 마다 않고 언제나 길을 떠났던 김정호. 가난 속에서도 부귀공명 따위엔 관심조차 두지 않고 지도 그릴 종이와 붓을 간직하고서 삼천리를 오고 갔던 사람. 가마나 말을 타지 않으면 먼 길을 떠나지도 않았던 양반들에게는 전설 같은 일생이 아닐 수 없었다.

김정호의 대동여지도를 보면 한반도의 혈맥이 보이고 한 선각자의 커다란 발이 보인다. 한반도의 구석구석을 두 눈으로 보았던 불타던 눈망울과 목판에다 한반도의 모습과 영혼을 칼로 새겨 지도를 만들던 커다란 손이 보인다. 숱한 외침을 당해도 굴복하거나 주춤하지 않았던 우리나라의 땅기운이 느껴진다.

그는 말한다. 한반도의 산과 강이 시퍼렇게 살아서 소리친다.

발에 굳은살이 박이고 온몸이 부서져 나가도 기어코 한 장의 지도를 완성함으로서 우리 땅과 물을 알고자 했으며 자신도 그 속으로 돌아갔던 사람.

대동여지도를 보면 우리 강토를 어찌 아름답게 가꾸지 않을 수 있으랴.

산맥이 뻗어 가며 민족의 기상이 되고 강물이 흘러가며 민족의 마음이 되고 섬은 고독 속에 그리움이 되어 숨 쉬는데……

대동여지도는 한 장의 지도이지만 우리 국토와 민족이 살아 숨 쉬는 모습을 영원 속에 각인해 놓은 사랑이다. 김정호의 일생을 피로 찍어 놓은 목판화인 대동여지도는 백두산에서 마라도까지, 서해에서 독도까지 민족의 사랑을 담아 영원 속에 새겨 놓은 것이다.

압록강, 두만강, 한강, 금강, 낙동강은 민족의 피가 흐르는 혈관이며 장백산맥, 태백산맥, 소백산맥은 척추가 아니겠는가.

어딜 가나 포근한 뒷산 앞 냇물이 꿈결처럼 흐르는 곳에 마을을 이루고 들판에서 농사짓던 순박한 사람들……

아기자기하고 친근한 산들, 맑은 시냇물, 논두렁 밭두렁의 굽이치는 곡선들, 티끌 하나 없는 가을 하늘, 은은히 산 너머 들려오는 범종 소리……

봄이면 제주도에서 북상하는 향기로운 꽃 편지, 가을이면 백두산에서 하행하는 금수강산의 단풍……

우리나라만큼 산, 강, 바다, 들판, 섬이 기막히게 조화를 이룬 곳이 어디 있으랴. 산수山水 경치 좋지 않은 고장이 어디 있으랴.

대동여지도는 산수 조화의 미이다.

꼭 있어야 할 곳에 산과 강이 만나고 그리워 못 견딜 만한 곳에 섬들이 있다. 독도는 해 뜨는 곳, 그리움의 끝에 가 있는 한반도의 한 점 혈육이다.

흙 한 줌, 돌 한 개를 어찌 대수롭게 여길 수 있으랴. 선조의 뼈가 묻히고 넋과 한恨, 사랑이 맺혀 전설이 서린 땅이 아니던가.

김정희의 추사체 글씨가 보이고 김홍도金弘道의 실경산수實景山水가 보이고 윤선도의 시조와 정약용의 모습이 보인다.

대동여지도는 우리나라 하늘과 땅의 모습과 마음을 영원 속에 새겨 놓은 시詩요, 민족의 마음속에 국토의 넋을 불어넣은 음악이다.

석굴암, 고려 팔만대장경, 봉덕사신종, 고려청자, 조선백자 등은 우리나라 산하의 맑은 영혼과 마음이 모여 피워 낸 꽃이었다.

대동여지도를 보면 우리 국토의 동맥 속으로 흐르는 민족의 뜨거운 피를 느끼고 하늘을 향해 토하는 숨소리가 들린다.

나는 얼마나 우리 강산에 대해 알고 있는가. 한 번도 가 보지 못한 땅, 국토가 분단되어 갈 수 없는 땅의 이름들을 불러 본다.

뼈에 사무치는 겨레의 영원한 느낌표, 대동여지도를 본다.

돌부처의 표정

오랜 세월 비바람에 깎여 형체조차 희미해져 버린 돌비석이나, 무슨 뜻인지 모를 암각화를 보면 인생이란 언제 사라져 버릴지 모를 안개처럼 느껴진다.

돌에다 무엇을 쓰거나 그리려는 것은 누구인지 모르나 영원의 한 자락을 붙잡아 보려는 심사가 아니었을까.

돌에 남겨 시간의 침식에도 퇴색되지 않을 영원의 말은 무엇이었을까. 바위를 보면서 사람들은 불현듯 영원의 말을 새겨 생명을 불어넣고, 딱딱한 돌에 피를 돌게 하고 싶은 마음이 들었으리라 생각한다.

우리나라는 질이 좋은 화강암이 나와 멀리 가지 않아도 손쉽게 돌조각을 볼 수 있다.

구름당초나 연꽃 문양을 조각하거나 부처의 미소를 나타내는 솜씨는 비범을 넘어 신기神技나 다름없는 경지를 보여준다.

나는 가끔 사찰이나 여행길에서 석물石物과 돌조각을 보면서 한국인이 꿈꾸던 영원을 생각해 본다.

산의 마음 한가운데 자리 잡은 듯한 사찰에 가면, 대웅전 앞뜰에 석등과 석탑이 서 있다. 사찰이 산의 만년 명상 속에 들어앉아 만년 적막을 거느리고 있음직 하지만, 하얀 석등과 석탑들로 인해 고요도 더 깊어진 것을 느낀다. 석등에 불이 켜지지 않아도, 언제나 마음 한가운데 영혼의 불이 타오르고, 석탑은 영원의 세계를 향해 기구하는 마음으로 두 손을 모우고 있다.

석등과 석탑은 마음 한가운데 세워 놓은 기구의 표정들로서 영원의 세계와 닿아 있음을 느낀다.

화강암 조각은 대리석처럼 매끈하지 않고 섬세하지도 않다. 석공이 정으로 수없이 쪼아 표면을 반듯하게 다듬어 놓았을 뿐이다. 석굴암의 본존불과 불국사의 다보탑, 석가탑은 우리나라 돌조각의 백미白眉로서 고도의 정교함과 세련미를 보이고 있지만, 대개의 것들은 수수하고 소박하다.

여름철에 깨끗한 모시옷을 차려입은 듯 정갈하고 고결한 품위를 보이지만, 사치스럽거나 화려하지 않다. 때 묻지 않은 마음을 나타내려는 겸허한 자세를 보여주고, 웅대하거나 장엄하여 서민들에게 마음의 부담을 느끼게 하지 않고, 친밀함과 온유함을 보여준다.

정교함과 섬세한 미로 찬탄과 경이의 시선을 모으려 하지 않고,

평이하고 소박하여 서민의 마음에 들도록 만들어 놓았다. 여기에 욕심, 과장, 허세도 없이 그냥 담담하고 진솔하게 마음을 깎아 탑을 세우고 등을 만들어 놓았을 뿐이다.

오랜 세월 동안, 비바람에 깎이고 씻겨서 점차로 돌조각은 부드러워지고 온유해진 것이 아닐까 싶다.

석공은 딱딱한 바위를 쪼아서 피가 돌게, 물처럼 마음이 흐르게, 얼굴에 미소가 흐르게 정성과 솜씨를 다 했을 테지만…… 세월이 흐를수록 조각들은 비바람과 세월에 깎여 눈에 보이지 않게 굴곡이 뭉개지고 마멸되어 윤곽이나 모서리가 완만해지지만…… 마음만은 깊어져서 자세나 표정이 점점 고요롭고 자비스러워진 게 아닐까 싶다.

석불만 해도 반쯤 내리깐 눈과 웃는 듯 우는 듯 알 길 없는 미소가 세월이 지나는 동안 비바람에 깎여 흐려졌지만, 누구에게라도 마음이 통할 듯 넓어지고 깊어져서 대중적인 친밀감을 느끼게 한다.

아마도 세월에 뾰족한 마음의 모서리가 찾아볼 수 없게 다 깎여 한없이 부드러워져 자비로워진 게 아닐까 한다. 여기에다 수많은 사람들이 오랫동안 손을 모아 기구를 바쳐서 일까, 돌부처의 표정은 점점 신비로워져 표정이 깊어졌으리라 본다.

서양의 대리석 인물상에서 보는 섬세하고 정교한 조각과는 달리 우리나라 돌부처는 무덤덤하고 균형도 못 맞춘 듯 서툰 솜씨를 보여준다.

온전하지도 마무리를 잘 하지도 않은 채 끝내 버린 구석을 느끼게 한다. 왜 정교하게 균형미를 살려 완벽하게 만들어 놓지 못했을까. 얼굴 윤곽만 간단명료하게 표현해 놓았을 뿐, 상체와 하체의 균형도 짜임새가 어설프다. 전체적인 완벽성을 꾀했다기 보다는 마음의 표현에 치중한 것이 아닐까 한다. 그렇다고 우리나라의 돌부처가 서양의 대리석 인물 조각에 비해 수준이 낮다는 말은 아니다. 서양의 조각품이 예술성의 추구에 있다면 우리나라 돌조각은 마음의 촉구, 민중의 마음을 위로하는데 두지 않았을까 생각한다. 수수하고 소박하되 깊고 비범하며, 간단명료하되 오묘하고, 무덤덤하되 친밀하고, 딱딱한 듯하되 부드러움이 넘치고, 투박하고 평범한 얼굴이면서 부드러움과 자비가 깃들고…… 슬픈 듯한 표정이지만 온유와 웃음이 담긴 표정을 어떻게 돌조각으로 빚어낼 수 있을까. 이것이야말로 정교, 섬세로써 구체적인 像으로 나타내기 보단, 애매모호한 추상성을 띤 표정에서 얻을 수 있지 않을까 한다. 어떤 명백한 표정보다, 사람마다 마음을 보태어 자신이 추구하는 마음의 像을 각자가 완성할 수 있게 비워 둔 게 아닐까.

말하자면, 이미 구상을 뛰어넘어 극도의 압축과 간결로서 보여주는 추상의 세계가 아닐까 한다.

우리의 돌부처를 서양의 미의식으로 보지 말고, 우리 흙과 나무와 물의 영혼을 알고 서민의 마음으로 보아야 한다.

돌부처는 웃고 있지 않다. 반은 웃음이고, 반은 슬픔이다. 슬픈 자에게는 웃음을, 웃는 자에게는 겸손을 전해준다. 두 마음이 한데 모여 담담해진 표정은 모든 게 마음속에 있음을 가르쳐 주려 함인가.

황토 언덕 위에 선 돌장승들을 보면, 그 표정이 너무나 엉뚱하고 구수하다. 돌에다 서민의 마음을 담아 놓았기 때문이다.

우리나라의 돌은 희되 빛나지 않고 달빛이 밴 듯한 화강암이다. 청산이 그냥 밋밋하지 않게 조화를 이루도록 곳곳에 절벽이나 바위가 놓여 있는데 이것들이 다름 아닌 화강암이다.

소나무 곁의 바위, 정자나무 밑에 쉬기 좋도록 놓여 있는 반반한 바위, 산속에 거대한 뿌리를 묻고 일부분만 드러낸 바위는 우리나라 산수와 절묘하게 어울려 조화의 미를 얻고 있다.

바위는 딱딱하고 묵직한 성품으로 나무나 물에 어울리고, 침묵과 불변의 모습이기에 영원을 느끼게 해준다. 돌은 오랫동안 비바람 속에 부대껴 오는 동안 어디에도 어느 것과도 통할 수 있는 마음의 길을 간직하고 있는 게 아닐까 싶다.

대리석 조각을 온실에서 피어난 화초라고 한다면 화강암 조각은 들판에서 천둥 번개와 비바람 속에서 피어나는 야생화의 아름다움이랄 수 있지 않을까.

대리석 조각이 미끈하고 잘 가꾼 피부의 귀족이라면, 화강암 조각은 일 속에 지내느라 터실터실한 피부의 서민이 아닐까 한다.

화강암은 우리 산과 물과 바람의 마음을 가장 잘 알고 있어서, 어디서든 무엇과도 어울릴 줄 아는 비법을 가졌다.

그러므로 화강암으로서 가장 한국인의 마음을 잘 담고 조각할 수 있었다.

석등의 옥개석 모퉁이에 양각이나 음각한 작은 연꽃 모양 하나만 보더라도 마치 화선지에 먹물이 번지듯 마음으로 부드럽게 흘러드는 향기를 느낀다. 돌에다 이처럼 영원한 생명의 향기를 불어넣을 줄 아는 경지는 오묘한 깨달음의 세계가 아닐 수 없다.

　오랜 풍상에 윤곽조차 희미해진 돌부처의 얼굴. 무덤덤하고 칙칙하기까지 해 보이지만, 보아라. 순후하고 자비로운 표정을⋯⋯ 세월에 깎일수록 담담해지고 깊어져서 알 길 없는 미소를 영원 속에 띄고 있는 모습을⋯⋯

　돌부처의 표정을 보면, 영원의 하늘이 보인다.

　그 속에 영원의 미소가 있다.

마애불상

　마애불磨崖佛은 바위에 새겨 놓은 불상이다. 한국의 깊은 산속에는 삼국시대 때부터 화강암에 새겨진 마애불을 볼 수 있다. 산 정상 부근 어디쯤 절벽에 새겨진 마애불은 언제 누가 새겨 놓은 것일까. 산속에 숨어 있는 벼랑은 태고의 정적을 안고 있다. 아무도 손대지 않은 채 비어 있는 암면岩面을 보면, 영원불멸의 모습을 형상화해 보고 싶은 충동을 일으킨다. 산속의 절경 속에다 마애불을 새김으로써 가장 자연스런 예배처를 조성하고 싶었을 것이다. 석공石工은 사찰의 요구거나 혹은 자발적으로 마애불을 새기고 싶은 충동을 느꼈으리라.

　보아줄 사람이 없다고 하더라도, 마음에 드는 형상을 그려 놓고 싶었다. 그것은 일생을 통해 얻은 완성이어야 한다. 하늘과 땅과 인간이 공감하는 깨달음이며 사랑이어야 한다. 석공의 마음속에 부처상이 떠올랐을 것이다.

부처상을 절벽에 새기는 작업은 큰 모험이 아닐 수 없다. 그는 수많은 나날을 보내면서 절벽 앞에 서서 고뇌하였을 것이다. 화창한 날씨 속에서만이 아닌, 비바람 속에서나 눈보라 속에서, 천둥번개가 칠 때에도 절벽 앞에 서 있어야 했다. 부처상을 바위에 새기는 일은 인간의 힘으로선 불가능하다는 걸 절실하게 느끼곤 하였을 것이다. 깨달음의 미소를 새기는 일이 아닐까. 자신이 깨달음의 미소가 되지 않고선 마애불을 새길 수 없다. 천혜의 절벽 공간에 허투루 부처상을 그려 놓을 순 없다.

미켈란젤로는 유모의 젖을 빨 때부터 조각가의 끌과 망치를 사랑하게 되었다고 말할 정도로 천부적인 조각가이다. 그는 로마 시스턴 성당의 천장화天障畵 '천지 창조'를 그리는 순간부터 절망했다. 신이 아니면 천지창조를 어떻게 그릴 수 있단 말인가. 그는 하늘의 영감과 힘을 빌리길 간구했다. 자신이 신이 되지 않고는 천지창조를 그릴 수 없는 일이었다. 신이 되어 천지창조를 그려 나가는 동안, 머리엔 눈발이 날리고 얼굴엔 절망과 환희가 무수히 교차했다. 그는 꼬박 천장에 매달려 누운 채 그림을 그리는 일에 혼신의 힘을 다 기울였다. 천지창조를 위해서 죽는다면 기꺼이 생명을 버릴 각오였다. 천장화를 그리면서 목이 굳어지고 눈이 침침해질 때마다 '이 그림만 완성하면 생명을 버려도 좋다.'는 기도를 올렸다.

무명의 석공은 바위 절벽에 마애불을 그리는 것이야말로 자신이 부처가 돼야 하는 것임을 알고 절망했을 것이다. 석탑이나 석등을 만들 때와는 또 다른 경지의 작업이었다. 자신을 버리고 모든 것을 버려야 징과 망치를 들고 절벽 앞으로 나갈 수 있다. 그래야 비바람과 천둥 번개 속에서 절벽에 매달려 눈썹 하나 까딱하지 않고 마음속에 떠오르는 무상의 모습을 새길 수 있을 것이다.

어째서 깨달음의 미소를 절벽에 새겨 놓은 것일까. 훼손되지 않게 손이 닿지 않는 절벽을 신성 공간이라 생각했다. 하늘과 땅, 자연에게 먼저 보이고 싶은 게 아니었을까. 길이 막히고, 절망의 끝에 선 사람이라면 찾아올 것이다. 자비의 미소가 필요한 사람이라면 오게 될 것임을 믿었다.

바위를 다듬는 부조 형식의 마애 기법은 입체적으로 돌출시켜 조각한 것과 얇게 조각한 것이 있다. 도톰하게 부조한 안면에 몸을 선각으로 표현한 것, 큰 바위를 몸으로 삼아 입체에 가깝게 두상을 결합한 경우와 전체를 선 새김만으로 묘사한 방식 등 다양한 새김 기법을 보여준다.

경주 남산은 마애불을 가장 많이 만날 수 있는 곳이다. 남산엔 불상 중 입체로 된 것이 29체이고 바위 면에 새긴 마애불상이 51체이다. 큰 것은 10m가량 되는 것도 있지만, 보통 4~5m 되는 게 많다.

삼릉골 육존불은 암벽에 모든 세부를 선각으로만 처리한 특이한 기법으로 회화적으로 표현되어 있다. 간결한 데생에서 부드럽고 우아한 아름다움을 느낄 수 있다.

상선암 마애대좌불은 거대한 암반의 벽면에 6m 높이로 양각된여래좌상으로 남산에서 두 번째로 큰 불상이다. 얼굴 앞면과 귀 부분까지는 원만하게 새긴 반면, 머리 뒷부분은 투박하게 바위를 쪼아 내었다. 불상의 몸 부분은 선이 거칠고 억세게 조각하였고, 좌대 부분은 희미하게 사라져 버린 듯한 모습이다. 나는 이런 모습이 부처가 바위 속에서 나온 순간을 표현하였다고 생각한다. 마애대좌불 앞에서 바위의 문을 열고 나온 그를 본다. 그의 미소는 침묵에서 나온 것인가.

우리나라 산속 절벽에 무명의 석공들이 정과 망치로 수만 번씩 두드리고 선을 새김질하여 마애불상을 조성해 놓은 것을 본다. 산에 가서 그 마애불을 만날 수 있다는 건 얼마나 다행한 일인가. 동틀 때 마애불이 짓는 미소와 저녁노을을 받고 반쯤 내려 깐 눈으로 무상무념에 빠져 있는 표정을 본다.

마애불은 길을 잃고 방황하는 사람이나, 삶의 고비에서 절망하는 사람에게 미소로서 말해 준다. 절벽이 길이 되고 자비의 미소가 되는 법을 가르쳐 준다.

마애불 앞에서 합장하며 고개 숙인다. 길 없는 절벽에 깨달음의 길과 자비의 미소가 된 무명의 석공을 생각한다.

금동반가사유상

　김포공항에서 탑승 시간을 기다리던 중 무심결에 보니 앞에 '금동반가사유상金銅半跏思惟像'이 있다. 국립중앙박물관의 한국 문화재를 홍보하기 위한 포스터 중의 하나인 듯하다. 금동반가사유상(국보 83호)과 마주하고 있다. 오른쪽 다리를 왼쪽 다리 위에 올리고, 오른쪽 팔꿈치를 오른쪽 다리 위에 얹어 놓고 기다란 손가락은 얼굴에 닿을 듯 말 듯하다. 로댕의 '생각하는 사람'처럼 얼굴을 손바닥으로 받친 자세가 아니다. 잠자리가 나뭇가지에 앉을 듯 말 듯한 모습이다. 왼쪽 손은 내려와 오른쪽 다리 위에 살포시 올려놓았다.

　가장 편한 자세를 취했건만 흩어짐이 없는 균형의 미를 지녔다. 눈을 밑으로 반쯤 내리깔고 명상의 심연에 빠져 있다. 웃는 듯 마는 듯한 미묘한 표정이다. 아기가 잠잘 때 짓는 배냇짓 미소일 듯도 싶다.

금동반가사유상은 고요의 한복판, 심연의 한가운데 앉아 있다. 보는 사람에게 넌지시 말해 준다. 편안하게 앉아라. 나도 금동반가사유상의 자세를 취해 본다. 눈을 내리깔고 숨을 가다듬는다. 마음을 들여다보라고 한다.

'천천히 마음을 버려라, 존재마저도 버려라.'

금동반가사유상은 영원의 한복판에 앉아 미소를 보내고 있지만 나는 당장 비행기에 탑승하기 위해 시간을 기다리고 있다. 금동반가사유상은 이미 존재와 시간을 버림으로써 영원의 자리에 앉아 있지만, 나는 시간과 공간에 얽매여 있을 뿐이다. 금동반가사유상은 영원을 안고 있지만, 나는 순간을 호흡하고 있다.

금동반가사유상을 물끄러미 바라보며 질문을 던져 본다.

'깨달음이란 진리의 발견인가?'

'초월인가?'

'무상무념인가?'

묵묵부답의 미소를 띨 뿐이다. 깨달음은 발견, 초월, 무상무념의 경지가 아닌 듯하다. 깨달음은 얻어지는 게 아니라, 스스로 깨달음 그 자체가 되는 일이 아닐까.

표정엔 침묵의 꽃이 피어나고 있다. 명상의 강물이 유유히 흘러간다. 머리에 쓴 모자는 세 개의 꽃잎으로 만든 것 같은데, 삼산관 三山冠이라 한다. 세 산을 조형한 관을 썼으니, 산의 만년 명상을 이고 있다. 그런데도 간소하고 홀가분하다. 얼굴 길이만한 긴 귀는 만음萬音을 들고 있는가. 이 마음의 귀가 들리지 않는 우주음宇宙音까지 죄다 듣고 있는가. 만음을 듣고도 입을 다물고 있다.

동銅으로 만들었지만 부드럽고 육감적이다. 머리에서 발끝까지 명상이 흐른다. 남자인 듯한 데 잘록한 허리는 여성적인 선과 육감을 가졌다. 편안하고 온화한 표정과 자세는 어디서 오는 것일까. 명상의 중심점 위에 앉아 있어서 그러한 것일까.

금동반가사유상에서 한국인의 깊은 사유를 본다. 반가사유상 양식은 서기 6, 7세기에 걸쳐 신라, 백제, 고구려에 유행하여 삼국미술의 뛰어난 예술성을 보이고 있다. 오른쪽 다리를 올려서 왼쪽 다리 무릎 위에 얹는 것을 '반가半跏'라 하고, 오른손을 들어 손끝을 턱에 댐으로서 깊은 생각에 잠긴 모습을 나타낸 것을 '사유思惟'라 하여 '반가사유상 양식'이라 불리게 된 것이다.

반가사유상엔 한국인의 영원을 향한 추구와 마음이 담겨 있다. 우리나라에 남아 있는 많은 반가사유상 중에서 가장 뛰어난 경지를 보이고 있는 것은 삼산관을 쓴 금동반가사유상(국보 83호)과 일월보관日月寶冠을 쓴 금동반가사유상(국보 78호)이다.

일본 국보 1호이기도 했던 목조반가사유상은 우리 금동반가사유상(국보 83호)을 빼놓은 것처럼 닮았다. 독일의 실존주의 철학자 야스퍼스가 일본을 방문하여 목조반가사유상을 보고 찬탄하였다.

'인간 존재의 가장 맑고 깨끗한 가장 원만하고 영원한 모습의 표정이다.'

70년대 어느 날에 일본의 한 미술학도가 이 목조반가사유상에 반해 그만 와락 껴안는 바람에, 오른쪽 손가락 하나가 부러지는 사건이 발생했다. 이때에 알려진 것이지만, 불상의 재료가 된 나무가 일본에선 생산되지 않는 적송赤松이어서 한반도에서 건너간 것이거나 재료를 가져가 만든 것이라고 추정된다.

야스퍼스는 일본 광륭사의 목조반가사유상 만을 보았을 뿐이다. 만약 우리나라에 와서 이 불상과 꼭 닮은 금동반가사유상을 보았다면 어떤 말을 했을까. 반가사유상엔 한국인이 꿈꾸는 영원의 하늘과 청정한 마음이 있다.

공항 대합실 의자에 앉아 흘깃 금동반가사유상을 쳐다보면서 시공을 초월하는 영원의 표정을 살펴본다.

'반가사유상은 무엇을 생각할까?'

사유의 끝없는 실타래는 영원에 닿아 있을까. 깨달음의 심연에 닿아 있을까.

'인간은 무엇인가?'

'존재란 무엇인가?'

목마르고 알 길 없는 아득한 물음 앞에 앉아 있다. 이집트 대 피라미드 앞의 스핑크스도 풀 길 없는 이 물음 앞에 오늘도 앉아 있을 것이다.

내가 반가사유상을 좋아하는 것은 바라만 보아도 한없이 마음이 편안하고 고요해지기 때문이다. 고요의 한가운데로 들어가면 시공을 잊어버린다. 존재도 삶도 영원도 잊어버린다. 이런 무상무념의 상태가 좋다. 금동반가사유상에서 깊은 감명을 받는 것은 느낌만이 아닌, 어느새 나도 모르게 그 사유의 깊이 속으로 빠져들게 하기 때문이다.

석굴암 본존불本尊佛은 석가여래가 보리수 아래에서 악마의 유혹을 물리치고 깨달음을 이루는 모습과 표정을 조형화한 것이다. 성도상成道像이다. 그러기에 우아하고 위엄 있는 가운데 온화함과 잔잔한 법열의 미소를 띠고 있다. 이미 깨달음을 얻었기에 최상 최고 최선의 경지에서 오는 이상과 신비를 느끼게 한다.

나는 금동반가사유상에서 한국인이 피어 낸 사유의 꽃을 본다.

깊고도 푸른 물음에 깨달음의 연꽃이 피어나고 있다. 한국인이 피워 놓은 명상의 꽃인 것이다. 어느 민족이 금동반가사유상의 표정처럼 오묘한 경지를 표현해 놓을 수 있단 말인가. 레오나르도 다 빈치의 '모나리자의 미소', 로뎅의 '생각하는 사람'이나 여러 나라의 불상과 인물상에서도 이처럼 평화롭고 심오한 경지를 찾을 수 없다. 일에 열중하는 것도 아름다운 것이지만, 사색에 빠져 자신을 잃어버리는 것도 아름다운 모습임을 느낀다.

항공기를 탈 때마다 한 번씩 엉뚱한 생각에 잠긴다. 추락하게 되면 어떻게 할 것인가. 가족에게 어떤 말을 남길 것인가. 찰나와 영겁이 종이 한 장 차이라는 걸 느낀다. 안전벨트를 매면서 반쯤 눈을 감는다.

마음속에서 금동반가사유상이 떠오르고 있다.

방짜유기 그릇

금이 아닌 데도 햇빛 보다 환한 그릇을 바라본다.

기막힌 연금술이다. 우리 민족이 흙으로만 세계 제일의 청자와 백자를 빚어낸 줄로만 알았다. 여기 와서 보니 금속으로도 가장 아름다운 그릇을 만든 것을 본다. 놋쇠로 만든 그릇인데도 황금빛을 뿜어내는 광경을 보고서 저절로 경탄이 솟는다. 만져 보고 손가락으로 튕겨 보고 싶다. 진열장 속에서 개나리꽃처럼 환하게 웃는 방짜유기 그릇들.

예전부터 중국은 자기, 일본은 목기, 한국은 유기그릇을 주로 사용해 왔다. 제사 때나 명절이 되면 부녀자들이 유기그릇을 꺼내 놓고, 재나 기왓장 가루로 녹을 닦는 모습을 보아왔다. 유기는 거푸집에서 찍어 내는 그릇이어서 녹이 슨다. 방짜유기는 망치로 두들겨서 얇게 펴면서 만든 그릇이어서 녹이 슬지 않는다.

나는 방짜유기 그릇에서 호박꽃같이 순란한 광택을 본다. 그 광택은 황금, 자체에서 나는 빛깔과는 사뭇 다르다. 하얀 화강암에서 나오는 빛깔과 화강암을 수만 번씩 정으로 쪼아 가며 불상을 만들었을 때의 빛깔이 다르듯이 황금이 내는 빛깔과 방짜유기가 내는 빛깔이 다름을 느낀다.

조선시대에는 향로와 술잔 같은 제기, 식기류와 반상기를 비롯한 촛대, 화로, 세숫대야, 악기 등 많은 생활용품을 유기로 제작하였다. 일제 강점기 말인 태평양전쟁 때, 일본은 한국인의 집집마다 뒤져 거의 모든 유기를 전쟁 물자로 공출하고 유기 제작을 금지시켜 한때 전통이 끊길 위기에 처하기도 했다.

방짜유기엔 민족의 타고난 슬기와 자긍심이 빛나고 있다. 일제의 수탈과 제작 금지에도 장인들이 전통의 맥락을 이어온 것이 다행스럽다. '대구방짜유기박물관'에 와서 유기의 최상품인 방짜유기를 바라본다.

불 속에 달구어 망치로 수천 번 두들겨야 점점 황금 빛깔이 나타나고 그릇은 제대로 속이 여물어지는가 보다. 종소리 같은 맑은 소리가 샘물처럼 흘러나오는가 보다.

방짜유기는 불에 달구어서 몸을 태울 듯한 뜨거움을 참아 낸 끝에, 쇠망치로 온 전신을 얻어맞으며 고통을 견뎌 낸 끝에, 잘 익은 모과 빛깔과 속 깊은 맑은 소리를 울려 내는가 보다. 뜨거운 불 맛과 모진 매 맛으로 만들어진 그릇이다. 온 몸체가 망치 자국으로 이뤄진 상처투성이의 그릇. 이 상처와 상흔으로 더 강해지고 순금 같은 빛을 내며 녹이 슬지 않는 진짜 그릇이 되는가 보다.

한 개의 과실이 익기까지 눈보라와 폭풍우와 뙤약볕이 있어야 한다. 가을에 얻는 사과 한 알의 빛깔과 향기와 과액은 온갖 시련의 과정을 잘 견뎌 낸 인내의 결실이다. 평안과 무사안일無事安逸로 탐스럽고 향기로운 과실을 얻어 낼 수 없다. 성숙과 완성을 위해선 남다른 단련과 투지와 고통의 과정을 거치지 않으면 안 된다. 훌륭한 사람의 위대한 업적도 수월하게 이뤄지지 않는다. 수많은 고통과 어려움을 극복하면서 단련과 성숙으로 자신의 꿈을 이뤄 낸다.

방짜유기는 구리와 주석을 78:22로 합금하여 거푸집에 부은 다음, 불에 달구어 망치로 두들겨서 만든 그릇이다. 도가니에 녹인 쇳물로 먼저 바둑알과 같은 둥근 놋쇠 덩어리를 만든다. 이 '바데기'라 불리는 덩어리를 여러 명이 서로 도우며 불에 달구고 망치로 쳐서 그릇의 형태를 만든다. 주물 유기와는 달리 정확히 합금된 놋쇠를 불에 달구어 메질(방망이질)을 되풀이해서 얇게 늘여 가며 형태를 잡아간다. 이런 기법으로 만들어진 방짜유기는 휘거나 깨지지 않고 변색되지 않는다. 쓸수록 윤기가 나고 독성이 없으므로 식기류를 만들 뿐만 아니라, 징, 꽹과리 같은 타악기도 만든다.

하늘과 땅과 사람의 마음을 함께 울리는 우리 타악기 징, 꽹과리가 방짜기법으로 제작되기에 소리를 들으면 피가 끓고 가슴이 뜀을 깨닫는다. 오, 우리 민족의 핏속으로 울려서 신명이 되고 환희를 만드는 소리가 귓가에 쟁쟁 들려오는 듯하다.

대구에서 '수필의 날' 행사를 끝내고 팔공산에 있는 대구방짜유기박물관을 관람하게 된 것이 방짜유기 그릇의 아름다움을 발견하게 된 계기가 됐다. 방짜유기 그릇에서 녹슬지 않고 당당한 민족의 그릇을 발견한다. 주석과 구리의 합금으로 방짜라는 기법을 사용하여 찬란한 연금술을 빚어낸 선조들의 솜씨와 지혜에 탄복한다. 우리 민족은 타고난 예능적인 솜씨로 고려청자, 조선백자와 함께 방짜유기를 만들어 그릇 공예의 으뜸임을 입증하고 있다.

　녹슬지 않고 쓸수록 윤기가 나며 깨어지지 않는 방짜유기 그릇은 우리 민족의 자랑거리가 아닐 수 없다. 방짜유기 그릇에 끈기와 인내와 슬기가 번쩍인다. 민족의 특성을 잘 살려 만든 그릇이 아닌가 한다. 내 인생도 방짜유기 그릇이었으면 좋겠다.

빗살무늬토기 항아리

빗살무늬엔 신석기시대 빗소리가 난다. 빗살무늬를 왜 새기고자 했을까. 새기기 쉽기 때문일 수도 있다. 뾰족한 나뭇가지나 돌로써 빗금을 그으면 된다.

빗살무늬는 인간이 가장 먼저 자연에서 발견해 낸 무늬이다. 빗살무늬 속에는 원시인들의 미의식과 자연과의 교감이 있다. 목마름을 적셔주고 시원함과 활력을 불어넣고자 하는 소망이 아로새겨져 있다.

인간에게 빗살무늬는 무엇일까. 빗방울의 선물이고, 물의 말이 아니었을까. 생명의 속삭임이며 노래가 아니었을까.

항아리를 두드려 보면 수만 년 전의 침묵이 울려 나온다. 태고 적 햇살 한 오라기와 한 줌의 빗물이 잠겨 있을 듯하다. 비가 바람을 타고 내리는 모습을 보고 항아리에 빗금을 그었을 원시인의 손과 마음을 본다.

토기에 빗살무늬를 새겨 넣음으로써 아름다움에 대한 눈을 뜨고 창조력이 샘솟는 계기가 마련되지 않았을까. 하나의 단순한 시도가 아닌, 창조의 조형 미학을 보여준 진전이었다. 이 상상력의 발아는 도자기 예술의 발전을 알리는 첫걸음이었다.

빗살무늬토기 항아리를 앞에 놓고 비의 말을 듣는다. 바람의 체취를 느낀다. 신석기시대의 햇살과 구름을 만난다.

시간은 빗살무늬 같은 게 아닌가. 항아리가 있다고 한들 저장해 둘 수 없는 것이 시간이며 인간의 삶이 아닌가. 신석기시대의 인간과 시간은 오간데 없이 사라지고 눈앞에 남은 빗살무늬토기 항아리를 바라본다.

그릇이란 무엇을 담기 위한 용구이다. 빗살무늬는 아무 문양도 장식도 없는 진흙 그릇에 처음으로 '빗살'을 그어 하늘과 물을 담아낸 조형언어가 아닐까.

박물관의 토기 진열장 앞에서 시간을 보내는 관람자는 드물다. 인간이 만든 가장 오래된 그릇이건만 눈여겨보는 이조차 띄지 않는다. 토기는 화장하지 않은 맨얼굴의 풀꽃처럼 수수하고 맑다

박물관 진열장에 보관 중인 유물들은 대부분 무덤 속에서 출토된 것들이다. 많은 사람들이 금관이나 보석, 청자, 백자 등 걸작품들에 눈길을 보내고 현혹돼 있다. 나는 무덤덤하게 빗살무늬 항아리를 바라보고 있다.

환상일까. 태고적 적막을 깨고서 빗살무늬 항아리에서 파랑새 한 마리가 포르르 날아서 박물관 안을 훨훨 배회하고 있는 듯하다.

석굴암 본존불

국보 24호의 석굴암.

인류가 다듬어 만든 석굴 중 가장 정교하다 하여 혹자는 '한국의 지혜'라고 말하기도 했다.

토함산 동서 정상 가까이 기암 밑에 명당을 택하여 석굴을 만들고 동서남으로 문을 만들었다.

전방후원前方後圓을 기본으로 하였으며 인도나 중국과 달리 대소 석재를 모아 인공 석감을 마련하였다. 중앙에 거대한 석불을 안치했으며 빙 둘러 제자의 입상을 새겼다.

석굴암 대불은 신라 경덕왕 10년, 재상 김대성이 이룩한 것으로 신라인의 깊은 명상과 염원이 담겨 있다.

이 위대한 한국의 예술품이 조성된 원인은 당시 신라를 괴롭히던 왜구를 불력佛力으로 막아 달라는 대원大願에서였다.

대불을 모셔 놓은 본존 후면에는 한국미의 극치를 표현하고 있는 십일면관음보살과 문수보살 등 12제자의 부조와 사천왕상이 대불을 호위하여 동해를 바라보고 있다.

넓은 이마 밑에 두 눈썹이 두 겹의 반월형을 이루고 있으며 그 아래 반쯤 뜬 두 눈은 조용히 동해 바다를 바라보고 있다. 공연히 동해 바다를 내려다보고 있는 것이 아니다.

천 년을 지키신 침묵
만 겁도 무양쿠나.
태연히 앉으신 자세
배움직함 많사이다.

동해 바다 물결이 드높아
허옇게 부서져 사나우니
미소하여 누르시이다.
천 년, 긴 세월을
두 어깨로 받드시이다.
신라의 큰 공덕이 임 때문이시니라.

아침에 붉은 바다에 소용돌이쳐 솟으니
서기瑞氣, 굴 속에 서리우고

달빛 휘영청히 떠오르니

향연香煙, 임 앞에 조용하다.

일대명공의 크나큰 솜씨에

고개 숙여 눈물겨워지옵네.

박종화의 시 〈석굴암 대불〉은 위대한 침묵으로 인하여 만 겁이 되어도 끄떡없는 대불의 자세를 예찬했다.

동해 바다의 물결이 드높아서 침략자의 뛰어드는 악의 현상을 대자대비한 너그러운 미소로 눌러 막아서 마침내 신라의 천년 공덕이 이루어진 것을 예찬한 것이다.

석굴 안에는 모두 딱딱한 돌로 된 조각 작품들뿐이건만 부드럽고 자비스러운 표정 속에 깃든 따사로운 체온이 가슴에 느껴져 오는 것은 무엇 때문일까.

탄력을 느끼게 하는 도톰한 육감이며 미소로 번져 오는 은은한 마음의 향기까지 느껴져 그야말로 외형과 내면의 미를 융합한 최상의 종교 조각품임을 보여주고 있다.

석가여래의 좌상은 세상만사에 달관한 듯, 여유로운 미소를 머금고 고요한 정밀의 심연 속에 정좌하고 있다.

당당한 체구, 비율에 조금도 결점이 없는 균형 잡힌 신체의 각 부, 둥글고 한없는 부드러움 가운데서도 힘이 넘쳐흐르는 얼굴, 뜻 깊은 침묵과 장중, 윤곽이 뚜렷한 입술은 불상 조각의 극치를 보여준다.

소설가 현진건은 〈불국사〉라는 글에서 이렇게 썼다.

한번 문 안으로 들어서매, 석연대 위에 올라앉으신 석가의 석상
은 그 의젓하고도 봄바람이 도는 듯한 환한 얼굴로, 저절로 보는
이의 불심을 일으킨다. 한 군데 빈 곳 없고, 빠진 데 없고 어디
까지나 원만하고 수려한 얼굴, 알맞게 벌어진 어깨, 수렷이 내민
가슴, 통통하고도 점잖은 두 팔의 곡선미, 장중한 그 모양은 정
말 천추에 빼어난 걸작이라 하겠다.

석굴암 불상은 무한히 발산하는 혼과 힘을 가지고 있다. 이 무한
대의 힘과 율동미, 그리고 숭고한 불후성은 불교 정신에서 오는 것
일까.

석굴암은 좌우 직경 6m 70cm, 전후 6m 60cm, 입구의 폭 3m
35cm밖에 되지 않는 작은 규모이면서도 독특한 건축적 짜임새를
갖추었고 그 내부에 우아하고 섬세한 조각물을 마련한 것은 한국
의 지혜이며, 세계에 자랑할 수 있는 한국 조각의 걸작품이다.

석굴암이 들어앉은 토함산의 지세는, 당시 해상 교통이 성행하
여 신라의 관문을 이루던 감포 앞바다를 훤히 내려다볼 수 있는 전
략상의 요새지이다.

해발 750m의 이 산은 안으로 서라벌 벌판을 에워싸면서 밖으로
감포 앞바다에 출몰하는 왜구의 적정을 환히 살필 수 있었다.

석굴 안의 본존불本尊佛 이마 한복판에 박혔던 백호(눈썹 사이의 털)

에 햇살이 비쳐 들면 산 밑 멀리까지 불그스레한 서광이 뻗쳐 나가 그 신통력이 두려워 왜국들이 감히 침범해 오지 못했다고 한다.

불교 신앙으로서 외적의 침략을 물리치고자 한 신라인들의 염원과 신앙을 짐작할 수 있다.

얼굴무늬수막새

국립신라박물관에 가면 관람자의 눈을 환히 밝혀주는 신라인의 미소가 있다. 얼굴무늬수막새人面文圓瓦當이다. 기왓장에 그려진 얼굴 한쪽이 깨졌지만 웃음은 깨지지 않고 초승달처럼 웃고 있다. 이 얼굴무늬수막새는 7세기에 제작된 것으로 추정되고 있다. 지름 11.5cm이며 경주 영묘사 터靈廟寺址에서 출토되었다.

얼굴무늬수막새는 다듬거나 꾸미지 않은 맨 얼굴이다. 서민들의 진솔하고 담백한 마음의 표현, 가식 없는 무욕의 미소일 듯싶다. 얼굴무늬수막새는 남자 같기도 하고, 여자 같기도 하다. 얼굴에 귀가 없다. 둥근 수막새이기에 귀를 표현하기보다 생략하는 쪽을 택했다. 우뚝 솟은 코는 서양인처럼 매끈하지 않다. 콧등이 뭉툭하게 솟아 친밀함을 더 느끼게 한다. 코를 중심으로 양쪽에 눈을, 아래쪽에 입술을 그려 넣었다.

아쉽게도 입술의 삼분의 일이 빗살처럼 떨어져 나간 상태이다. 온전하지 못한 얼굴무늬수막새이지만 신라인의 얼굴을 보여준 유일한 문화재이다. 입술이 웃는 모습이지만, 평범한 웃음이 아니다. 진흙 속의 연꽃처럼 오랜 사유 끝에서 피어난 미소다. 흙으로 주물러 단박에 빚어낸 솜씨이지만 불가사의한 미소를 머금고 있다. 깨달음의 경지에서 피워 낸 미소인지, 슬픔의 끝에서 눈물을 다 쏟고 나서 편안히 짓는 미소인지 알 수 없다.

손가락으로 쓰윽 두 눈을 조금 파이게 해놓았을 뿐인데 표정이 깊어 오묘하다. 입술의 양 끝이 위로 치켜 올라간 것은 맑은 생각이 영원과 만나는 순간일까. 알 듯 모를 듯한 표징表徵은 깨달음의 미소와는 다르다. 저잣거리에서 만날 수 있는 백성들의 소박하고 욕심 없는 미소다. 희비애락喜悲哀樂을 다 겪고 나서 삶의 이치와 순리를 알게 된 민초들의 표정이 아닐까.

오른쪽 눈은 앞을 보고 있지만 왼쪽 눈은 감겨 있는 듯 자신의 내부를 보고 있다. 눈 밑의 두 볼이 도톰하게 올라 미소를 떠받들고 있다. 절벽에 새겨진 마애불상磨崖佛像을 보고 경배를 올리던 신라인들의 신앙심에서 무심결에 떠오른 미소일까. 즉흥적인 감성에 의한 것이 아니라, 삶 속에 얻은 깨달음에서 솟아오른 마음의 표현이다. 부풀어 오른 볼은 입체감을 드러내며 미소의 깊이를 더해 준다. 신라인들은 얼굴무늬수막새를 통해 하늘과 마음의 대화를 나누려 했나 보다.

기와 장인이 무심결에 담아낸 신라인의 얼굴, 은근하고 정다운 표정 속에 피어오른 미소는 평범한 일상에서 얻은 마음의 꽃이 아닐까. 생각에 잠긴 듯한 두 눈을 새기고 귀 쪽으로 치켜 오른 듯한 입술 끝엔 알 수 없는 미소를 띠워 놓았다. 기와 장인의 순간적인 장난끼의 발산으로 보기에는 천진한 발상이고 파격이다. 석굴암 본존불의 미소는 깨달음의 미소이지만, 얼굴무늬수막새의 미소는 인간의 미소여서 더 정감이 간다. 보통 사람들의 삶과 표정에서 피어난 미소이기 때문이다.

얼굴무늬수막새는 기와 문양처럼 일정하게 찍어 낸 것이 아니라, 기와 장인이 순식간에 둥근 수막새에 신라인의 얼굴 표정을 표현해 놓고 싶었던 모양이다. 그냥 표현 본능에 따른 것이라기보다 신라인의 마음을 하늘에 보여주고자 한 게 아니었을까.

깊은 생각 속에 잠긴 두 눈, 입술 꼬리가 치오르며 미소를 머금은 입술, 높지도 낮지도 않은 코…… 둥근 수막새의 미소와 여운은 단순함과 소박함이 빚어낸 것이어서 마음에 닿아 온다.

천년 신라의 역사 속에 석굴암, 다보탑, 석가탑, 에밀레종, 금관

등 민족문화의 꽃을 피운 유물들이 남아 있지만, 신라인의 얼굴과 마음을 담아낸 유물은 얼굴무늬수막새뿐이다.

얼굴무늬수막새를 보면 신라의 얼굴이 보이고 천년의 미소가 번져 나고 있다. 얼굴무늬수막새는 신라 천년을 뛰어 넘어 영원 속에 한국인의 표정과 마음을 보여준다. 얼굴무늬수막새는 삼분의 일이 떨어져 나간 기왓장에 그려진 얼굴 표정이지만, 신이나 부처상이 아닌 백성들의 얼굴 표정에서 피운 미소이기에 더 마음이 닿아 옴을 느낀다. 근심을 지우게 하는 알 수 없는 미소는 광명과 지혜의 세계와 닿아 있다.

얼굴무늬수막새의 표정은 무슨 생각에 잠겨 있을까. 천년의 미소는 무엇을 말하고 있을까. 그 표정 속엔 찰라 속의 영원과 일상 속의 깨달음이 있다. 평범함 속의 신비를 알려주는 게 아닐까. 유한한 삶을 살 뿐인 인간으로서 시·공간을 뛰어넘어 달관과 초월의 미소를 보여준다. 마음의 때와 얼룩과 먼지를 씻어 내어, 순간에서 영원과 만나는 표정이 아닐까.

얼굴무늬수막새 사진을 벽에 붙여 놓고, 그 미소와 만나면 금방 마음이 편안해지고 만다. 얼굴무늬수막새를 보면서 은연 중 천년의 미소를 흉내 내본다. 신라 천년이 아니라, 영원과 만나고 있다.

에밀레종

경주에 가면 먼저 국립경주박물관에 가 보고 싶어진다.

박물관 진열실에 들어가기 전에 입구에서 보는 것이 '성덕대왕신종'이다. '에밀레종'으로 더 알려진 이 종을 바라보는 것만으로 어디선가 종소리가 울려오는 듯한 환청을 경험한다. '소리를 본다觀音'는 경지를 반쯤이라도 느껴보는 순간이다.

무릇 지극한 도는 형상 밖에 있어 보아도 능히 그 근원을 볼 수 없으며, 대음大音은 천지 사이에 진동하나 들어도 능히 그 울림을 듣지 못합니다. 그러므로 부처님께서 이해의 방편인 가설을 열어 진리의 깊은 이치를 관창하시고, 신종을 달아 일승一乘의 원음原音을 깨닫게 하셨습니다.

성덕대왕신종의 명문銘文의 첫머리이다. 천지 사이에 진동하는 대음과 일승의 원음(진리)을 깨닫게 하기 위해 만든 종이다. 신라 성덕대왕이 종소리를 듣는 모든 사람들이 깨달음에 이르게 하려고 만든 종이 에밀레종이다. 세계에서 가장 맑은 종소리를 내는 종鐘이다.

우리 민족이 세상에서 가장 맑고 은은하게 여음餘音이 이어지는 종을 만들어 낸 것을 보면 어느 민족보다 소리에 민감함을 알려준다. 천성적으로 탁월한 청각을 타고 난 듯하다. 유달리 마음의 귀가 밝은 게 아닐까.

한 번을 울려, 듣고 있는 모든 사람들이 단박에 깨달음을 얻을수 있는 종을 만들고자 했다. 신분 격차를 따지지 않고 누구나 함께 공유할 수 있는 깨달음의 세계다. 우리 민족이 일승의 원음을 추구한 것은 곧 마음의 깨달음이리라.

세상에서 가장 맑은 종소리를 내는 에밀레종을 만든 것은 깨끗하고 맑은 영혼을 지녔다는 것을 말해 준다. 종소리 한 번 듣는 것만으로 근심을 지우며 미소를 띠게 하는 것은 놀라운 마음의 귀를 지닌 민족임을 알려준다. 우리 민족은 영원에서 울려오는 깨달음의 종소리를 들길 원하였던 것일까.

에밀레종은 신라인의 지극 정성과 마음을 모아 만든 소리의 광명이다. 종을 만들 적에 어린아이를 넣어 만들었다는 전설은 무엇을 말하는 것일까. 사람으로 할 수 있는 모든 정성을 다 바쳤음을 뜻한다. 신라인들은 깨달음에 목이 마르고 평화로운 세상을 꿈꾸었다. 이것은 시공을 초월하여 모든 사람들이 희구하는 소망이 아닐 수 없다.

천년 신라의 수도 경주엔 많은 문화재와 유적들을 볼 수 있지만, 경주박물관에서 에밀레종을 보면 마음속으로 울려오는 신비의 종소리를 듣는다. 산 능선을 타고 푸른 하늘로 긴 여음을 끌고 가는 종소리가 마음까지 닿아 와 신비감에 빠지게 한다. 신라 천년의 종소리가 깊은 잠에서 깨어나 깨달음의 말을 전해줄 듯하다.

신라 금관, 석굴암, 다보탑과 석가탑, 첨성대도 신라의 빼어난 예술미를 지닌 문화유산이지만, 에밀레종은 영혼과 생명을 지닌 살아 숨 쉬는 존재처럼 생각된다. 한 번 울리기만 하면, 영원과 깨달음의 말을 가슴속에 남겨주는 이 신비감은 에밀레종이 아니고선 얻을 수 없는 선물이다.

에밀레종은 보존을 위해서 종을 치지 않으므로 실제 종소리를 들을 수 없다. 관람자를 위해 아쉽지만 녹음된 종소리를 듣게 해줄 뿐이다. 종은 관람하는 게 아니라, 귀와 마음으로 소리를 들어

보아야 한다. 에밀레종이 있어 영원으로 울리는 깨달음의 신비음神
秘音을 들을 수 있음은 축복이다.

　에밀레종 소리를 들으면, 마음이 한없이 맑아지고 평온해짐을
느낀다. 시공 속에서 울려 마음으로 낭랑히 흘러드는 종소리……

조선백자

고려청자가 우리나라 가을 하늘을 담아 놓은 마음의 그릇이라고
한다면, 조선백자는 달밤을 담아 놓은 영원의 그릇이 아닐까 한다.

맑고 깨끗한 성정性情을 지닌 우리 겨레는 얼룩 한 점 묻지 않는
가을 하늘과 달밤을 통해 마음의 문을 열고 그리움을 띄워 보냈다.
달밤은 우리 겨레의 한恨과 슬픔을 달래주는 부드러운 손길이었고,
이별했던 임과 마음의 대화를 나눌 수 있게 하는 매체였으며 고통
과 아픔을 씻어주는 해독제가 되기도 했다.

눈부시지 않지만 맑고 은은하게 마음마저 비춰질 듯한 달밤은
사랑을 위한 은밀한 밤이기도 했다.

백자는 우리 민족이 즐겨 입던 흰옷白衣의 빛깔을 연상시킨다.
달빛은 담담하고도 은근하며 맑은 도취 속으로 끌어들인다. 하얀

창호지 방문에 달빛이 물들고 벌레 소리가 들릴 때, 선비는 문득 화선지를 펼쳐 놓고 먹을 갈고 싶었으리라. 선비는 묵향 속에서 사방탁자 위에 놓여진 백자 항아리를 바라보며 방 안에 떠 있는 달을 떠올렸으리라.

백자는 다름 아닌 달을 형상화시킨 것이 아닐까.

화려, 섬세, 정교, 호화, 장대한 예술품은 첫눈에 황홀과 경탄을 맛보게 하지만 쉽게 싫증이 나기도 한다.

서울의 간송澗松 미술관엔 '삼채대병三彩大甁'이라 불리는 청화백자가 있다. 이 백자엔 국화, 난초, 풀벌레가 그려져 있다.

삼채대병은 원만하고 빈틈없는 조형미로 마음을 끌어당기며, 포근하고 풍만한 태깔은 한 점의 병이라기보다 조선의 고요하고 아리따운 마음을 한데 모아 빚어 놓은 영원의 예술품이라고나 할까.

삼채대병엔 은은히 물들이는 조선 중엽의 달빛이 넘쳐 나고 있었다. 18세기 초 영조 때 만들어진 이 백자의 바탕과 빛깔은 한없이 맑고 고요하여 마음이 부시기조차 한 달빛이 내려와 있었다.

백자의 빛깔엔 달빛의 명상과 고요가 담겨 있다. 그냥 하나의 빛깔 바탕이 아니라, 지상과 하늘을 이어주는 영원의 빛깔을 우리 겨레는 마음속에 맞아들이고자 한 것이었다. 삶의 속기를 닦아주고 영원의 세계에 닿고자 하는 깨달음의 빛깔이 아닐까.

삼채대병의 곡선은 조금도 기울지 않는 보름달의 곡선이었다. 이 세상에서 가장 완벽하고 완전한 선형線形을 지니고 있어서, 아무리 바라보아도 그리움이 넘칠 뿐 싫증이 나지 않는다. 그런데다 난초가 뻗어 나간 곡선과 백자가 지닌 곡선이 한데 어울려 달과 난초가 시공 중에 생명률生命律로 만나고 있었다.

달빛 속에 핀 국화는 향기를 뿌려주었다. 임 없이 혼자 보기 아까운 달밤에 그리움의 향기일 듯 국화가 피어 있었다. 향기로운 달밤, 국화 곁에서 풀벌레 소리 청아롭게 울리고 있었다. 삼채대병에 풀벌레를 그려 놓았던 것은 백자가 달밤이었기 때문이 아닐까. 백자를 보면서 우리는 달빛 속에서 임을 만나고 그리움의 노래를 펼쳤던 것이다.

조선인들이 백자를 사랑했던 것은 달빛처럼 정갈하고 깨끗한 삶을 살아가길 바랐기 때문이리라. 백자는 영원의 하늘에 떠 있는 달이었고 그 빛깔은 우리 삶에 시름을 닦아주던 달빛이었다.

조선시대 〈용채총화〉에는 '세종 때의 어기御器는 백자만을 전용한다.'고 했으며 〈세종실록〉에 이미 명나라 사신이 백자를 요구한 사실이 여러 번 있음을 기술하고 있다. 〈광해군 일기〉에도 '왕은 백자를 사용한다.'고 하였다. 이미 초기에 우수한 백자를 생산한 조선조에서는 말기까지 우수한 백자에 대한 호상이 지속되고 있는 상황이 조선왕조실록과 기타 사서에 수많이 기록돼 있다. 조선백자는 처음 경기도 광주와 관악산, 북한산 등을 중심으로 발전하기 시작하여 점차 지방으로 확산되었으며 광주는 중앙 관요로서 조선백자 가마의 핵심이었다. 광주에서 생산되는 백자는 중기 초까지는 상품上品, 하품下品이 있었으며, 중기 후반 이후부터 후기까지는 거의 상품 위주로 생산하였다.

상품 백자는 우수한 대토와 유약을 선정하여 그릇을 빚고 이를 다시 갑(匣鉢 개비)에 넣어 번조하여 그 형태와 질과 색이 아주 우수하였으며 이를 갑번匣燔이라고 하였다. 갑번은 왕실에서 사용하는 것이었으나 모든 사람들이 분원分院의 갑번 백자를 쓰고 싶어 하였다. 〈세종실록지리지〉에 의하면 당시 상품 백자는 경기도 광주군 중부면 번천리와 경상북도 상주군 북추현리, 이미외리, 경상북도 고령군 예현리 등 3개 지방에 4개소의 가마가 있었다고 하였는데, 광주 번천리 가마는 상품 백자를 생산하고 있었음이 밝혀졌으나 고령과 상주에서는 아직 상품 백자를 발견하지 못하였다.

조선조는 백자시대라고 불러도 좋을 것이다. 조선조 백자는 후기로 내려올수록 다종다양한 기형과 문양이 창출되어 후기 후반경에는 마치 화사하고 만화방창한 국면을 연출한다. 그러나 기형과 문양에 지나친 기교를 부리거나 실용과 기능에 벗어난 예는 거의 없다. 19세기 사회 일각에서는 순백자만을 지향하지 말고 보다 적극적으로 제반 백자기술을 도입하여 다양하고 화려한 문양이 있는 백자도 생산하여야 한다는 주장도 나왔다. 그러나 순백자에 대한 선호는 끝까지 우리 마음에 자리 잡고 있었다. 조선조 때의 학자 이규경李圭景은 그의 저서 〈오주연문장전산고〉에서 '우리나라 자기는 결백한 데에 그 장점이 있다. 여기 그림을 그리면 오히려 이에 미치지 못한다.'고 하였다. 조선백자는 기능미를 살려서 간결 소탈하고, 단정 정직하며 그 속에 유머와 해학이 있다. 언제나 자연스럽고 단순 간결한 데서 아름다움을 찾았다.

조선백자는 깨끗하고 담백한 달빛 미학을 창출하여 세계에도 찾을 수 없는 유현한 선미禪味와 독자적 민족 예술로 꽃피운 보물이 아닐 수 없다.

침종

  가을날 티끌 하나 묻지 않은 하늘을 올려 보다가 어디선가 낭랑히 종소리가 들려올 것만 같아 귀를 기울여 본 적이 있는가.

  한 번쯤 영혼이 비칠 듯한 하늘 속으로 종鐘도 깊을 대로 깊어져서 저절로 벙그는 꽃처럼 울릴 법하여 가슴 졸인 적이 있는가.

  아무도 모르게 물속에 가라앉아 울리는 종을 알고나 있는가.

  우리 겨레는 해맑은 하늘을 보며 살아온 덕분에 이 세상에서 가장 아름답고 깊은 소리를 낼 줄 아는 종을 만들어 내었다.

  청명한 하늘 속 한가운데 종이 걸려 있어서 영원을 바라보는 이의 마음에 종소리를 들려줄 수 있었나 보다. 한 번 들은 신비음神秘音은 마음속에서 울려 떠나지 않는다.

  고려청자가 비취빛 하늘 빛깔을 담아 놓은 것이라면, 침종沈鐘은 그 소리를 담아 놓은 것이다.

신라, 고려 종鐘은 마음을 하늘에 바치는 소리 공양인 동시에, 하늘의 푸른 음성을 듣는 마음의 귀다. 맑은 하늘을 올려다보고 사는 동안, 저절로 착함善이 샘솟아 흘러 하늘을 적시는 소리를 갖게 되었나 보다.

소리가 하도 청아하여 종을 보면 욕심을 내게 되므로 눈에 보이지 않게 물속에 숨어 우는 종.

종 중에서 가장 오묘한 소리를 내는 것이 침종沈鐘이다.

한 번 울리기만 하면 영원의 하늘까지 닿는 종소리…… 물속에서 하늘과 땅의 마음을 맑게 울려서 영혼에 향기를 뿜어내게 하는 소리……

우리 마음속엔 침종이 있다.

침종 소릴 듣지 못하는 것은 아무도 모를 물속에 있기 때문이다.

임진왜란 때의 일이다. 경상도를 담당한 가토加藤淸正가 동해 양산 언양을 휩쓸고 경주에 밀어닥쳐 고적에 불을 질렀다. 불교 신자였던 가토는 수중릉에 묻힌 문무왕의 명복을 빌고자 세워진 감은사感恩寺의 종을 욕심내어 자기 나라로 싣고 가다 수중릉인 대왕암 인근에서 갑자기 풍파와 천둥으로 가라앉고 말았다는 것이다.

고려 고종 때 몽골군이 경주에 쳐들어왔을 땐 많은 관가와 사찰을 태우고 거대한 황룡사皇龍寺 종을 자기 나라로 훔쳐 가려고 경주 양북면 대종천大鐘川에서 배에 싣고 가다가 배와 더불어 가라앉고 말았다.

이런 일이 있은 후 큰 종이 빠졌다 하여 그 강의 이름이 대종천으로 바뀌었다.

삼국유사와 전설 속에 전해져 내려오는 황룡사종과 문무왕 수중릉 근처에 수장된 것으로 전해지는 감은사종은 신비 속에 숨겨진 침종沈鐘이다.

삼국유사에 의하면 황룡사 대종은 신라 제 35대 경덕왕 13년(서기 754년)에 제작되었으며 높이 312cm, 두께 27cm, 무게 49만 7581근(149톤)에 달하는 거대한 종이다. 이는 무게 25톤인 성덕대왕신종(에밀레종)이나 22.5톤인 석굴암 통일대종의 6배에 달하는 크기다.

침종은 어디에 있을까.

한 번 울리기만 하면 온 세상을 맑음과 착함으로 채우고 영원과 깨달음의 세계로 이끄는 소리의 광명. 침종은 물리적으로 큰 소리로 멀리 보내려는 게 아니라, 마음속에서 울려나와 은은히 멀리 여운으로 번져 가게 만들었다.

'덩~' 하고 울리면 또 들릴까 마음 졸이며, 끊일 때는 또 들릴까 기다리게 하는 소리의 여운. 한 번 울려서 만물의 눈을 뜨게 하고 만음萬音을 가라앉혀 영원의 소리를 내는 종이여……

우리 종鐘만이 가장 잘 낼 수 있는 고요하고 은근하게 긴 음파는 어디서 우러나온 것일까. 종의 주조법에도 있을 테지만, 맑은 하늘이 준 영혼의 깊이에서 울린 깨달음의 소리이기 때문이다.

금동반가사유상의 신비한 미소가 울리는 소리……

깊은 물속에 혼자 우는 침종을 맞아들일 줄만 알면 우리의 영혼은 가장 맑고 눈부시게 피어날 수 있지 않을까.

가만히 하늘을 우러러 귀 대며 들어본다.

맑은 하늘 속으로 낭랑히 번져 가는 침종 소리…… 우리 겨레의 맑은 영혼이 숨을 쉬는 소리…… 아, 나에게도 마음속에 침종이 있어 사랑도 인생도 한 번 울리면 오래오래 여운으로 남아 있었으면 한다.

탑의 나라

　고찰古刹 불국사를 찾았을 때, 천 년의 시·공간에 서 있는 다보탑
과 석가탑은 탑 중의 탑으로 민족의 마음이 피워 낸 연꽃이 아닐까
느껴졌다.

　탑은 인간이 하늘에 피워 놓은 기구의 꽃, 하늘에 바치는 공양이
다. 하늘을 향해 세워 놓은 거대한 촛대라는 생각이 든다. 탑 위에
는 수많은 불자들이 염불을 외며 바라보는 기구의 촛불이 켜 있다.

　다보탑을 우아한 한 떨기 국화라고 한다면 석가탑은 수수하나
기품을 지닌 들국화라고 해도 좋다.

　우리나라 돌조각의 재료는 대부분이 화강암이다. 서양의 대리석
처럼 매끄럽지도 않고 섬세하게 다듬을 수도 없다. 프랑스 루브르
박물관, 바티칸 박물관에 있는 대리석 인체 조각들을 보면 실물의

피부보다 더 매끈하게 만들어 놓았으나, 이 때문에 정감이 오히려 줄어듦을 느낀다. 대리석재材는 피부가 희고 이목구비가 선명한 서양인의 모습을 조형하는데 안성마춤이다.

대리석재가 지니는 질감과 화강암이 지니는 질감의 차이에서 동서양의 체질과 문화가 드러난다. 화강암으로 탑이나 부처를 만들려면 석공石工이 마지막 손질까지 정으로 쪼아 가며 완성해야 한다. 대리석재는 대패로 깎아 놓은 것보다 더 미끈하게 마름질하여 우아하고 섬세하기가 이를 데 없으나 피부에 흐르는 따뜻한 체온이 느껴지지 않는다.

화강암으로 어떤 조각품을 만들기 위해 정으로 하루에도 수천수만 번씩 정성껏 쪼아서 무늬 하나씩, 얼굴의 미소를 그려갔을 것이니 이 작업이야말로 만들어 간다는 의식이 아니라 한 떨기 꽃을 피워 낸다는 의식으로 임하지 않으면 안 되었을 것이다. 정으로 쪼며 다듬어 가는 동안 자신의 영혼과 마음까지도 불어넣어 하나의 돌조각을 완성하게 된다.

서양의 대리석 조각들은 당시 유명한 조각가들의 작품이 많지만 한국 화강암 조각들은 이름도 없는 석공들에 의해 만들어졌다.

우리 탑이나 불상들은 서양 조각들처럼 개인의 기능으로 완성되는 것이 아니다. 민족의 마음이 합해져서 만들어진 것으로 보아야 옳다. 석공들도 자신의 힘과 재주로 탑이나 불상을 만든다는 불순한 생각은 할 수도 없었다. 목욕재계하고 부처님의 힘, 민중의 공으로 만든다고 여기고 지극한 정성을 쏟았다.

한국의 예술은 만들어진 이후부터 오랜 세월에 걸쳐 차차 완성되어 가는 과정을 밟는다. 우리의 예술품은 오랫동안 민중의 마음이 한데 모여 공감의 샘을 만들어 놓은 다음, 그 샘에서 감동의 맑은 물줄기가 솟아나야만 비로소 완성된다. 민중의 손으로 만들어지고 민중의 마음으로 완성되는 셈이다. 하나의 탑이 서기까지 하나의 불상이 세워지기까지 수많은 사람들의 마음과 인연이 모여 이뤄진다.

석굴암 본존불의 대자대비한 미소는 만들어질 때부터 띠게 된 것이 아니다. 오랜 세월 동안 수많은 불자들이 촛불을 켜고 두 손 모아 절하면서 드린 기구에 부처가 답하지 않을 수 없어 띠운 미소라고 생각한다. 세월이 지날수록 더 많은 사람들이 경배하고 그 경배를 받아 본존불의 표정은 점점 대자대비해져 신비의 미소를 띠게 되는 것이다. 석굴암 본존불의 표정은 천 년 세월 동안에 점점 깊은 신비의 미소로 피어났다.

한국의 예술은 미완성으로 시작하여 완성의 세계로 나가기 때문에 퇴색되지 않고 항상 새로움을 간직하고 있다.

우리나라에 왜 탑이 많을까. 절마다 탑을 세웠기 때문일 테지만 한국인의 마음속에 하나씩 탑이 서 있는 건 아닐까. 푸른 하늘을 향해 쌓아 올린 정신의 집중력이 탑으로 조형화돼 신앙의 표징이 되었다고 본다. 절대로 허물어지지 않고 하늘을 향해 쌓아 가는 마음의 탑. 이 마음의 탑이 있었기에 '공든 탑이 무너지랴'는 다짐과 염원이 있었기에 한국인은 어떤 일이 있더라도 좌절하거나 절망하지 않는다.

기교적인 면보다 순박성과 간결성으로 마음을 더 *끄*는 불국사

석가탑에 아사달과 아사녀의 애절한 사랑 이야기가 전해 온다. 한마디로 우리 겨레가 얼마나 탑을 소중히 아끼고 마음의 상징으로 삼았는가를 말해 준다.

한국의 영혼을 알려면 불탑을 보아야 한다. 한국의 유적, 유물들은 웅대하거나 장엄하지 않다. 석굴암과 불국사가 그렇고 첨성대며 왕릉도 규모 면에서 결코 크다고 할 수 없다. 눈을 위압하여 단번에 찬탄을 자아내게 하는 거대, 화려, 찬란한 예술품을 남겨 놓으려는 의식보다 간결하고 수수함 속에 비범함이 있다. 오랫동안 바라보며 순금의 말과 깨달음의 마음이 어디에 깃들었는지를 찾아보게 한다. 외양미에 치중한 다른 나라 예술품과는 달리 안으로 숨겨 놓은 정적미라든지 소탈미의 함축을 보아야 한다. 눈에 잘 띄지도 않아 소박데기같이 보일지 모르지만 눈여겨보면 깊은 산속에 함초롬히 피어난 풀꽃의 자태처럼 맑고 향기로운 영혼을 발견할 수 있다.

경주에 가장 값진 보물 중에 보물은 아무래도 석굴암과 다보탑, 석가탑이 아닐까. 이것들은 화강암으로 만든 조각품으로 한국 조각의 최고 걸작이다. 그 나라에서 가장 많이 나는 석재石材는 그 민족만이 가장 잘 다룰 줄 아는 법이어서 화강암의 속마음까지도 꿰뚫어 보며 탑과 불상을 만들어 놓았을 것이다. 정으로 두드려 가며 미소와 명상을 피워 놓았다. 공들이지 않은 탑은 무너지기 쉽지만, 지성으로 쌓아 올린 탑은 무너지지 않는다.

사찰을 찾을 때마다 우리나라는 화강암으로 세워 놓은 탑의 나라라는 것을 느끼곤 한다.

살아있는 지혜

대장경 1000년 세계문화축전

합천 해인사에 갈 적마다 팔만대장경의 보관처인 장경각을 기웃거리며 영원의 말을 생각해 보곤 한다. 부처의 말을 새겨 놓은 경판은 침묵 속에 눈을 감고 있지만, 현란한 광채와 향기를 내고 있다.

명상의 말, 깨달음의 말이 꽃눈으로 툭툭 불거져서 꽃송이를 터트리려 하는데, 마음이 미치지 못하여 꽃을 볼 수 없음은 안타까운 일이다. 마음에 탐욕이라는 때와 어리석음이란 얼룩이 묻어서 진리의 모습을 들여다볼 수가 없다.

경經이란 말의 보석 상자이다. 불경은 부처의 말, 성경은 예수의 말을 담아 놓은 보석 상자이다. 말이란 일시적인 효용 가치를 지닌 것이 있고, 영원한 가치를 지닌 것이 있다. 성현이 남긴 말은 깨달음의 말, 사랑의 말, 감동의 말, 용기의 말, 진리의 말이다. 경 속의 말은 시간의 흐름에도 사라지지 않는다. 인간의 삶에 지혜와 용기와 진리의 길을 인도해 주는 등대가 된다.

'팔만대장경'이란 대장경의 판수가 팔만여 장에 이르는 데에서 비롯되기도 했지만, 불교에서 아주 많은 것을 표현할 때에는 '팔만사천'이란 용어를 사용한다. 가없이 많은 부처님의 가르침을 '팔만사천법문'이라고 하는 데서 유래했다.

유네스코는 팔만대장경의 문화재적인 가치를 인정하여 2007년 6월 제8차 유네스코 기록유산자문위원회에서 세계기록문화유산으로 등재하였다.

금년이 고려대장경을 조성하기 시작한 고려 현종 2년(1011년)으로부터 1천 년이 되는 해이다. 이를 기념하기 위해 합천 해인사와 창원에서 '대장경 1000년 세계문화축전'을 개최한다. 오는 9월 23일부터 11월 6일까지 45일간 열리는 이 축전은 고려대장경의 우수성과 역사성을 전세계에 알리고, 새롭게 다가올 천 년을 준비하자는 취지에서 개최된다.

'살아있는 지혜'라는 주제는 고려대장경이 내포하는 '지혜'를 찾아보고, 현재를 살고 있는 우리들의 삶 속에 살아 움직이게 하자는 뜻이다. 공식 행사엔 개·폐막식을 비롯해 대장경 문화페스티벌, 뮤지컬 공연, 멀티미디어 쇼, 해외 단체 공연 등의 다채로운 문화 행사가 펼쳐진다.

이 축제를 통해 우리는 지난 천 년과의 재회를 가짐으로써, 앞으로의 천 년을 생각해 볼 수 있는 계기를 갖는다. 불과 1백 년 미만을 사는 인간에게 천 년은 영원을 의미한다. 일회성 한시성을 가진 인간의 삶에 '천 년'이란 영원을 수용하자는 의미이고, 문화만이 영원에의 가교가 됨을 알려준다.

우리 민족은 세상 최초로 금속활자를 발명하여 인쇄매체시대를 열었던 문화민족이란 자부심을 지니고 있다. 금속활자의 발명은 현대 문화를 이루는 원동력이 돼 왔다. 이 금속활자 발명도 팔만대장경 조성이란 민족의 대 경험 축적에서 얻은 지식과 정신에서 이루어진 성취이다.

1032년 몽고군의 침략으로 인해 불타 버린 대장경을 민족의 힘을 모아서 다시 조성해 낸 것은 우리 민족이 갖고자 한 '마음의 보석'을 잃고 싶지 않았기 때문이다. 마음의 평화, 깨달음의 꽃을 다시 피워 내고 싶었다. 우리 겨레의 이런 기록과 보존의 정신은 영원의식을 갖게 만들었으며, 민족문화의 원동력이 돼 왔다. 우리 민족은 지식 정보에 민감한 유전인자를 타고났다. 세계 최초의 금속활자를 발명하여 활자매체시대를 연 이래, 오늘날 인터넷시대에도 선두 주자로 활약하고 있다.

나무로 새긴 대장경이 오늘날까지 좋은 보존 상태를 유지할 수 있었던 이유에는 선조들의 과학적인 지혜가 숨어 있다. 대장경이 있는 장경각은 동편의 가야산 자락과는 대략 20°정도, 서쪽의 비봉산 자락과는 10°의 경사각을 갖고 있다. 그런 까닭에 맑은 날 햇빛을 받는 시간이 여름철에는 12시간, 봄과 가을에는 9시간, 겨울에는 7시간으로 정해져 있으며, 연간 계절풍은 여름에는 남동, 겨울

에는 북서로 분다. 이런 지형적인 요인 때문에 장경각은 해인사 경
내에서도 가장 낮은 온도와 다습한 상태에 놓여 있으며, 수다라장
과 법보전의 내부 공간 기온은 온도차가 2℃를 넘지 않는다. 상대
습도는 통상 80% 정도를 유지하고 있으며, 건조할 때에도 40% 이
하로 내려가는 일이 극히 드물다. 이는 건조에 의한 경판의 변형을
방지하기 위한 의도가 건축 조영에 반영된 것이다.

대장경세계문화축전은 대장경이 품고 있는 '살아있는 지혜'를 보
여주는 일이다. 팔만대장경은 무한한 가르침과 깨달음을 안겨주는
문화재이다. 정신과 마음을 꽃피울 삶의 길을 제시한 문화콘텐츠
라 할 수 있다.

대장경판은 세상에서 제일 큰 책이다. 영원의 책이다. 우리 민족
의 마음에 이런 보물을 간직할 수 있었던 것만으로도 자긍심을 가
질 만하다. 우리는 팔만대장경에 담긴 '지혜'를 살아 움직이게 해야
한다. 지혜의 세상이 되게 해야 한다. 세상의 재난과 재앙은 '살아
있는 지혜'가 아닌 '죽음의 지혜'를 취한 데서 온다. 자신이나 이익
집단만의 번영과 부富를 취하려는 탐욕과 이기심 때문에 온다. 공
영 공존의 질서로 평화를 얻는 게 '살아있는 지혜'이다. 자연을 살
리고 만물이 공존하는 세상을 만들어 가는 게 '살아있는 지혜'이다.

지난 겨울부터 구제역이 돌아 소, 돼지 3백만 마리 이상을 '살殺'
처분하고 생매장한 일에 대해서 우리는 무릎을 꿇고 속죄해야 한
다. '살아있는 지혜'를 행하지 않아 생겨난 재앙이며 징벌이라는 걸
깨달아야 한다. '살아있는 있는 지혜'엔 희망과 평화의 향기가 퍼져

나가지만, '죽은 지혜'는 죽음의 악취가 날 뿐이다.

천 년 만에 행하는 '대장경 1000년 세계문화축전'이 행사만을 위한 형식과 겉치레로 이뤄져선 안 된다. '살아 있는 지혜'라는 주제를 살리고, 이를 실천하는 계기로 삼는 세계문화축전이 돼야 한다.

혜초의 왕오천축국전

국립중앙박물관이 오는 4월 3일까지 신라 혜초(慧超:704~787) 스님이 쓴 〈왕오천축국전往五天竺國傳〉을 비롯한 중국 둔황 유적에서 발굴된 220여 점의 유물들을 중심으로 '실크로드와 둔황'전을 열고 있다.

국립중앙박물관을 찾아 〈왕오천축국전〉을 비롯한 유물들을 관람했다. 두루마리 종이에 먹과 붓으로 쓴 〈왕오천축국전〉을 친견親見할 수 있어서 감격이 벅차오름을 느꼈다.

우리나라 최초의 문학서이며 세계 고고학계를 놀라게 한 〈왕오천축국전〉이 해외 전시되는 것은 이번이 처음이다. 〈왕오천축국전〉은 3월 17일 프랑스로 돌아갈 예정이다.

〈왕오천축국전〉은 혜초가 천축의 다섯 나라를 순례하면서 기록

한 견문 여행기이다. 이 책이 쓰인 때는 1200여 년 전인 8세기였지만 세상에 알려진 것은 20세기 초이다.

1908년 프랑스의 탐험가이자 동양학자인 펠리오(1876~1945)가 중국 둔황의 막고굴에서 발견하면서 알려지게 됐다. 혜초가 신라 스님이었다는 사실이 밝혀진 것은 〈왕오천축국전〉이 발견되고 난 7년 후인 1915년 일본의 불교학자 다카쿠스 준지로에 의해서였다. 그때부터 한국의 학자들도 〈왕오천축국전〉에 대한 관심을 갖기 시작했다.

〈왕오천축국전〉은 1300여년이 지나 고국에 돌아왔지만 프랑스의 요구에 따라 60cm만 펼쳐 놓아서 아쉬웠다. 맛만 보라는 것에 다름없다. 혜초가 먹을 갈고 붓을 들어 일필휘지一筆揮之로 써 내려간 새로움에 대한 발견과 감정과 사유들이 생생하게 글씨체에 묻어나 있었다. 숨 막히는 사막의 기후와 모래바람, 석가모니의 유적지를 답사하며 깨달음의 길에서 얻었을 자각과 감회가 꿈틀대고 있었다.

〈왕오천축국전〉은 한국인이 실크로드를 여행한 최초의 문명 체험의 기록이요, 한국인으로서 세계인이 된 혜초의 견문록이다. 이 책이 어떻게 둔황 막고굴 석굴에 보존돼 있었던 것일까.

둔황의 막고굴은 유네스코가 지정한 세계문화유산으로 불교미술의 최대 유적지이다. 필자는 2006년 둔황의 막고굴 17호 석굴을 답사한 일이 있다. 허물어질 듯한 어두컴컴한 굴속에서 손전등으로 불빛을 비춰 가며 간신히 보는 불상과 벽화에도 경이와 찬탄을 자아내기에 충분했다. 어둠 속에 눈을 밝히고 손전등 불을 비춰 가며 전체가 아닌 극히 일부분을 바라보는 것만으로도 감사해야 했다. 미술 작가들은 하나씩의 굴을 파면서 고뇌에 빠져들었을 것이다. 자신이 파 놓은 굴이 곧 예배처이자 수도장이기도 했다. 마음속에 무상무념의 깨달음과 부처의 미소가 떠오를 때까지 면벽수도面壁修道를 지속해야 했다. 자신이 득도하지 않고는 부처상을 표현할 수가 없는 일이다. 굴 안이 깨달음의 공간이 되려면 미술 작가부터 깨달음을 얻지 않고선 불가능한 일이다. 깊은 굴속에 벽화를 그리려면 청동거울로 햇빛을 반사시켜 한 뼘쯤 되는 빛이 닿는 부분에 재빨리 그림을 그려 나가면서 전체적으로 조화를 이루어야 하는 작업이 이어졌다. 막고굴 굴속은 미술가가 자신이 뼈를 묻어야 하는 마지막 작업 공간이었다.

〈왕오천축국전〉이 어떻게 막고굴 석굴 속에 보존돼 있었는지는 알 수 없으나, 미술가들이 죽음을 무릅쓰고 평생의 작업으로 조성하고자 했던 신성한 깨달음의 공간에 보존해야 할 가치와 필요성을 인정받았음이 분명해 보인다.

왕오천축국은 혜초가 723년부터 727년까지 4년간 여행한 왕사성王舍城의 마가다왕국 녹야원鹿野苑에서부터 시작하여, 중천축국, 동천축국, 남천축국, 서천축국, 북천축국, 캐시밀, 간다라, 토하라, 각지를 둘러보고 파미르 고원을 넘어 당唐의 안서도호부에 도달하고, 기록도 여기서 끝난다.

파미르 고원을 중심으로 오천축국五天竺國과 서역西域 여러 나라를 여행하고 남긴 여행기이자 문명탐험기로서, 한문으로 기록되어 있지만, 8세기경 한국인이 쓴 우리 문학과 역사상 최초의 외국 기행문紀行文이며, 불교 유적 순례기로서도 세계 최초 최고最古의 여행기록 문서 중 하나로 꼽힌다.

〈왕오천축국전〉은 마르코 폴로의 〈동방견문록東方見聞錄〉, 이븐 바투타의 〈이븐 바투타 여행기〉, 오도릭의 〈동유기東遊記〉와 더불어 세계 4대 여행기로 평가받는 세계적인 대여행기이자 문명탐험기이다.

우리나라 문학사에서 우뚝 솟은 것은 기행문학이다. 〈왕오천축국전〉은 우리나라 최초의 문학 서적이며, 연암 박지원의 〈열하일기〉는 조선시대 문학의 백미白眉이다. 근대 문학의 효시嚆矢로 유길준의 〈서유견문록〉이 있다. 모두 기행문학이란 공통점이 있다.

기행문학은 현장 답사를 토대로 체험과 견문을 쓴 글이다. 인간은 한자리에 머물 수 없는 존재이다. 새로운 세상을 위해서 떠나는 존재이다. 선구자와 개척자들은 먼저 길을 찾아 떠나는 사람들이다. 현자와 성자들은 길 위에서 명상한다. 많은 사람들이 목숨을 걸고 가고자 했던 길, 실크로드는 인류의 이상과 욕망을 속속들이 보여주는 개척의 흔적이다. 실크로드는 당시 동양의 중심인 중국 장안과 서양의 중심인 로마를 연결시킨 동·서양의 교역로이자 종교·문화의 혈관이었다. 죽음을 무릅쓰고 사막 길을 열면서 무엇을 얻으려고 했을까? 영원, 이상, 권력, 금력, 전진이 아니었을까.

혜초는 깨달음에 목이 마른 구도자이자, 새로운 세상을 체험하고 알리려고 한 탐험자였다. 목숨을 걸고 험난한 실크로드를 드나들던 용기는 종교적인 신념과 중생제도의 소명을 안고 있었기 때문이었다. 그의 일생의 면모는 한국 최초의 문학 서적을 낸 문학가이며, 탐구와 개척 의식을 보여준 탐험가였고, 새로운 세계를 추구했던 인물이었다.

혜초는 〈왕오천축국전〉을 쓴 이후에도 중국에서 불경 번역 작업에 열중하다가 조국인 신라에 돌아가지 못한 채 입적했다. 우여곡절을 거친 끝에 〈왕오천축국전〉이 혜초가 꿈에도 그리던 고국 땅에 돌아와 그 모습을 보임으로써 혜초의 한이 풀리고 영혼이 위로받는 듯하다.

한국과 프랑스 간 외규장각 도서 이관 협상이 타결되어, 빼앗긴 지 145년 만에 우리 품으로 돌아온다고 한다. 3월 말부터 5월까지 296권이 순차적으로 이관된다고 한다. 이 다음에는 프랑스에 있는 세계 최초의 금속활자본인 〈직지심체요절〉과 〈왕오천축국전〉이 귀환되길 바란다.

5장

한국미를 찾아서

국립중앙박물관에서

  '박물'이라 함은 여러 가지 물품을 말하는 것이지만, 박물관에 진열된 유물들은 역사의 뼈와 살점들이다. 죽음과 망각 속에서 끄집어낸 기억의 파편들이 놓여 있다. 수만 년 혹은 수백 년 시간과 공간의 퇴적층에서 발굴된 삶의 흔적들, 인간이 남긴 발자국들이 눈을 뜨고 있다. 모든 것들은 시간의 침식에 못 이겨 소리 없이 퇴색, 마멸되어 소멸의 과정으로 빠져들고 있다. 사라지지 않고 남아 있는 것이 소중하고 아름다운 건 영원과 닿아 있기 때문이 아닐까.

  유물들은 대개 무덤에서 출토된 것들이 많다. 무덤은 삶의 종착지이다. 망각의 집인 동시에 은밀한 보관소이다. 무덤에서 역사와 인간의 삶을 되살려 주는 기억 장치인 유물들이 나오는 것은 무엇을 의미하는가.

인간은 사라지고 말았지만, 유물들이 삶을 증언하고 있다. 유물들의 모습에 침묵의 말이 있다. 유물들은 지니고 있는 시·공간만큼이나 깊은 상상력을 불러일으킨다. 천 년, 아니 수만 년이 찰나처럼 느껴진다.

나는 돌화살을 본다. 풀잎으로 알몸을 가린 원시인의 기분으로 살금살금 원시시대의 흙을 밟아 본다. 짐승을 사냥하기 위해 쏘았던 돌화살촉은 수억 년의 시·공간을 날아와 박물관 진열장 속에 꽂혀 있다. 화살촉으로 짐승을 겨누었던 원시인의 눈빛, 화살을 맞고 쓰러지면서 울부짖던 짐승의 울음소리가 태고의 광야에서 들려올 듯하다.

원시인들의 열매 채취 모습을 보여주는 것으로 창녕 비봉리에서 나온 몇 알의 도토리들이 진열돼 있다. '개밥에 도토리'란 말은 흔하고 좋지 않다는 뜻이 내포돼 있지만, 수만 년의 시간 속에서 썩지 않고 남아 있는 열매들에서 경이와 신비를 느낀다. 도토리가 미이라가 된 것일까, 아니면 공기가 통하지 않은 밀폐된 퇴적층에 묻혀 썩지 않은 것일까. 하찮은 것일지라도 부패되지 않고 견딜 수 있다는 것은 의미의 광채가 된다.

'깬돌'이란 말도 처음으로 대한다. 원시인들이 열매를 따서 먹을 때, 사냥한 짐승을 불에 구워 잘게 썰어야 할 때, 날카로운 돌이 필요하다. 둥글납작한 돌을 깨트리면 날카로운 면이 생긴다. 뾰족하고 날카로운 돌을 도구로 사용하는 법을 터득하게 되었다. '깬돌'에 생각의 섬광이 번쩍이고 생각의 깨어남이 있다.

국립중앙박물관이 신축 이전한 후, 나로서는 첫 관람이다. 관광 코스의 하나로 들른 것이기에 주어진 시간은 2시간 남짓이다. 2시간 만에 한민족의 역사와 문화, 삶의 흔적을 일별해야 한다. 이곳에 있는 모든 것들이 다 귀중한 민족의 보물들이다. 역사의 강물 위에 남겨진 민족의 영혼과 뼈들이다. 구석기시대부터 조선시대까지를 2시간에 훌쩍 뛰어넘는다. 시간과 공간 속에 점멸하는 삶과 의미의 혼백들이 안개의 미립자처럼 떠돌며 사라진다. 인간은 어쩌면 안개의 한 미립자로 잠시 떠돌다가 사라지는 존재들이 아닐까.

　석기에서 금속공예까지, 빗살무늬토기에서 조선백자까지, 암벽화에서 조선 산수화까지 2시간 만에 눈으로 쭉 훑어본다. '생명'이 있는 것들은 '일생'이란 한계성에 얽매여 있다. 삶이 끝나기만 하면, 시간은 망각의 바이러스를 풀어 퇴색과 소멸의 과정을 밟게 한다.

　박물관, 미술관, 도서관은 일시성을 지닌 인간이 영원성을 수용하기 위해 만든 지혜의 탑들이다. 영원의 시간을 보면서 마음으로 영원의 숨결을 느껴보게 한다.

　박물관은 거대한 무덤의 집이다. 무덤이 없다면 박물관도 없을 것이다. 고고학자들은 숨겨진 무덤을 발굴하려고 평생의 집중력을 기울인다. 그들에게 무덤이 없다면 신비와 동경도 사라지고 열정과 탐구욕도 식게 될지 모른다. 끊임없이 역사를 증언할 무덤을 발견하고 숨겨 놓았던 부장품들을 꺼내는 감격에 떨길 열망한다. 위대한 무덤의 발견과 발굴은 필생의 바람이자 꿈이다. 영원히 죽지 않고 숨을 쉬는 무덤이 박물관이다.

빗살무늬토기는 평범하지만 아름답다. 최초의 무늬라는 점, 원시인들이 자연스럽게 새긴 것이 '빗살'이었으며 무늬의 탄생을 본다. 무늬를 그렸다는 것에서 미의식의 구현을 본다. 인간의 생존에 가장 필요한 것은 물이다. 물은 하늘이 비로 내리는 것이어서 '빗살'은 곧 목마름을 해소시켜 주는 축복과 생명의 이미지가 아니었을까. 원시인들은 토기 항아리나 그릇에 항상 물을 담아 놓길 원하였기 때문에 빗살무늬를 그려 놓았을 것이다. 물이 담기고, 열매가 담긴 토기 항아리와 그릇들을 그려 본다. '그릇'이 생기고부터 여유가 생기고 미의식이 생겨난 것이 아닐까. 빗살무늬토기는 기원전 3500년 무렵에 유행했던 무늬이며 우리나라 신석기 문화를 빗살무늬 문화라고 부르고 있다.

창원 다호리 1호 무덤에서 출토된 3개의 붓을 유심히 본다. 창원에서 살고 있기에 친근감이 들기도 했지만, 발굴 현장에서 지켜보기도 한 기억이 있다. 3개의 붓은 약 2천 년 전 원삼국시대의 것으로 추정된다. 대나무가 검게 변하고 약간 비틀어진 형태이나 보존 상태가 좋은 편이다. 붓털은 거의 망실돼 있다. 무덤 속 대바구니에서 붓과 숟갈이 발굴되었다. 붓이 나온 것으로 보아 무덤의 주인은 학자나 문인이었을 것으로 생각된다. 세 개의 붓으로 무엇을 썼을 것인가. 무덤 속에 붓을 넣어 놓은 것은 사후의 세계를 기록하려는 것일까, 일생을 한 편의 문장으로 남겨 놓으라는 의식이었을까.

청동기시대의 원형 거울들은 푸른 청동 녹이 슬어 있다. 거울의 임자는 자신의 얼굴을 들여다보면서 무엇을 생각했을까. 청동거울

속에 사라져 간 청동기시대의 아름다운 풍경들이 보일 것 같아 한참 바라본다.

왕의 권능을 상징하는 왕관은 박물관의 퀴퀴한 죽음의 빛깔을 물리치게 한다. 가야의 관은 관태와 풀꽃 모양의 세움 장식이 있는 형태이다. 나뭇가지 모양 장식의 신라 금관과 사뭇 다르다. 관태의 위, 아래에는 점무늬와 점줄 문살무늬가 새겨져 있고 달개가 달리는 것이 일반적인 형태이다. 가야의 관을 장식하는 풀꽃 장식이 권능과 위엄보다는 소박한 아름다움으로 다가온다. 낙동강의 풀꽃과 바람과 평화가 느껴진다.

나는 '뼈단지' 앞에 걸음을 멈춘다. 화장이 유행했던 시절, 뼈를 담는 그릇이며 외형은 토기거나 돌로 만들었다. 정신의 뼈, 영혼의 뼈가 '문화'라는 상징물로 박물관에 진열돼 있음을 본다.

박물관에 남아 있는 삶의 흔적은 권력이며 종교다. 어디를 가도 서민의 삶은 보이지 않는다. 왕과 귀족의 삶은 문화로 남아 있고, 그 한가운데 종교가 빛을 내고 있다. 나는 사군자四君子 그림을 보고, 산수도와 인물화를 본다. 양반쯤 되어야 산수화를 감상하고 차를 마시고 사군자를 쳐 보리라.

백자 달항아리를 본다. 넉넉하면서도 부드러운 곡선, 당당한 양감이 편안하고 고요로운 마음을 갖게 한다. 17세기에 집중적으로 제작된 달항아리는 달밤의 고요와 맑은 도취 속으로 끌어들인다.

우리나라 종을 본다. 고리인 용두가 중국 종두처럼 두 마리 용이 아닌 한 마리의 용이 물고 있는 듯이 보인다. 균형 잡힌 형태와 비

천상飛天象 등 표면의 아름다운 조각 장식과 함께 끊일 듯하면서도 이어지는 깊은 종소리를 지녔다. 하늘이 맑은 우리나라 사람들은 저절로 영혼이 순수해져 영원으로 울리는 깨달음의 소리를 빚어낼 수 있지 않았을까 생각한다.

우리나라의 문화재는 웅대하고 화려하진 않다. 소박미와 은근미, 고요하고 단아한 가운데 깊은 맛이 마음으로부터 우러난다. 금동반가사유상, 상원사종, 고려청자, 조선백자가 그러하다. 깨달음의 미소와 영원의 빛을 얻고자 했다.

박물관을 나서며 스쳐가는 것들의 영혼을 생각한다. 사라지는 것과 남아 있는 것을 생각한다. 박물관은 찰나와 영원이 함께 숨을 쉬는 곳이며, 민족의 삶이 걸어온 발자취 속에서 나를 발견하는 곳이기도 하다. 민족의 마음과 삶이 피워 낸 영혼의 꽃을 본다.

금강산의 미

금강산은 우리나라 자연미의 극점이요 완성을 보여주는 꽃이다.

우리나라의 자연을 상징하는 말은 '금수강산'이며, 자연미의 극치와 완결을 보여주는 곳이 금강산이다.

금강산과 만난다는 건 한국미의 절정과의 만남을 의미한다. 자연미의 본질과 진수를 보는 일이다. 백두대간에서 지리산까지 뻗어 내리며 산맥이 이룬 산의 나라, 삼면이 바다로 열려 있는 반도의 땅이 마음을 한데 모아 피워 낸 자연미의 금자탑이 금강산이다.

한국인에게 산은 자연 대상을 뛰어넘어 신앙의 대상이 돼 왔다. 한국인은 산정기를 타고 태어나 산으로 돌아간다는 의식이 있다. 산은 삶의 시발점이요, 마침내 돌아가야 할 귀착점이기도 한 셈이다. 지상과 천상을 연결해 주는 중간 지점에 위치해 있기에 언제나 신비와 동경의 대상이 돼 왔다.

한국인의 마음속에는 '청산靑山'이라는 이상향이 자리 잡고 있다. 산이 많은 환경 속에서 살아오는 동안, 어머니의 품속처럼 안기고 싶은 그리움의 대상이 되었다. 산 중에서도 가장 아름다운 금강산은 이 지상에서 달리 찾을 수 없는 이상 세계로 받아들여지며, 자연미의 총화를 보여준다.

금강산에 가려면 마음을 씻고 맑은 정신으로 갈 일이다. 착하고 착해서 마음에 넘쳐 나는 음률을 지니고 갈 일이다. 영혼의 피리 하나쯤 꺼내 불 줄 아는 사람과 동행하여 갈 일이다. 금강산은 눈으로 보지만, 마음으로 느껴야 한다. 금강산은 대자연이 완성한 거룩하고 광대한 악보요, 꿈틀거리는 서사시편이다. 인간의 손으론 상상도 할 수 없는 광대무변의 수묵 산수화이다.

어디를 둘러보아도 흠잡을 수 없이 화려, 우아, 섬세, 장엄, 단아의 미를 모두 갖추고 있다. 만물과 만상이 한자리에 경연을 펼치며, 이뤄 놓은 미의 완성을 보여준다.

평생에 한 번 금강산 구경을 하는 것이 옛사람들의 소원이었다고 들었지만, 나에게도 금강산에 갈 기회가 왔다. 부산 다대포항에서 풍악호를 타고 처음으로 북한 땅으로 간다는 것만으로도 전율과 긴장을 느끼지 않을 수 없었다. 2000년 7월 21일 오후 2시에 출항했다. 그날 밤을 자는 둥 마는 둥 보내고, 다음 날이 밝자 선상으로 올라갔다. 아침 5시경이었다. 북한의 산하가 어둠의 장막을 걷고 모습을 드러내 놓고 있었다. 나는 선상에서 처음으로 북한 땅에 첫 대면의 목례를 보냈다. 가슴이 뭉클해져 옴을 느꼈다.

풍악호 선상에서 바라본 북한 산하의 모습은 금강산에 가지 않아도 일찍이 볼 수 없었던 장관이 펼쳐지고 있었다. 끝없이 툭 트인 맑은 하늘에 온갖 형상의 구름이 둥둥 떠가고 있었다. 푸른 하늘을 배경으로 수많은 구름 덩이가 흐르는 장쾌한 시공 속에서 동이 터 오고 있었다. 나는 자연이 연출하는 장엄한 해돋이를 바라보면서 아름다움에 몸을 떨었다. 금강산 능선들이 또렷하게 눈에 들어오면서 빛과 모양들이 제 모습으로 환한 아침을 맞고 있었다. 하늘엔 반달이 떠 있고, 해가 떠오르고 있었다. 장전항이 바라보이고 으슴푸레 곱고 부드럽게 물결치는 듯한 산 능선 위로 무지개가 피어올라 우리를 반겨주고 있었다.

출항하는 전날만 해도 비가 내리고 태풍이 온다는 일기예보도 있어서 여간 걱정을 하지 않았다. 장전항에 내려 세관에서 간단한 통관절차를 마치고 9시 20분경에 버스를 타고 금강산으로 출발했다. 만물상 코스로 가는 길이었다. 금강산의 미美 중에서 제일로 치는 산악미의 극치를 볼 수 있는 코스다. 하늘 아래 땅 위의 만 가지 형상이 한데 모여 만물의 경치를 이룬다고 하여 '만물상'이라 하며, 오봉산의 줄기와 관음연봉의 줄기가 푸른 하늘을 타고 흘러와 만나 세상에서 다시 볼 수 없는 신의 걸작품을 만들어 놓았다. 산정에 오르면 동해를 한눈에 내려다볼 수 있다는 것이 또한 큰 기쁨이었다.

금강산은 속계俗界가 아니라 선계仙界였다. 산에 발을 들여놓는 순간부터 속진과 탐욕이 물에 씻긴 듯이 마음이 맑아지고 홀가분해졌다. 자연의 아름다움은 이렇게 인간의 마음을 한순간에 순치시키는 큰 힘이 있는가 보다. 천 가지 불상을 모셔 놓은 듯한 바위산이라 하여 '천불산'이라 부르는 곳을 향해 합장할 겨를도 없이 버스는 지나가고 나는 새롭게 전개되는 산세와 능선의 아름다움에 취해 넋이 빠졌다. 옥수수 밭과 회색 슬레이트 지붕의 단층 농가들이 늘어서 있는 양진리 마을을 지나 온정리 마을에 들어섰다. 금강산 입구에 위치해 있는 마을로서 3천여 명이 농사를 지으며 살고 있다고 한다. 집들은 허술해 보였으나 금강산을 배경으로 아름다움 속에 안겨 평화와 지복을 누리고 있었다. 통일이 되기만 하면, 이 마을의 행복한 주민이 되고 싶었다. 대금을 부는 법을 배워 금강산의 아름다움을 소리 내 볼까. 사진작가 되어 평생 동안 금강산의 미에 빠져 볼까.

만물상은 한국의 산악미를 상징한다. 우리나라의 산은 능선의 고요하고 부드러운 곡선의 미를 품고 있으며, 하얀 화강암 바위들이 층암절벽과 괴암괴석을 이뤄 형형색색의 특이한 경치를 보여주는 데서 돋보이고 있다. 초록빛 산색과 하얀 바위의 빛깔이 어울리고, 능선의 한없이 부드럽고 온화한 곡선과 바위들이 이루는 직선의 미가 한데 모여 독특한 산악미를 만들어 내고 있다.

바위들로 만들어 내는 만물의 형상은 아무리 보아도 신의 창작품이 아닐 수 없다. 곰, 용마, 망아지, 거북 등 온갖 동물들과 선녀, 나무꾼, 신선 등의 인물을 등장시켜 부르고 있다. 바위마다 전설이 생기고 바위 전설들이 모여 아름답고 거대한 설화說話의 세계를 만들어 버린다. 만물상은 온갖 형상만이 있는 게 아니고, 전설들로 말미암아 바위들은 생명을 얻어 숨을 쉬고 꿈틀거린다. 바위의 기묘한 형상들은 전설을 갖게 됨으로써 살아 움직이고, 만물상들은 시공을 초월하여 끝없는 상상의 공간을 창조해 놓았다.

만물상에 얽힌 얘기들은 어떤 것인가. 전설이란 영원 속에 남겨 놓고 싶은 인간의 가치 덕목이고 염원의 모습이라 할 수 있다. 전설은 얘기를 통해 영원을 획득한 삶의 목소리인 것이다. 바위들이 불변의 가치로서 전하고자 하는 말들은 무엇인가. 그 속에는 삶의 지혜와 미학이 깃들어 있다.

동물들의 움직이는 모습, 인간과 결부시킨 상상력, 여기에다 하늘과 통하는 신선사상과 인간의 가치덕목 등이 접목돼 있다. 만물상은 만 가지의 형상과 만 가지의 전설로 말미암아 상상과 신비와 초현실의 세계를 열어주고 있으며, 누구나 하나의 바위로, 하나의 신선으로 영원을 호흡하게 한다. 어찌 신비로운 세계가 아닐 수 있으랴. 만물상을 바라보는 순간부터 비유와 상징과 상상이 깃을 펴고 의인법 수사가 넘실거리는 전설의 세계, 한복판에 서 있음을 느낀다. 괴암괴석 하나하나에 의태·의성어가 꿈틀거리며 소리를 낸다.

천선대(936m)는 신선과 선녀가 하늘에서 내려와 놀았다는 전설이 내려오는 절경을 지니고 있다.

옛날 금강산에서 그리 멀지 않은 한 마을에 욕심 많은 부자와 50여 호의 가난한 사람들이 살고 있었다. 농사꾼들은 모두 부잣집의 땅을 빌어 농사를 지었다. 해마다 풍년이 들었지만 욕심 사나운 지주는 이런저런 구실을 붙여 곡식을 거둬들였다. 그래서 소작인들은 굶주림에 시달리다가 이상한 병에 걸렸는데 백약이 아무 소용이 없었다. 들리는 말에 의하면 금강산 천선대에 하늘의 선녀들이 내려오는데 그들이 가지고 오는 '천계화'라는 꽃은 향기만 맡으면 세상에서 둘도 없는 명약이라고 했다. 이렇게 되자, 마을 사람들이 모여 천계화를 구해 올 사람을 보내자고 의논하였지만, 남자들은 다 병에 걸려 있었고 여자들은 못 간다는 것이었다. 마을 사람들은 명약을 구할 방법은 알게 되었으나, 갈 사람이 없어서 다 죽게 되었다고 한탄하고 있었다.

이때, 마을에서 마음씨 착하고 인정이 많기로 소문이 난 '비단녀'라는 처녀가 천선대로 가겠다고 나섰다. 그날 밤 비단녀가 잠이 들었는데 꿈에 어떤 백발노인이 나타나서 천선대로 가는 길을 알려주었다. 비단녀는 아침 일찍 금강산 천선대를 찾아 나섰다. 만물상 입구에 들어서려는데 벌써 해가 기울어지고 있었다. 비단녀는 병고에 신음하고 있는 마을 주민들의 얼굴을 떠올리면서 어둠 속을 더듬어 바위를 톺아 올랐다. 그때 어디서인지 새 한 마리가 반가운 듯한 소리를 내며 앞서 나르고, 그 뒤로 황소 같은 짐승 한 마리가 길을 막는 나뭇가지들을 헤쳐 주며 길잡이를 해주었다. 비단녀는 길잡이를 따라 밤새 걸어갔다.

새벽녘이 되자 비단녀는 기진맥진하여 발을 헛디디는 바람에, 그만 벼랑에서 떨어져 몸이며 얼굴을 심하게 다쳤다. 동이 트고 해가 떴으나 비단녀는 정신을 못 차렸다. 이때였다. 하늘에 무지개가 서더니, 하늘의 선녀들이 내려왔다. 선녀들이 '화장호'에서 화장을 하고 풍악을 올리는 소리에 비단녀는 정신을 차렸다. 눈을 뜨고 살펴보니 주변 경치의 아름다움에 마음이 황홀해져 왔다.

이때 한 선녀가 비단녀를 발견하고 놀라며 성큼 내려와 물었다.

"그대는 누구신데 어찌하여 이곳까지 왔다가 이렇게 몸을 다쳤는가요?"

비단녀는 선녀에게 자기가 오게 된 경위를 말해 주었다. 그의 얘기를 듣고 감동한 선녀들은 화장수를 길어다 먹이니 상처는 언제 그랬느냐 싶게 말끔히 아물고 얼굴도 고와졌다. 처음에 비단녀를 발견한 선녀가 품속에서 한 떨기의 꽃송이를 꺼내 주었다.

"이 꽃이 천계화요. 이 꽃은 백 년에 한 번밖에 피지 않기 때문에 하늘나라에서도 아주 귀하오. 그러나 그대의 소행에 탄복하여 이 꽃을 주니, 속히 돌아가서 마을 사람들을 구원하고 그들이 다 나은 다음 마을 우물에 무지개가 비끼거든 이 꽃을 무지개 위에 던져 주오."

선녀는 비단녀에게 친절히 치료 방법까지 일러주었다. 또한 선녀가 빨간 꽃 한 송이를 주어 받아 쥐니까 몸이 새털처럼 가벼워져 하늘로 날아올랐다. 비단녀는 선녀들과 작별 인사를 하고 발밑의 금강산 1만 2천봉을 내려다보며 순식간에 자기 마을로 돌아왔다.

마을 사람들은 죽을 지경에 이르러 있었다. 비단녀는 마을 집집마다 다니며 천계화로 노인들부터 차례대로 치료해 주니 모두 병이 나왔다. 마을 사람들은 이 고마운 처녀가 비단녀라는 걸 몰랐다. 비단녀는 마지막으로 자기 집에 돌아와 아버지, 어머니를 치료하여 소생시켰다. 비단녀의 부모들도 자기 딸을 알아보지 못했다.

"아버지, 어머니! 저, 약을 구하러 갔던 비단녀예요."

비단녀는 자기 얼굴을 거울에 비춰 보았다. 실로 자신의 얼굴이 천선대에서 만난 선녀와 같았다. 비단녀는 천선대 화장호로 얼굴을 씻어 선녀처럼 된 사연이며 천계화를 구하게 된 것을 얘기해 주었다.

비단녀가 천선대에 갔다 와서 선녀처럼 되고 명약 천계화까지 얻어 왔다는 소문은 지주의 귀에까지 들어갔다. 욕심 많은 지주는 그 천계화만 있으면 세상에서 제일 부자가 되고 명의가 될 욕심이 생겨 무작정 천계화를 빼앗으려고 비단녀를 찾아와 덮치려 했다. 비단녀는 간신히 마을 우물까지 뛰어와 무지개에 천계화를 던지는 데 성공하였다. 천계화는 무지개를 타고 하늘로 올라갔다. 이것을 본 마을 사람들은 환성을 올렸고 지주는 울화병이 생겼다. 죽을 지경에 이른 지주는 천계화를 따오라고 천선대에 자기 딸을 보냈다.

지주의 딸은 아버지 병을 고치는 천계화보다 화장수를 바르기 위하여 천선대로 올라갔다. 그녀는 화장수를 보자, 얼굴에 자꾸자꾸 발랐다. 그런데 괴이하게도 화장수를 너무 바른 그녀의 얼굴은 곰보로 변해 버리고 말았다. 지주 딸은 화장수를 바른 다음에야 하늘에 대고 천계화를 보내 달라고 하였다. 하늘에선 천계화 대신 대줄기 같은 소나기를 퍼붓기만 했다. 지주의 딸이 할 수 없이 맨손으로 돌아오니, 마을 사람들은 크게 웃었고 지주는 곰보가 된 딸을 보고 그만 울화가 치밀어 죽고 말았다. 그 후 농민들은 모두 의좋게 행복하게 살았다.

지금의 천선대는 그때의 선녀의 내림 터이고 화장호는 그때의 화장수 단지이고 비단녀에게 선녀들이 입에 넣어 주었다는 물은 지금의 망장천이라 했다.

천선대에 얽힌 '비단녀와 천계꽃 전설'은 수많은 전설 중의 하나이다. 전설, 설화, 민화의 뼈대가 돼 온 권선징악이 주제다. 이 전설에서 '나무꾼과 선녀'처럼 인간의 삶이 선녀를 통해 하늘과 만나고 있음을 알 수 있다. 그렇다면 속계와 천계가 만날 수 있는 접경은 어디인가. 그곳은 말할 필요도 없이 이 지상에서 가장 절경처로 이상향이 돼 온 금강산이다. 금강산이 이상향이 되고 있는 것은 진眞, 선善, 미美의 결정체이기 때문이다. 금강산은 언제나 한국인이 동경하고 가 보고 싶어 하는 마음의 고향인 것이다.

만물상 구역엔 사방 어디를 둘러보아도 수묵 산수화 병풍을 둘러쳐 놓은 듯한 자연미에 넋을 빼앗겨 한동안 망연자실한 모습이 되고 만다. 관음연봉은 산세가 늠름하고 선이 굵은 바위산으로서 금강산 여러 봉우리 중에서도 특히 장중한 산악미를 드러내고 있다. 여름이면 여러 골짜기에서 폭포가 5~6개나 쏟아져 내리는 것을 한눈으로 볼 수 있다. 관음연봉의 대표적인 폭포가 관음폭포이며 높이 37m에서 쏟아지는 물소리는 장쾌한 맛을 느끼게 했다. 금강산이 눈을 감고 읊조리는 판소리 대목 같기도 했다. 물이 적을 때는 바위로 누워서 흐르는 모습이 비단필을 드리운 듯해서 비단 폭포라 부르기도 하는 모양이다. 금강산의 봉우리들엔 비로봉을 비롯하여 불교에서 나온 말들이 많은 게 특징 중의 하나다. 불교 사상의 영향으로 인한 것이겠으나, 바위에서 만년 침묵 속에 깨달음을 얻고자 하는 수도자의 모습과 이미 득도한 부처의 모습을 그리고 있음을 보는 것이다. 그것은 불변의 바위를 통해 영원과 깨달음을 얻고 싶어 하는 우리의 마음을 담은 것이리라. 만물상의 하나 하나의 이름과 전설들에선 하늘로 향하는 인간의 마음이 보인다. 금강산은 천계와 속계를 이어주는 산으로 존재하고 있다.

천선대와 함께 만물상 구역의 양대 전망대라고 할 수 있는 망양대는 동해를 바라볼 수 있는 곳이다. 만물의 형상을 바위로 빚어 놓은 듯한 금강산의 산악미와 또 한쪽으로 눈을 돌리면 망망한 동해의 시원스런 모습을 동시에 볼 수 있는 곳이니, 절경 중 절경이 아닐 수 없다. 한 줄로 서서 개미처럼 구름다리를 올라 정상에 섰을 때, 가슴께까지 차오르는 동해의 통쾌한 바람결에 가슴이 확 트였다. 망양대 꼭대기에서 아스라이 모습을 드러내는 금강산 제일 봉인 비로봉을 바라보는 감회가 감격스러웠다.

7월 23일은 금강산 답사의 마지막 날로 구룡폭포 코스를 택하였다. 구룡폭포로 가는 길은 만물상 구역과는 사뭇 다른 아름다움으로 다가왔다. 만물상이 금강산의 산악미를 아낌없이 보여주는 곳이라면, 구룡폭포 구역은 금강산의 계곡미를 여실히 보여주고 있었다.

온정리 마을을 지나, 조금 오르니 '미인송美人松'으로 불리는 홍송의 울창한 수림이 나타났다. "오, 미인송!"하고 나는 감탄했다. 백두산 가는 길목에서 미인송 숲을 만나 차를 세워 놓고 오랫동안 바라본 적이 있었다. 금강산도 미인송 숲부터 아름다움의 진수를 보여주고 있구나, 하는 생각이 들었다.

미인송은 한 그루씩 있을 때보다 울울창창한 숲을 이루었을 때라야 더욱 진가를 드러낸다. 소나무라면 구불구불 휘어진 나무의 모습을 떠올리기 쉬우나, 미인송은 하나같이 일직선으로 미끈미끈하게 하늘 높이 치켜 오른 모습이 날씬한 미인을 보는 듯하다. 어찌 자연의 미인들이 수없이 모양을 뽐내는 숲을 그냥 눈으로만 보고 지나치는 것이 서운하지 않겠는가. 미인송은 보통 소나무에서 보이는 곡선의 미를 취하지 않고, 쭉쭉 뻗은 직선의 미美와 나무의 붉은 빛깔이 산색山色에 보색을 이루어 독특한 아름다움을 발산하고 있었다.

우리나라의 자연을 상징하는 것 중 하나만을 든다면, 산일 것이다. 산의 생물 중에서 상징물을 든다면 소나무일 것이다. 그렇다면 소나무는 한국 자연의 상징수가 되는 셈이며, 한국인과는 불가분의 관계를 맺고 있다. 우리나라 산의 임자는 바로 소나무이기 때문에, 한국인은 소나무의 기운을 받아 태어나고, 소나무로 만든 집에서 소나무를 땔감으로 밥을 지어먹고 살다가, 죽으면 소나무 관에 넣어져 솔밭에 묻히게 된다. 아마도 한국인과 소나무는 떼려야 뗄

수 없는 인연이 있는가 보다.

미인송 숲부터가 예사스런 곳이 아님을 느끼게 해준다. 여기서부터 선계仙界임을 알려주는 듯하다. 미인송 숲을 조금 지나가니, 숲 속에 3층 돌탑이 남아 있을 뿐인 신계사 터가 나타났다. 신계사는 신라 법흥왕 때 보조국사가 세운 절로서 대웅전, 만세루, 칠성각, 극락전 등 여러 건물들이 즐비하게 늘어서 선조들의 우수한 건축술이 금강산의 자연미와 절묘한 조화를 보이던 사찰이었건만, 그 모습은 찾아볼 수 없이 사찰 터를 비켜 가게 되니 왠지 모를 쓸쓸한 기분이 밀려들었다.

계곡을 따라가는 길이라 완만하여 주변의 경치를 완상하며 가기 좋았다. 계곡에 배처럼 생긴 큰 바위가 놓여 있었다. 이를 배소(선담)라 부른다고 했다. 옛날 동해안에서 살던 세 신선이 배를 타고 금강산을 구경하려고 이곳까지 왔는데, 아름다운 산 경치에 매혹되어 더는 배를 타고 가기를 그만두고 내렸다. 세 신선은 배를 매어 놓고 앞에 있는 세존봉에 올라갔다. 그때 산으로 오르면서 다음과 같은 노래를 불렀다.

동해는 진주성이요

남해는 산호성이다

온 세계를 다 다니며 산천 구경하였건만

이렇게 좋은 데 어디 있으랴

쳐다보면 천봉만악

굽어보면 녹음방초

별유천지 비인간이라

나도 신선이 아니던가

에라~ 만수

세 신선은 금강산 경치에 매료되어 동해에 돌아갈 생각도 잊어버리고 천하 절경을 즐기면서 두고 온 배도 잊어버린 채 금강산에서 살았다. 어느덧 세월이 흘러 세 신선이 타고 와 세워 둔 배는 돌로 굳어져서 배 모양의 소를 이룬 것이라 한다. 신선이 경치에 넋이 빠져 돌아갈 생각조차 하지 않은 곳, 세상의 절경처를 모두 구경하여 보았지만, 더 이상 찾아볼 필요도 없는 곳이 바로 금강산인 것이다. 인간이 사는 땅이 아닌, 신선이 살 수 있는 선계임을 말해 주고 있다.

아름다운 명산은 산악미와 함께 계곡미를 지니고 있다. 산악미가 외형미를 나타낸다면 계곡미는 내면미를 드러낸다. 산악미와 계곡미는 산의 아름다움을 입체적으로 보여줄 뿐 아니라, 생동감으로 다가오게 한다. 한국의 산이 이루는 미의 바탕 속엔 바위가 있다. 소나무와 바위는 그 어떤 곳에서도 조화의 미를 이룬다. 산과 바위는 만고불변의 상징으로 침묵과 명상의 한복판에 놓여 있다. 부동의 자세이기 때문에 정적이다. 그러나 산은 계곡이 있음으로서 움직이고 말을 하게 된다. 만년의 침묵을 깨트리는 물소리가 가슴을 서늘하게 식혀 준다. 계곡미는 한순간에 이뤄진 것이 아니다. 산의 만년 침묵과 명상 끝에 차차로 조화를 얻어 이뤄진 것이다. 바윗돌 하나, 나무 하나가 그 자리에 있기까지, 산세와 주변과 어울려 조금도 눈에 거슬림이 없이 지극히 평온하고 자연스럽게 조화의 미를 얻기 까진 오랜 세월과 미의식이 융화돼 이뤄진 것이리라. 계곡미는 산의 오랜 명상과 세월에 의해 이뤄진 아름다움이 아닐 수 없다.

금강산 계곡미의 진수를 보여주는 곳이 옥류동이다. 예로부터 수정 같은 물이 흘러내리는 골이라 하여 붙여진 이름이다. 앞에 있는 봉우리는 하늘에 피어난 한 떨기 꽃송이처럼 보여 '천화대'라 하며, 뒤에 있는 산은 수려하면서도 어여뻐 '옥녀봉'이라 부르고 있다.

옥류동은 사면을 둘러싼 산봉우리들로 의하여 하나의 별천지를 이루고 있었다. 수정을 녹여서 쏟아부은 듯한 맑고 푸른 담소가 옥류담, 비단필을 편 듯하고 구슬을 쏟아부은 듯 흘러내리는 폭포가 옥류폭포였다. 옥류동은 계곡, 바위, 산봉우리, 폭포, 나무, 화초 등이 어울려 계곡미의 진면목을 보여주고 있었다. 비단폭을 펼쳐 놓은 듯 부드럽게 흘러내리는 물과 부드럽고 섬세하기 그지없는 반석들이 있는 반면, 장대하고 선이 굵은 산봉우리들이 어울려 조화의 극치를 이루고 있었다.

신선이 아니더라도 이곳에선 옷을 벗어버리고 물속에 들어가고 싶어진다. 계곡물에 몸을 맡기면 비로소 산과 일체감을 이룬 것을 느낄 것이다. 산의 한 부분으로써 호흡하고 있다는 걸 알게 된다. 여기선 도저히 그냥 발길을 돌릴 수가 없다. 편편한 바위 위에 주저앉으며 거문고가 있었으면 싶다. 크게 심호흡을 하면서 금강산과 호흡을 맞대 보았다. 구비치는 아름다운 선형과 솟구치는 노래와 무한대로 펼쳐지는 절경을 눈과 가슴에 담아 두고 싶었다.

옥류동의 경치는 동양 미학의 절정을 보여주고 있었다. 어느 한 면의 미가 두드러져 강한 인상과 눈길을 자극하는 게 아니고, 고요롭고 부드러움 속에 힘찬 맥박과 굵은 선이 어울리고, 정중동淨中動의 미가 흘러넘치고 있었다. 단번에 경이로움에 압도되어 찬탄의 신음을 내놓지만 금세 시들해지는 것이 아니라, 두고두고 찬찬히 음미해야 할 미의 경지를 지니고 있었다. 단순미가 아니라 오묘하고 깊은 복합미를 지니고 있었다. 우리 자연만이 지닌 선율과 내면이 울려 나와 있었다. 어디선가 대금산조 가락이 옥류동에 흐르고 있는 듯했다. 절경지엔 사람들의 마음이 머무는 곳이요, 잊을 수 없는 곳인 까닭으로 전설과 노래가 전해 내려온다. 아리랑과 함께 우리 민요로서 가장 많이 불려지는 도라지타령도 옥류동의 전설에서 나온 것이다.

옥류동은 많은 시인 묵객들의 시와 그림의 소재가 된 곳이다. 아름다움이 절정에 이르면 사람들은 말문을 닫고 다만 입을 벌려 감탄할 뿐이다. 무엇부터 어떤 언어를 구사하여 이 아름다움을 그려낼지 막막해진다. 필설로써 진경을 그대로 그려 낸다는 자체가 극히 어려운 일이고 불가능한 일이다. 옥류동에서의 느낌이 바로 그러했다. 아름다워서 말문이 막히고 눈물이 날 뿐이었다. '아름답다!'는 외마디 감탄사를 발할 뿐, 달리 정신을 차릴 수가 없었다.

연주담은 물빛이 아름답기로 소문이 나 있는 곳이다. 초록빛 물빛은 캐나다 호수 등에서 보는 흰빛을 머금은 초록, '밀크 블루'와는 다르다. 깊고 아득한 비취빛이라고나 할까. 위와 아래의 담소가 연계되어 비취 브로치처럼 보인다고나 할까. 사철마다 다른 계곡의 풍광을 비춰 담는 거울이라고나 할까. 옥류담과 연주암 등 선경 속에 있는 맑은 담소는 금강산의 영혼이 아닐까 생각된다. 금강산이 자신의 아름다움을 한 번씩 비춰 보기 위해 마련해 둔 마음의 거울이 아닐는지 모른다. 담소는 늘 고여 있는 호수와는 달리 정숙하면서도 늘 새로운 물을 담고 있어 고요함 속에 새로움을 보여준다. 멈춰 있는 듯하지만 조용한 움직임을 보이고 있었다.

계곡미 중에서 장관을 펼치는 것은 무어라 해도 폭포일 것이다. 세존봉의 높은 봉우리의 층층절벽을 타고 내리는 비봉폭포는 금강산 4대 폭포 중의 하나다. 층암절벽을 타고 내리는 물이 활짝 깃을 편 봉황새의 모습과 같다고 하여 붙여진 이름이다. 높이 139미터에서 층암절벽을 타고 내리는 비봉폭포는 웅장 장엄 호쾌 수려한 모습과는 사뭇 다르다. 사방이 움푹하여 자주 일어나는 돌개바람에 물방울들이 안개로 변하면서 동그라미를 그리는 것이 봉황새가 날개를 펴고 너울너울 춤추며 하늘로 나르는 모양을 연상시킨다. 폭포가 세차게 사정없이 밑으로 낙하하는 게 아니고, 층층바위를 타고 비단옷을 입은 선녀가 미끄럼을 타듯이 소리 없이 내려오는 모습이다. 선녀의 투명한 옷에서 속살이 보일 듯 말 듯하다. 가장 섬세하고 부드러운 곡선과 느낌을 일직선의 폭포가 연출해 내고 있다는 것은 의외로운 일이다. 마치 꿈을 꾸는 듯한 환상의 세계로 몰아넣는다. 옛날 사람들이 "떨어지면 폭포요, 바위에 비스듬히 누워서 흐르면 비단필이요, 부셔져 흐르면 구슬이요, 고이면 담소요, 마시면 약수"라는 찬사를 아끼지 않을 만 했다. 비봉폭포 옆에 있는 폭포가 봉황새가 춤을 추는 것 같다고 하여 '무봉폭포'라 했다. 두 폭포가 나란히 있음으로 해서 입체적인 아름다움이 돋보였다.

금강산의 계곡미 중에서 백미를 보이는 것은 구룡폭포가 아닐 수 없다. 개성의 박연폭포, 설악산의 대승폭포와 함께 우리나라 3대 명폭포의 하나로 이름이 높다. 깎아지른 절벽의 높이는 150미터, 폭포의 높이는 74미터, 길이는 84미터, 너비는 4미터이며 수량도 많아 동방에서도 손꼽히는 아름다운 폭포이다.

하늘을 뒤흔들 듯한 폭포 소리, 억만 진주를 뿌리는 물안개, 끊긴 벼랑에서 천 길 흰 비단필을 드리운 듯한 힘찬 물기둥, 찬연히 솟아오르는 무지개…… 폭포가 떨어지는 밑에 있는 못이 금강산을 지키는 9마리 용이 살았다는 전설이 전해지는 구룡연이다. 9세기 중엽 최치원은 이곳에 와서 지은 시에서 "천길 흰 비단필을 드리운 듯하고 만섬의 진주알이 쏟아지는 듯하여라."라고 노래하였다. 구룡폭포의 물은 비로봉에서 시작하여 여러 골짜기의 물이 합쳐 흐르다가 팔담의 여덟 못을 거쳐 폭포로 떨어지며 구룡연 골짜기 안을 누비며 흐른다. 구룡폭포는 금강산의 미를 더욱 장엄하고 화려하게 빛내 주는 절경을 이루고 있어서 북한에서 천연기념물로 지정해 두고 있다.

구룡폭포 구역에서도 가장 높은 구룡대는 상팔담을 내려다볼 수 있는 곳이다. 쇠 사닥다리로 70도 쯤의 경사진 곳을 힘겹게 올라가서야 상팔담을 볼 수 있었다. 상팔담은 금강산 깊숙이 감춰 둔 진주와 같았다. 이런 깊은 계곡 속에 8개의 담소가 연이어 펼쳐져 있으리라곤 상상하기도 어려운 일이었다. 구룡대는 금강산의 만 가지 경치를 한꺼번에 바라볼 수 있는 전망대였다. 가슴이 툭 트여오고, 저절로 아, 감탄과 함께 눈물이 솟아오름을 느꼈다. 계곡 밑바닥에 새파랗게 물이 고인 담소가 비취 목걸이를 걸치고 있는 듯 빛을 발하고 있었다. 세상에서 이렇게 우아하고 신비스런 담소가 8개나 나란히 펼쳐져 있는 곳이 또 있단 말인가. 신이 공개하기 싫어서 금강산 깊은 계곡에 숨겨 놓고서 이따금씩 세상 나들이를 할 때 오곤하는 비경임이 틀림없다. 그렇기에 저 유명한 '나무꾼과 선녀'의 전설이 내려오는 현장이 되고 있다. 자연미의 극치를 이루는 곳엔, 그냥 넘길 수 없는 민중들의 요구에 의해 아름다운 전설이 전해져 오는 것을 본다. 아름다움의 생명력이라고나 할까. 전설에선 날개옷을 잃은 선녀가 나무꾼과 살다가 하늘에서 내려온 줄을 타고 천계로 돌아간다. 금강산은 아름다움으로 말미암아 하늘과 통할 수 있는 유일한 곳임을 다시 한 번 느낀다.

젊은이들에 못지않게 구룡대에 오른 칠순의 한 노인을 만났다. 하얀 모시 두루마기가 학인 양 우아하고 중절모자를 단정하게 쓰셨다. 울긋불긋한 등산복 차림 속에서 모시 두루마기를 입고 산에 오르다니, 군계일학처럼 돋보였다. 노구를 이끌고 저런 차림으로 산정에 오르기까지 얼마나 고생하셨을까 싶어, 위로 삼아 그 사연을 여쭤 보았다. 평생에 한 번 금강산에 오길 소원하였는데, 하늘의 도움으로 오게 된 노인은 마음이 설레었다. 목욕재계하고 의관을 정제하고 민족의 영산인 금강산을 성소에 참례하는 마음으로 올랐다고 토로했다. 저절로 고개가 숙여졌다.

금강산은 한 번 가면 다시 돌아오고 싶지 않은 곳이었다. 아기자기 하고 편안하며 아름다워 저절로 세속에 찌든 먼지와 때를 깨끗이 씻어주었다. 아름다움으로 영혼을 씻어주는 곳이 금강산이었다. 진실로 이것이 선계의 말 없는 선물이 아닐 수 없었다. 여행 일정상 해금강 코스를 답사하지 못한 것이 아쉬웠다. 다음으로 기약할 수밖에 없었다.

이번 금강산 답사에서 내가 시종일관 발견하려 한 것은 금강산이 지닌 미의 구성 요소였다. 우리나라 자연미를 상징하는 금강산에서 자연미의 완성을 보게 된다면, 과연 그 요소들이 무엇인가를 알고 싶었다. 단 한 번의 답사로 금강산의 미를 파악하려는 것은 과욕일 수도 있지만, 그 수수께끼를 풀어 보고 싶었다. 그것은 커다란 깨달음일 것이다. 금강산이 되어 천년만년의 명상 끝에 발견할 수 있는 깨달음…… 그것을 나는 알고 싶었다.

금강산의 미는 통합의 미가 아닌가 생각한다. 우리나라 자연미의 진수들을 전부 한곳에 모아 조화를 이룬 곳이 금강산이 아닐까. 만물상의 산악미, 구룡폭포의 계곡미, 삼일포의 해상미가 모여 신비하고 거대한 미의 세계를 이뤄 냈다. 내금강, 외금강, 해금강의 독특한 아름다움이 색다른 개성과 매력으로 빛을 발하고 있다. 화강암 산이 많은 우리나라 어느 곳을 보아도 동물의 형상을 빚어 놓은 듯한 바위들이 수없이 있건만, 금강산 만물상 구역엔 그러한 기묘하고 이상스런 바위들을 전부 모아 놓은 듯하다. 여기에 자연스레 샘솟아 난 전설들을 다 모아 놓은 듯하다. 금강산이 통합의 미를 지닌다는 것이 그러한 이유에서다. 또 산, 계곡, 폭포, 바다의 경치를 한눈에 바라볼 수 있지만, 사계의 풍광만은 너무나 달라 철마다 마음을 설레게 하는 곳이다.

우리나라 구비치는 산 능선의 기러기 날갯짓 같은 곡선이 그리움 속으로 뻗어 나가 영원의 시공 속에서 꽃으로 피어난 곳 금강산! 세계에서 으뜸인 한반도의 자연이 이루어 낸 미의 보석이여. 우리 민족의 마음 깊이 그 보석이 있음으로 하여, 우리의 영혼은 아름답고 향기롭기만 하다. 우리 민족은 그 아름다움으로 하나가 되어 미래를 가꾸어 나가며 문화를 꽃피우리라.

내소사 대웅보전의 꽃살문

내소사는 변산반도 능가산 중심에 핀 연꽃이다.

내소사 대웅전은 못을 쓰지 않고 지은 다포식 구조의 목조건물이다. 두 나무를 이을 때, 나무를 깎아 끼워 맞추었다. 경험 많은 목수는 못을 쓰지 않는 법이다.

대웅보전의 꽃살문은 우리나라 장식무늬의 극치를 보여준다. 이 꽃살문은 나뭇결 그대로 도톰하게 살이 오른 듯 양각하여 입체감이 드러난다. 꽃송이는 가로로 네 송이씩 일곱 줄로 여덟 짝의 문살에 수놓아져 있다. 꽃송이 하나에 꽃 이파리 네 개씩이 사방으로 뻗어 있다.

꽃과 꽃이 손을 잡고 춤을 추고 있다. 연꽃과 모란과 국화꽃이 사방연속무늬로 수놓인 문살…… 화사한 꽃밭. 꽃과 꽃이 손을 잡고 아름다움을 뿜어낸다. 그곳이 극락이 아니고 무엇이랴. 이상향이 아니고 무엇이랴.

천 년 세월에 단청의 색깔이 다 날아가고 말았다. 꽃의 빛깔과 향기도 세월에 빛이 바랬다. 모두 망각 속으로 사라져 버렸다. 꽃살문은 이미 화려함과 어여쁨 같은 욕심을 비워 버리고 맨살을 드러냈다. 천 년 세월 동안 이별에 솟는 눈물에 화장이 다 지워졌다. 맨얼굴이지만, 꾸밈없는 근본의 아름다움이 살아 있다.

화려한 단청이 사라지자 나무가 속에 품은 목리문木理紋의 아름다움이 연륜의 경지를 더해 준다. 굳이 색을 입혀야 돋보인다는 상식을 지워 버린다. 무욕과 순수의 정갈한 아름다움이 침묵 속에 피어 있다. 바깥의 색을 지워냄으로써 내면의 진실과 본색을 드러내고 있다.

꽃은 절정, 꽃자리는 최상의 상태를 말한다. 대웅전 꽃살문이 아무리 아름답다 한들 자연의 순리를 어길 순 없다. 화려한 단청은 서서히 보이지 않게 날아가 나무의 맨얼굴로 돌아왔다. 맨얼굴의 꽃송이들에게서 마음의 향기가 풍겨 온다. 꽃살문이 꽃밭이라면 그 문을 열고 들어가면 부처가 있는 불당佛堂, 그곳은 깨달음의 공간이다.

내소사에 처음 와서, 대웅전 꽃살문 앞에 우두커니 서 있다. 아름다움은 무엇인가. 꽃, 노을, 사랑, 무지개, 청춘은 빨리 사라진다. 바삐 사라지는 것은 감동과 아쉬움을 불러일으킨다.

　색과 향기도 버리고 편안해진 대웅전 꽃살문은 세월 속에 변하지 않는 깨달음의 꽃을 피워 냈다. 홀로 깨어 있는 촛불처럼 맑고 고요로운 얼굴이다.

　그 까닭을 물어서 무엇 할까. 빛깔도 없고 향기도 없는 천년 꽃들이 피어 있는 문을 본다. 궁극의 문일 듯싶은 그 방문 앞에 서서 깨달음의 꽃들을 눈부신 듯 바라본다. 빛깔이 없어서 더 선명하고 향기가 없어서 오래 남는 꽃들을 본다.

　천년 비바람에 씻기고 씻겨 무욕의 마음이 된 꽃들. 하얀 창호지를 배경으로 천년 꽃밭을 이룬 방문을 바라본다. 살그머니 꽃살문에 붙어 있는 둥근 무쇠 방문 고리를 당겨 보고 싶다.

문둥북춤

덩기덕~ 덩더러러러~
쿵기덕~ 쿵더러러러~

굿거리장단이 흐른다. 왁자지껄한 굿판에 문둥탈이 나와 춤을
춘다. 얼굴에 쓴 문둥탈은 고성 오광대의 어느 탈보다 크다. 살점
이 뭉개지고 울퉁불퉁 일그러진 얼굴이 보기에도 징그럽다. 검은
천으로 더덕더덕 기운 옷차림새는 그냥 입었다기보다 걸쳐 놓은
듯한 느낌이다. 한쪽 발은 신발도 신지 않은 맨발이고 허리엔 동냥
질할 때 필요한 쪽박 한 개와 짚신 한 짝이 궁상스럽게 매달려 대
롱거린다. 뱃구멍과 앞가슴을 드러낸 채 문둥이는 굿거리장단에
맞춰 몸을 움직거린다.

우리의 춤은 흥과 감정의 총화라고 해도 과언이 아니다. 술을 마시면 취하듯 흥에 취하면 춤이 된다. 멋에의 도취인 것이다.

어깨가 으쓱으쓱하면서 저절로 '좋다' '얼씨구'하고 감탄이 나오는 것도 모두 멋의 이치 때문이다. '신바람'이라고 하는 이 흥을 일으키는 데는 가냘픈 손끝이 한없이 움직인다. 손끝이 움직임에 따라서 어깨의 곡선이 움직이고 발의 움직임과 표정이 달라진다.

우리의 춤은 손가락과 팔의 율동이 먼저 시작된다. 춤출 때 손을 감추기 위해 저고리의 두 소매에 길게 덧댄 소매의 옷인 한삼을 입기도 한다. 이 한삼을 입는 것은 손보다 더 아름답게 흐르는 선의 미를 얻기 위해서이다. 손이 상하좌우로 흔들릴 때마다 한삼의 긴 소매는 공간을 차고 나는 듯이 날리고 이에 따라 어깨는 제멋을 살리며 으쓱거린다.

외씨 같은 버선발이 움직이는 듯하다가 멈추고, 멈추는 듯하다가 움직인다. 흐르는 듯이 앞을 나아가다가 돌아 나가는 흰 버선발은 춤의 균형을 잡아 준다. 버들잎이 날리는 듯한 손가락의 섬세한 움직임, 물결치는 듯 흐느끼는 듯 가락에 따라 반응을 보이는 어깨의 선, 맵시 있는 사뿐한 발놀림은 우아하고 은근한 내면의 미를 잘 표현해 준다.

문둥북춤은 손가락이 오그라붙어 손가락의 섬세한 움직임을 살릴 수 없다. 병들고 굶주림에 지쳐서 마음대로 움직일 수조차 없다. 한삼을 입은 것이 아니라, 몸에는 땟국이 흐르는 거렁뱅이의 옷차림새이다.

덩기덕~ 덩더러러러~
쿵기덕~ 쿵더러러러~

굿거리장단이 계속된다. 고성 오광대는 문둥북춤으로 시작된다 문둥북춤은 슬픔의 춤이며 한의 춤이다. 그래서 손과 발이 떨리고 팔과 다리가 떨리고 온몸이 떨리는 춤이다. 오그라붙은 손을 허공에 휘저으며 몸서리치는 모습은 처절하기조차 하다. 팔을 들어 공중으로 치켜 올리며 부르르 떠는 것은 하늘을 향해 한탄하며 뼈에 사무친 신음을 토해 내는 모습이다.

문둥북춤은 가냘픈 손끝이 하늘거리어 멋과 흥을 불러일으키는 춤이 아니다. 한삼을 입어 손보다 더 아름답게 흐르는 선의 미를 얻어 내고, 한삼의 긴 소매가 공간을 차고 날리고 외씨버선의 맵시 있는 발놀림을 염두에 둔 춤은 더욱 아니다.

문둥북춤은 절규의 춤이며 한탄의 춤이며 비애의 춤이다. 가냘픈 손끝의 움직임이 아니라, 온몸으로 떨며 추는 춤이다.

살점이 문드러지고 모두들 보는 것조차 질겁하며 피한다. 누가 문둥이의 비애를 안단 말인가. 천민 중에서도 가장 천민, 불행한 자 중에서 가장 불행한 자의 상징으로서 고성 오광대는 문둥탈을 표현하고 있다.

가슴에 얼마나 많은 한과 슬픔이 쌓였기에, 말 못할 사연이 뭉쳤기에 문둥탈을 쓰고 춤을 추는 것일까.

덩기덕~ 덩더러러러~
쿵기덕~ 쿵더러러러~

두 손으로 땅바닥에 놓인 소고를 잡으려고 하지만, 손가락이 오그라붙어 잡지 못한다. 문둥이는 땅을 치며 통탄한다. 슬픔의 끝에서 장단을 맞추고 눈물의 끝에서 소맷귀를 적신다. 소매로 눈물을 닦고 콧물을 닦는다.

두 번이나 소고를 잡으려다 실패한 문둥이는 더욱 소고를 잡고 싶다. 소고를 치며 춤이나 한 번 춰 보고 싶다. 어둠과 절망 속에서, 얼마나 구박을 받으며 저주와 한탄 속에서 살아온 나날인가. 문둥이는 슬픔에 목이 메인다.

"소고를 들어야지."

문둥이는 굿거리장단에 춤을 추면서 땅바닥에 놓인 소고를 집어 들고 싶다. '덩기덕~ 덩더러러러~' 굿거리장단에 맞춰 소고를 쳐 보고 싶다. 죽지 못해 살아온 질긴 목숨, 춤이라도 한 번 춰 보고 싶다.

문둥북춤은 대사가 없다. 혼자서 추는 춤이다.

한으로 응어리진 운명, 탄식의 인생을 어떻게 다 얘기하며 얘기해 본들 또 무슨 소용인가. 그래서 온몸 전체로 떨면서 춤을 춘다. 탄식의 끝에서 춤을 춘다. 팔을 한 번 휘저을 때마다 한숨이 하늘에 닿고, 발을 한 번 움직일 때마다 원망이 발자국마다 쌓인다.

"운명이란 뭐란 말인가."

문둥북춤은 비애의 끝에서 추는 춤이다. 온몸으로 하늘과 땅을 저주하며 추는 춤이다. 마침내 문둥이는 소고를 집어 든다.

덩기덕~ 덩더러러러~
쿵기덕~ 쿵더러러러~

굿거리장단이 빨라진다. 소고 채를 거꾸로 집어 들어 한 바퀴 돌려서 간신히 바로 잡는다. 소고를 들자 흥이 솟구친다. 문둥이는 팔을 들어 하늘을 휘저으며 땅을 굴리며 춤을 춘다. 춤에 벌써 흥이 흐른다.

"에라, 모르겠다! 춤이나 춰 보자."

굿거리장단은 어느덧 덧배기장단으로 바뀌고 있다.

　덩~ 덩~ 덩더~ 쿵더~

　가락의 호흡이 가빠지자, 문둥이의 춤사위는 신명으로 바뀌어진다. 문둥이가 치는 소고 가락이 '에라, 모르겠다!' '에라, 모르겠다!' 이렇게 울리는 것 같다.

　운명을 저주하고 한탄해 본들 무슨 소용인가. 죽으려 해도 죽을 수 없었던 목숨이 아닌가. 더 이상 저주받을 것조차, 비참해질 것조차 없다. 생명도 사랑도 소망도 다 팽개쳐 버린 지 오래다. 이래도 안 되고 저래도 안 되는 것을 어쩌란 말인가.

　덩~ 덩~ 덩더~ 쿵더~

　뭉둥북춤은 어느덧 무욕의 경지에 빠져든다. 저주도 한탄도 슬픔도 사라졌다. 문둥북춤은 무아지경에 빠진다. 어느덧 문둥이 자신도 문둥이임을 잊고 만다. 이제 더 바랄 것도 없다. 인생도, 소망도, 사랑도 다 던져 버린 지 오래다. 체념한 지 오래다.

　문둥북춤은 체념의 끝에서 추는 춤이다. 무욕의 경지에서 자신을 잊는 춤이다. 그것은 한의 극치이며, 추醜를 미美로 승화시킨 해

탈의 춤이 아닐까 한다.

　　덩~ 덩~ 덩더~ 쿵더~

　덧배기장단에 맞춰 춤추는 문둥이는 이제 문둥이가 아니다. 몸도 부자연스럽지 않다. 손과 다리도 떨리지 않는다. 팔을 휘저으며 소고를 치는 춤사위라든지, 발놀림이 경쾌하고 당당하기조차 하다.

　문둥북춤은 종내는 흥의 극치감에 빠진다. 문둥북춤은 한의 넋풀이며, 통한의 하소연으로 체념을 거쳐 무욕의 희열에 이르는 춤이다.

　덧배기장단에 문둥이의 덧배기춤이 벌어지면 '얼쑤!' '좋다!' 구경꾼들의 추임새가 더욱 흥을 돋운다.

　고성 오광대의 문둥북춤을 보고 민중들은 한을 푼다. 여기에 한을 푸는 실꾸리가 있다. 마음에 겹겹이 쌓인 공감의 언어가 무언중에 서로의 가슴에 흘러서 관중들을 취하게 만들어 버리는 것이다.

　경상도에서 친한 사람을 오래간만에 만났을 때, '아이구, 문둥아!'라고 인사하는 것을 볼 수 있다. 추醜에서 정을 느끼고, 정을 강조하는 데 추를 동원한다. 여기에 정의 미가 있다. 추를 애써 떨쳐 버리려 하지 않고 한 덩어리로 따뜻이 감싸 주려는 마음. 이것이 정에 약한 우리 민족의 끊을 수 없는 심성이다. 문둥이를 미움의 대상으로 삼지 않고, 마음으로 이웃사촌쯤으로 포용하고 있는 것이다. 그래서 반가움이 '아이구, 문둥아!'로 표현되는 것이다.

문둥북춤을 보고 민중들은 자신의 불행과 슬픔을 잊고 위로받는다. 나보다 더 불행한 사람이 있다는 것만큼 큰 위로가 되는 것도 없는 법이다.

문둥북춤은 거리낌 없이 대담한 춤이다. 한恨의 넋풀이인 동시에 잠시 문둥이가 절망과 한탄의 신음을 토해 보는 순간이다.

나는 언젠가 병신춤의 명인인 공옥진 여사의 병신춤을 본 일이 있고, '밀양 백중놀이'에 나오는 병신춤을 구경한 일이 있다.

공옥진 여사가 추는 병신춤, 이를테면 갖가지 곱사춤이나 앉은뱅이 춤들을 보면, 그것이 슬프고 비참하다는 생각보다 오히려 웃음보가 터지는 것을 느낄 수 있다. 그래서 관중들은 병신춤을 보고 박수를 치며 즐거워하곤 한다. '밀양 백중놀이'에 나오는 병신춤도 마찬가지다.

고성 오광대의 문둥북춤은 이와는 다르다. 진지하고 애통스러워 처음엔 관중들조차 소름 끼치는 절망과 섬뜩스러운 추를 실감하는 데서 문둥북춤은 시작된다. 하늘을 바라보고 통탄하고 눈물을 닦을 때, 관중들은 자신의 슬픔을 달래고, 오그라붙은 손으로 땅을 치고 콧물을 닦을 때, 가슴에 쌓인 한을 녹이는 것이다.

우리 민족에 있어서 한은 그대로 절망과 어둠이 아니고, 생명에 불을 지피는 불씨이다. 극한의 절망과 비애 속에서도 그대로 주저앉을 수 없는 강한 생명력의 맥박이 되어 주는 것이 한임을 공감하게 된다.

고성 오광대의 문둥북춤은 극한의 절망을 맛보고 그 어둠을 벗어 버린 춤이다. 이것은 모든 욕망을 벗어 버린 데서 얻어진다. 참다운 예술의 세계도 이와 같은 것이 아닐까 한다.

문둥북춤의 기능인 ㅍ 씨는 춤을 추고 나서 문둥탈을 벗으며 얼굴에 흐른 땀방울을 닦는다. 문둥북춤은 불과 5~7분밖에 걸리지 않지만, 한 번 추고 나면 온몸이 땀으로 젖는다. 온몸을 떨면서 추기 때문에 힘이 든다는 것이다. ㅍ 씨는 소매 깃으로 눈시울을 닦는다.

"춤추면서 울었습니까?"

그는 고개를 끄덕이며 웃는다. 문둥북춤을 추면 너무 슬퍼서 울지 않으면 출 수 없는 춤이라는 얘기다.

문둥북춤은 가장 추한 춤인 동시에 가장 아름다운 춤이다. 문둥북춤은 가장 슬픈 춤인 동시에 신명의 춤이다. 추를 미로 승화시킨 춤이며 슬픔을 환희로 승화시킨 춤이다.

---

*주註 문둥북춤은 무형 문화재 제 7호인 고성 오광대固城五廣大의 제 5과장科場 중 제 1과장에 연희되는 춤이다. 고성 오광대는 모두 5과장으로 구성되어 있으며 제 1과장이 '문둥북춤', 제 2과장 '오광대', 제 3과장 '비비', 제 4과장 '승무', 제 5과장 '제밀주小母'로 구성되어 있다.

세한도

겨울 산속의 움막 한 채. 산은 묵언정진黙言精進 속에 빠져 있다.

추사秋史의 세한도를 본다. 추사 김정희(1786~1856)는 실학자로 청나라 고증학의 영향을 받아 금석학을 연구하였다. 그는 추사체를 만들었고 문인화의 대가였다. 눈보라와 비바람을 막아줄 수 있는 최소한의 거주 공간인 세한도의 움막. 움막 한 채는 추사 자신일지 모른다. 산은 만년 명상을 가졌으면서도 겨울이면 어김없이 동안거冬安居에 들어 면벽수도面壁修道에 임한다.

초당 앞에 소나무는 어깻죽지가 꺾어져 있다. 뒤편의 잣나무는 고개를 들고 청청하다. 귀청을 울리는 바람 속에 어깨가 무너져 내린 소나무는 구부정하지만 푸른 기세는 여전하다. 잣나무는 하늘을 향해 일직선으로 치솟아 있다. 꺾어진 소나무는 늙은 몸으로 귀양살이하는 추사의 모습이고, 싱싱한 잣나무는 젊은 제자의 기상을 그린 것일까. 세한도는 즉흥적인 그림이다. 일체의 수식과 과장을 떨쳐 버렸다.

나무들은 가진 것을 다 내놓아야 혹독한 눈보라와 혹한을 견뎌 낼 수 있나 보다. 겨울이면 소나무, 잣나무 등 상록수들이 독야청청獨也靑靑을 뽐내는 게 아니라, 시련을 견뎌 낼 인고의 자세를 취하고 있다.

세한도는 간단명료하다. 더 이상 축약할 수 없는 세계이다. 초당과 앞뒤 편에 소나무 두 그루와 잣나무 두 그루로 삼각구도를 이룬다. 추사가 단숨에 그린 작품이다. 세 개의 공간 분할로 생겨난 여백은 침묵 속에 빠진 산의 모습이고, 자신의 사색 공간을 보여준다. 세한도는 고도의 압축과 감정의 억제를 보인 작품이다. 추사의 삶과 마음을 여실히 보여준다. 이 작품은 자신의 유배 생활의 삶과 풍경을 담아 놓은 마음의 자화상이 아닐까.

추사는 제주 유배지에서도 청나라의 최신간 서적을 읽을 수 있었다. 제자인 역관 이상적李尙迪이 중국에서 구해 와 보내준 것이었다. 그는 제자로부터 120권 79책에 달하는 〈황조경세문편皇朝經世文編〉을 받고는 크게 감격했다.

추사는 답례로 작은 집 옆에 벼락 맞아 허리 꺾인 낙락장송이 겨우 한 가지 비틀어 잔명을 보존한 형상을 그린 세한도를 이상적에게 주었다. 세한도는 불이선란도不二禪蘭圖와 함께 김정희 그림의 쌍벽을 이루는 작품이다. 갈필渴筆과 검묵儉墨의 묘미가 절묘하게 어우러진 문인화로서 국보 제180호로 지정되어 있다.

추사가 벼슬살이를 할 적에는 당대 최고의 명필이요, 금석학자로서 문화계의 중심인물이었다. 당대 최고 지식인의 한 사람이기도 했다. 제주도 유배 생활은 지금까지 누려 왔던 여유로운 삶과의 단절을 의미했다. 추사는 삶의 겨울을 맞아 고독과 절망의 어둠 속에서 뼈저린 소외를 맛보았다. 그는 유배지에서 자신의 삶과 서예에 대해 진지한 성찰의 시간을 보내곤 했다.

추사는 가슴이 꽁꽁 얼어붙는 듯 아픔을 느꼈다. 지금까지 중국 서체를 흉내 내는 데 급급했던 자신의 모습이 우습게만 여겨졌다. 중국 문화권에 빠져서 남의 문화를 답습하고 흉내 내던 모습이 부끄러워졌다. 추사는 한국의 서체를 얻어 내고 싶었다. 한국의 산, 강, 들판, 한국인의 성격에 맞는 선과 형태와 느낌을 담아내고 싶었다. 우리나라 자연과 민족의 마음이 담긴 서체를 창안해 내고 싶었다. 그의 가슴에선 번개가 치고 하늘을 뒤집고 천둥이 울렸다. 당대의 명필이란 허울과 명성을 벗어 버리고, 우리나라 자연과 기후와 마음으로 빚어낸 글씨를 써 보고 싶었다.

산 능선, 강물의 유선流線, 기와집, 초가집의 선들이 이루는 온화하고도 힘찬 맥박과 감정을 서체에 담아 보고 싶었다. 민족의 기개와 흥과 멋과 마음을 꽃피워 내고 싶었다. 추사 서체는 제주도 유배 생활에서의 고독과 소외가 준 성찰과 자각의 소산이었다. 대화자도 없는 유배지에서 절대 고독과 명상은 참다운 예술 세계의 길을 얻게 한 계기가 되었을 터이다.

예술가의 양식糧食은 고독과 침묵이다. 추사는 중국 명필과 서체를 익히느라고 임서臨書를 통한 절차탁마切磋琢磨로 세월을 보내온 사람이었다. 중국의 6체는 중국의 멋과 흥과 미와 중국의 자연경관과 문화 전통이 어울리어 빚어낸 서체임을 깨닫게 되었을 것이다. 거대한 중국 문명 속에 편승되어 있는 자신을 발견하고 망연자실하였으리라.

그의 제주도 유배 생활은 곧 세한도의 세계임을 말해 준다. 아무도 찾아오지 않는 침묵과 소외 속의 삶이다. 그는 고독과 소외 속에서 영화와 권력에서 벗어나 자신의 참모습과 해야 할 일을 찾아내었다. 사대사상과 강대국 문화에 젖어 있던 자신의 초라한 모습을 깨달았다.

추사는 겨울 한파에 어깻죽지가 꺾여 내려앉은 구부정한 몸으로 세한도의 초당에 들어 침묵의 한복판에 앉아 붓을 들었을 것이다. 막막한 바다를 바라보며 붓을 멈추지 않았을 것이다. 세한도 초당과 소나무는 동안거에 들어 오랜 침묵 속에 빠져 있는 자신의 모습이 아니었을까. 그는 '유배 생활'이란 설한풍雪寒風에 정신을 차려, '추사체'라는 독보적인 서체를 창안하여, 민족 서체를 내놓게 되었다.

고산孤山 윤선도, 송강松江 정철, 다산茶山 정약용 등이 모두 유배지에서 문학과 학문을 이룬 것은, 유배지에서의 고독과 침묵을 맞아들여 혼신의 집중력으로 독자적인 꽃을 피워 냈기 때문이다. 깨달음의 집 같은 세한도의 초당 한 채를 스스로 지어내려면, 안락과 호사만으로 안 된다. 영혼을 단련시키는 시련과 고통을 겪어 낼 세월이 있어야 한다. 겨울 산속에 어깻죽지가 부러진 소나무가 되어 보아야 한다. 모든 것을 버린 침묵과 고독 속에서 마음의 꽃이 피어난다.

겨울 산속의 움막 한 채. '세한도'란 깨달음의 마음 풍경이 다가온다. 추사가 손에 붓을 든 채로 문을 열고 나오고 있다.

울산 반구대 암각화

　어디서 1만 년의 바람과 햇살을 느끼게 하는가.

　울산 반구대 암각화 앞에 서면 선사시대의 거친 숨소리가 들려온다. 1만 년 전의 햇살이 와 닿고 강물 소리가 들린다. 선사시대의 나무 향기와 강물의 촉감을 느낀다. 대곡천을 건너가서야 반구대 암각화를 볼 수 있다. 문화재를 보호할 목적으로 근접하지 못하도록 막아 놓아 절벽의 암각화를 보지 못하고, 강 언덕에 세워진 망원경으로 살펴본다.

　신록이 물드는 5월의 산등성이 아래로 깎아 놓은 듯 반반한 흰 절벽은 자연이 만들어 놓은 12폭 병풍 같다. 1만 년 전의 시공으로 돌아가 알몸에 아랫도리만 가린 선사시대의 한 수렵인으로 반구대 앞에 서 있는 듯하다.

이 산골짜기 강변 절경 속에 누가 거대한 절벽을 발견하고 암각화를 그리려 생각하였을까. 이런 절벽은 한 개인이 마음대로 그림을 그릴 수는 없는 법이다. 선사시대 이 지역에 살던 사람들의 소망을 하늘에 전하려 새겨 놓은 것이 반구대 암각화였을 것이다.

반구대 암각화는 인간과 하늘이 소통하는 마음의 거대한 거울이 아니었을까. 강물이 지키고 절벽으로 돼 있어서 들어가 훼손할 수 없는 공간을 찾았을 터이다. 함부로 손댈 수 없는 경외와 신비의 영원 공간이다. 문자와 말로 소통하기 전, 시늉과 그림으로 의사소통을 했던 사람들의 간절한 소망을 형상화해 놓은 신성한 곳이다.

누가 이 거대하고 신통한 그림들을 절벽 위에 새김질했을까. 당시 최고의 그림쟁이들이 동원되었으리라. 그림을 잘 그리는 미술가일 뿐 아니라, 하늘과 대화할 수 있는 접신술사이거나 주술가를 겸한 사람일 수도 있다. 주민들의 염원과 마음을 전하기 위해서는 인간의 삶과 자연의 섭리를 통찰하고 조화와 순리를 알고 있는 사람들이 아니었을까.

절벽에 암각화를 영원 속에 새김질하는 일이야 말로, 삶 중에서도 가장 신성하고 거룩한 행위였을 터이다. 주민들이 함께 모여 제사를 올리는 제천의식이 거행되었을 법하다. 인간이 하늘에 마음을 고백하는 소통과 대화의 신성한 의식이 베풀어졌을 것이다. 바위에 암각화를 새기는 것은 영원불멸을 그려 넣는 신비, 인간이 할 수 있는 최상의 방도이리라.

반구대 앞에 선 선사시대 사람들은 숨을 죽이고 절벽에 새겨져 가는 영원의 조형 언어들을 바라보며 손을 모우고 기구하였을 터이다. 나도 암각화를 바라보며 넋을 잃고 고개를 숙이고 있다.

장엄하고도 엄숙한 시·공간이 펼쳐지고, 그림을 새기는 동안 무당이 나와 하늘을 향해 주술을 올리고 춤을 추었을 것이다. 암각화는 언어와 문자 이전의 세상에서 하늘과 소통할 수 있는 방법으로써 인류가 남긴 가장 영원에 가까운 기록 장치임이 분명하다.

알몸 차림의 선사인이 조각 기구로 섬세하게 짐승들을 새김질해 갈 때, 호랑이와 사슴, 고래의 거친 숨소리와 눈빛을 의식하며 순간과 영원을 함께 느꼈을까.

반구대 암각화를 보면서 선사시대 인간의 삶과 기원을 새겨 놓은 영원 언어를 본다. 암각화엔 선서시대 인간의 숨결과 햇살과 바람의 감촉이 느껴진다. 이처럼 오래된 거대한 그림판이 한반도 어디에 또 있을 것인가.

하늘을 향해 포효하는 호랑이, 물살을 가르며 물줄기를 뿜어내는 고래, 풀밭을 달리는 사슴의 뛰는 맥박 소리가 들려올 듯하다.

반구대는 높이 3m, 너비 10m의 'ㄱ'자 모양으로 꺾인 절벽 암반에 여러 가지 모양의 바위그림이 새겨져 있다. 암각화란 선사인들이 자신의 바람을 기원하는 마음으로 커다란 바위 등 성스러운 장소에 새긴 그림이다. 바위에는 육지 동물과 바닷고기, 사냥하는 장면 등 총 75종 200여 점의 그림이 새겨져 있다. 육지 동물은 호랑이, 멧돼지, 사슴 등 45점이 묘사돼 있다.

반구대 암각화는 거대한 수렵도이다. 수렵 생활이란 인간과 짐승들의 적나라한 생존경쟁이다. 인간과 맹수들간의 생사를 건, 달리고 쫓고, 고함과 비명 소리가 울리는 대결의 장場이었다. 선사시대 인간들의 삶의 현장을 묘사해 놓고 있다.

호랑이는 함정에 빠진 모습과 새끼를 밴 호랑이의 모습 등으로 표현되어 있다. 멧돼지는 교미하는 모습을 묘사하였고, 사슴은 새끼를 거느리거나 밴 모습 등으로 표현하였다. 바닷고기는 작살 맞은 고래, 새끼를 배거나 데리고 다니는 고래의 모습 등으로 표현하였다. 사람들의 모습은 탈을 쓴 무당, 짐승을 사냥하는 사냥꾼, 배를 타고 고래를 잡는 어부 등이 묘사돼 있다. 그물이나 배의 모습도 표현하였다.

선사인들은 사냥 활동이 원활하게 이루어지길 기원하며, 사냥감이 풍성해지길 바라는 마음으로 바위에 그 염원을 새겼을 것이다. 반구대 암각화는 동물과 사냥 장면을 생명력 있게 표현하고 사물의 특징을 실감 나게 묘사한 미술 작품이다. 사냥 미술인 동시에 종교 미술로서 선사시대 사람의 생활과 풍습을 알 수 있는 걸작품이다.

산 계곡 가운데로 흐르는 대곡천의 무르익는 2010년 5월의 봄 경치 속, 희미하게 보일 듯 말 듯한 반구대 암각화. 1만 년 전, 선사인들의 생존과 영원을 위한 대서사시요, 하늘과 땅을 울리는 대 오케스트라의 교향악이며, 거대한 한 폭의 신비도神秘圖이다.

한반도 최초의 미술 작품이라 할 암각화를 본다. 어디서 가슴을 울리며 1만 년의 숨결이 숨 가쁘게 다가오고 있는가.

정화수의 마음

어머니를 생각하면 정화수가 떠오른다.

이른 새벽, 식구들이 곤히 잠들어 있는 방에서 몰래 일어나 바깥에 나가시곤 했다. 한지 방문엔 달빛과는 다른 여명이 점점 밝게 투영되고 있었다. 날이 새고 하루가 시작되는 시각이었다. 어느 날, 마당 한쪽에 있는 변소에 가는 길에, 장독대 곁에서 누군가 촛불을 밝혀 놓고 있는 모습이 눈에 띄었다. 발소리를 죽여 가며 가까이 가 보았다. 어머니가 상 위에 물 한 사발을 올려놓고 손을 비비며 열심히 중얼거리고 계셨다. 어스름 새벽녘, 바람에 너울거리는 촛불 속에 정화수 한 그릇을 떠 놓고 꿇어앉아 기구하는 어머니의 모습은 보통 때완 사뭇 달랐다. 함부로 대할 수 없는 단아함과 신비감에 싸여 있어서, 말도 못 하고 오랫동안 지켜보고만 있었다.

정화수 한 그릇을 올리기 위해 어머니는 겨울 추위도 마다하지 않고 향나무가 있는 먼 우물까지 갔었다. 맑고 향기로운 물을 구하고 싶었던 것이다. 우물가에 향나무가 있으면 구충 기능을 해주고 물도 향기로워진다. 임산부가 해산을 하면, 멀리 향나무가 있는 우물까지 가서 물을 길어다가 아기를 목욕시키고 임산부에게 미역국을 끓여 주었다. 태어날 적부터 맑고 향기로운 마음과 몸을 가져 일생 동안 그러하길 원했던 것이다.

정화수는 하늘에 바치는 물이었다. 지극한 마음을 담은 생명수였고 마음의 얼룩을 닦아주는 정화의 물이었다. 마음이 맑고 향기로우면, 영혼 또한 투명해지리라는 걸 믿었다. 내 어머니만이 아니라, 예전 우리 어머니들은 정화수 앞에서 하루를 열었다. 맑은 물처럼 편안하고 순수하길 바랐다. 정화수엔 하늘이 담겨 있었고, 인간과 하늘을 이어주는 매개체였다. 하늘을 통해 영원과 순수를 얻고자 하였는지 모른다.

우리에겐 언제나 마음을 맑게 해주는 정화수가 있었다. 마음속에 이 순수의 물이 있음으로 해서 하늘과 교감할 수 있었고 푸른 영혼을 지닐 수 있었다. 티끌 하나 묻지 않은 가을 하늘과 정화수는 한국인의 심성을 이루는 바탕이었다. 세상에서 가장 깊고 푸른 하늘을 볼 수 있고, 가장 맑고 향기로운 물을 마실 수 있는 땅에 사는 겨레만이 갖는 청복이 아닐 수 없다.

깨끗한 하늘을 바라보면서 마음은 높고 맑아져 갔으며, 맑은 물을 마시면서 삶도 순후하고 진실해졌다. 고려청자의 비색이 어느 겨레도 흉내 낼 수 없이 깊고 오묘한 것은 맑은 하늘을 닮은 우리 마음이 담겼기 때문이다. 고려인이 '청자'를 통해 추구했던 순수한 청색을 '비색翡色'이라 불렀다. 인간이 추구할 수 있는 최고의 푸른 빛깔은 맑게 갠 날의 벽공碧空에서 찾았고, 거기서 이상을 느꼈다. 조선백자의 색色은 눈빛이라고 한다. 함박눈이 내린 뒤 맑게 갠 새벽 햇살이 눈 위에 비친 듯한 청정한 순백색을 백색의 극치라 여겼다. 최고의 색은 만들어지는 것이 아니라, 순수한 자연 상태, 그대로의 모습이 아닐까 생각한다.

고려청자에서 푸른 하늘, 조선백자에서 흰 눈雪의 빛깔을 추구한 것이라면, 지향점은 순수라 할 것이며 그 바탕엔 정화수가 놓여 있는 것이 아닐까. 우리 도자기엔 우리 겨레 마음이 담기고, 담담하고 고요한 깊이는 정화수의 마음이 담겼기 때문일 것이다. 세상에서 가장 길고 은은한 음파를 마음속으로 흘려보내는 신라와 고려의 종에도 정화수의 마음이 담겨 있다.

고려청자, 조선백자. 종, 석탑, 팔만대장경, 석불…… 한국의 영혼과 마음이 피워 놓은 정신의 꽃들엔 정화수가 놓여 있다. 정화수는 영원을 위한 물이기에 마를 수도 더럽혀질 수 없다. 한 그릇의 물을 떠 놓고 혼례를 올릴 수 있었던 것도 정화수를 신성시하였던 까닭이다. 천지신명에게 마음을 모아 맹세하는 의식에도 촛불과 정화수만 있으면 족했다. 정화수 앞에서 백년가약을 맺는다는 것은 결코 부끄러운 일이 아니었다.

어머니에게서 어머니로 대대로 전해 오던 정화수로, 우리 겨레의 마음은 매화처럼 맑고 향기로웠다. 참빗으로 한 올의 머리카락도 흐트러짐이 없이 빗어 올린 쪽진 머리, 단정하고 순결한 모습으로 정화수 앞에 꿇어앉은 우리 어머니! 기복사상도 있을 것이지만, 자연과 우주와의 교감을 갖는 순간이기도 했다. 하늘과 정화수 앞에서 부끄러움이 없는 삶을 염원하였다. 물처럼 겸허하고 순리에 따르면서 맑음과 목마름을 축여 주는 선善의 세계를 얻고 싶어 했다.

우리는 정화수를 잃어버리고 말았다. 이제 시골에 가도 정화수를 떠 놓고 새벽마다 기구하는 어머니의 모습은 다시 볼 수가 없다. 물이 오염돼 그대로 마실 수 없게 되자, 정화수가 사라져 버렸다. 산이 많아 석간수나 샘물을 떠 놓기만 하면 정화수가 될 수 있었는데 말이다. 어머니들도 정화수를 의식하지 않게 되었다.

마음속에 정화수를 잃고 나서부터 삭막함과 공허가 가슴에 자리 잡았다. 마음의 때와 양심의 얼룩을 씻어 낼 물을 찾을 수 없게 되었다. 마음은 황폐해지고 불안은 깊어져 간다. 부정과 비리가 늘어나고 진실과 순수는 얼굴을 숨겨 버렸다.

마음의 보물, 정화수를 다시 찾을 순 없을까. 마음속에다 정화수 한 그릇씩을 부어 이기와 탐욕의 때를 깨끗이 씻어 낼 순 없을까. 고려청자에서 맑고 투명한 하늘, 조선백자에서 순백의 눈빛을 담고자 했던 겨레의 마음을 되살릴 순 없는가. 정화수의 넋이 담긴 종소리를 다시 듣고 싶다. 정화수에서 새벽 여명과 서기를 느끼고 풀 이슬 향기를 맡아 보았으면 좋겠다.

직지直指의 세계

어떤 어려운 일이 생겼거나, 난처한 제안을 받았을 때 '생각할 시간을 달라.'고 요청한다. 자신이 해결할 수 없는 삶의 문제에 부딪혔을 때도 해답을 찾기 위해서는 '생각할 시간'이 필요하다. 생각의 심연에 잠겨야만 난마처럼 얽힌 고뇌의 실타래, 그 실마리를 찾을 수 있고, 양 갈래 길에서 어떤 길을 선택하는 것이 슬기롭고 가치로운 것인가를 판단할 수 있다.

그렇다면 '생각生覺'이란 무엇인가. '깨달음이 생긴다'라는 뜻이니, '생각한다'는 것은 '깨달음을 얻는다'는 말이 된다. 깨달음은 진리를 얻는다는 것이므로 어떤 문제든지 해답에 이를 수 있게 된다. 지극히 평범한 듯 느껴졌던 '생각'이란 말이 본질적이고 오묘한 깊이를 간직하고 있음을 알 수 있다.

깨달음을 얻으려면 어떻게 해야 할까? 이것은 인간의 영원한 화두이며 물음이다. 오랫동안 생각의 심연에 잠겨 있다 해도 깨달음에 이르기는 매우 어려운 일이다. 이기, 집착, 욕망으로부터 벗어나야 깨달음의 하늘을 볼 수 있고, 비로소 대자유를 숨쉴 수 있다. 이것은 인간으로서 세속적인 모든 기쁨을 포기하는 일이어서 도달하기 매우 어려운 세계인 것이다.

파스칼은 '인간은 생각하는 갈대'라 했으며, 데카르트는 '나는 생각한다, 고로 존재한다'는 말을 남겼다. 이 같은 말들을 종합하면 '생각=존재'라는 등식이 성립한다. 인간이 동·식물과 확연히 구별할 수 있는 척도로서 '생각하는 존재'를 들 수 있다.

인간이 생각을 통해 지향하는 삶의 궁극적 목표는 '깨달음=진리'에 있다. 이것은 지식이 아닌 삶을 통해 실천적으로 체득해야 한다는 점에서 구도의 길이 아닐 수 없다. '생각=존재'라는 등식은 무언가 미흡함을 느낀다. 나는 생각을 표현(기록)해야 존재하는 방식이 된다고 본다. 생각을 잊지 않고, 전달하려면 기록이란 방식을 통해서라야만 비로소 존재할 수 있는 것이다.

이런 가정을 인정하면, 자신의 삶을 기록하지 않았을 때는 '존재하지 않은 삶'이 된다. 이것은 참으로 무서운 말이다. 동·식물처럼 생태적으론 살아왔지만 문화적으론 존재하지 않았다는 것이 되고 만다. 역사라는 것도 기록으로부터 시작되는 것이므로 '기록이 없는 삶'이란 결과적으로 '역사가 없는 삶'인 것이며, '존재하지 않은 삶'이 되는 셈이다. 여기서 새삼 기록의 힘과 중요성을 실감한다.

자신의 인생을 기록해야만, 역사와 존재의 의미를 부여하는 인생으로 탈바꿈할 수 있는 것이다. 이것은 놀라운 자각이 아닐 수 없다.

나는 최근 청주고인쇄박물관에 간 일이 있다. 세계에서 가장 오래된 금속활자본인 '백운화상초록불조직지심체요절白雲和尚抄錄佛祖直指心體要節'을 인쇄했던 흥덕사지興德寺址에 위치하며, 1992년 3월 17일 개관한 고인쇄 전문박물관이다. 이곳에서 '직지直指'라는 말이 내 가슴을 찌르고 있었다. 손가락을 펴서 가리키는 것이 무엇인가. 이것은 필시 진리를 말하는 것이며, 깨달음의 세계를 가리키고 있음을 알았기 때문에, 가슴이 섬뜩해 짐을 느꼈다.

지상에서 현존하는 유일한 고려 금속활자본인 불조직지심체요절(간략 서명)은 고려 말기의 고승인 경한(1298~1374)이 역대 조사 스님들의 법어, 어록 등에서 선禪의 요체를 깨닫는 데 필요한 내용을 뽑아 역은 것을 1377년(고려 우왕 3년) 7월에 흥덕사에서 찍어 낸 것이다. 이 책은 현재 프랑스 국립도서관에 하권 1책 영본이 간직돼 있는데, 1887년 서울 주재 프랑스 공사로 부임하여 근무한 콜렝 플랑시(1853~1922)가 우리나라에서 수집해 간 것이 1950년 프랑스 국립도서관에 오게 된 것이다. 그 실물이 1972년 '국제 도서의 해'를 기념하기 위한 책의 전시회에 출품됨으로 인하여 이 지구상에서 가장 오래된 금속활자본임이 온 세계에 알려지게 되었다.

고려 말의 고승 경한이 말하고자 한 '직지'의 세계는 바로 깨달음의 세계이며, 이것을 기록을 통해 영원 속에 남겨 놓으려 했다. 영원 속에 남기려는 기록 정신이 지금 지구상에서 가장 오래된 금속활자본으로 구현돼 존재케 한 것이다. 나는 여기서 우리 민족의 영원을 향한 깨달음과 기록 정신에 대해 큰 감명을 받았다. 금속활자를 우리 민족이 발명했다는 것은 영원을 기록하는 가장 완벽한 장치를 얻어 냈다는 말이다. 이로부터 활자매체시대가 전개되었으니 한국인은 천부적인 정보 유전인자를 타고났음이 입증됐다.

세계 최초의 금속활자본을 비롯한 고인쇄본 책들은 모두 한지에 찍혀졌다. 오늘의 종이 수명은 불과 백 년 밖에 가지 못하지만, 한지는 천 년을 지나도 변하지 않는다. 백 년 미만을 사는 인간에겐 천 년이란 곧 영원을 뜻한다. 이렇듯 우리 민족은 영원의 세계를 추구하고, 이를 기록하여 남기려 하였다. 영원 속에 퇴색되지 않는 불변의 언어, 깨달음의 세계를 '직지直指'로 가리키고 있는 것이다.

불조직지심체요절이 지구상 최초의 금속활자본으로 남아 있다는 것은 인류 문화사상 중대한 일이지만, '직지'를 통해 영원과 깨달음의 세계를 발견하고 있음도 소중한 정신적 유산이 아닐 수 없다.

어느덧 인쇄매체시대가 가고 영상매체시대를 맞이했지만, 한국인은 천부적 정보 유전인자를 지닌 덕분에 인터넷 사용률이 이미 세계적 수준에 도달하였으며, 상상력과 창의력을 통해 새로운 정보 세계를 열어가고 있다. '직지'가 가르치는 영원성, 기록성, 정보성, 깨달음의 세계는 일찍이 우리 민족이 터득한 문화 창조의 원동력이었다.

청주고인쇄박물관에 다녀온 이후부터 깨달음의 큰 손인 '직지'가 나의 폐부를 찌르며, 질문을 던지고 있다.

"당신의 삶은 무슨 의미가 있는가?"

"영원을 향한 깨달음의 길을 찾고 있는가?"

먹장구름 속에서 번개가 내리치며 내는 천둥 같은 그 질문이 내 가슴을 쿵쿵 울리고 있다.

징 소리

징~ 징~

장고 소리, 꽹과리 소리 가운데 황소 울음소리처럼 뒤끝이 올라가며 울려 퍼지는 징 소리, 그것은 섬세하거나 정교한 음률이 아니고 투박하나 웅장한 울림이다.

징~ 징~

막혔던 가슴이 뚫리는 경쾌한 목청이다. 징 소리는 사람의 얼을 뺏는 마력을 지니고 있다. 하늘이 울리고 땅이 울리며 어느덧 우리의 가슴을 울려 놓고 만다.

농악놀이를 보고 있으면 꽹과리 소리에 흥이 나고, 태평소 소리에 신명 나고, 징 소리엔 무아지경의 도취 속에 빠져 버리게 된다.

징 소리에 넋이 빠져 버리면 체신도 격식도 필요 없어진다. 모두들 어깨춤을 으쓱거리며 궁둥이를 흥에 겨워 흔들며, 춤추지 않고는 배길 수 없게 된다. 놋쇠로 만든 징에 어떤 마력이 숨어 있는 것일까. 민중을 하나의 일체감과 황홀감 속에 빠뜨려 버리는 징 소리……

징 소리를 들으면, 우리 민족의 심지가 얼마나 깊고 웅대하였는가를 느끼게 된다. 서양 악기인 심벌즈에선 도저히 찾을 수 없는 장엄하고도 가슴속을 짜릿하게 해주는 박진감과 흥분에 떨게 하는 전율을 동시에 느끼게 한다.

징 소리는 민중의 가슴에서 울려오는 소리이다. 한과 슬픔과 외로움을 둘둘 말아서 던져 버리고 모두가 한마음이 돼 어울리는 신명의 리듬이다. 징은 혼자서 다루는 악기가 아니며 막걸리 한 사발씩 들이켜 얼큰히 흥이 오른 민중들이 함께 울리는 악기인 것이다. 악기라기보다 우리 겨레의 마음과 생활에 리듬을 불어넣는 신명의 도구라고 하는 편이 좋을 것 같다.

81년도 늦은 가을, 나는 경남 함양군 서하면과 서상면을 가르는 접경에 위치한 외딴집을 찾아간 적이 있다.

2대째 징을 만들어 오고 있는 함양 징 제조의 기능인 오규봉吳圭鳳 씨를 만나 보는 일과 징을 만드는 징점을 구경해 보고 싶어서였다.

오씨는 해발 6백 미터의 국도변의 외딴집에 징점을 지키면서 징 소리를 가다듬으며 살고 있었다. 살림집 마당 옆에 지어진 징점에 들어서자, 이글거리는 조개탄 불빛이 어둠을 밝히고 있었다. 오 씨는 당시 29세로 전문대학을 졸업한 뒤 서울에서 직장 생활을 하기도 했다. 징점을 40여 년간 지켰던 장인匠人인 아버지 오덕수吳德洙 씨가 별세하자 함양징의 맥락이 끊어지게 된 것을 안 그는 서울의 직장 생활을 청산하고 아버지의 징점으로 돌아왔다.

그는 징을 만드는 일엔 어설픈 풋내기에 불과했지만, 어릴 때 눈여겨보아 두었던 작업 광경과 징 소리를 들으며 징의 소리를 가다듬던 아버지의 모습을 잊을 수가 없었다. 아버지가 떠나면서 "네가 징점을 지켜야 한다."고 하신 유언을 저버릴 수가 없었다.

오 씨는 꺼져 있던 화덕에 다시 불을 지폈다. 자금 문제와 기술 부족이 그의 앞을 가로막았다. 빚을 내어 자금을 마련하고 선친과 같이 일을 했던 징 장인匠人들을 모아 기술을 배우고 익혀 다시 불을 지폈다. 그의 외로운 몸부림이 헛되지 않아 마침내 징을 만들어 낼 수 있었다.

"아직 아버지의 기술에 비하면 까마득하지요."

오 씨는 징의 울림이 구성지고 길어야 함은 물론이지만 중요한 것은 울림의 끝이 황소울음처럼 올라가야 한다고 했다.

징을 만드는 일은 곧 우리의 신명과 흥의 리듬을 만드는 일이다. 민중의 가슴에 환희와 활력을 불어넣는 악기를 만드는 일……

쇳소리를 가다듬어 그 속에 민중의 한과 비애를 짙은 그리움과 사랑으로 승화시켜 다듬어 내는 일은 어려운 일이다.

징을 만드는 일은 캄캄한 자정에 일어나 조용하고 맑은 정신으로 작업을 시작하여 이튿날 오후까지 계속하는 게 보통이다. 그러기 위해선 징점은 마을에서부터 떨어져 있어야만 한다.

원래 징점을 차리는 데는 까다로운 조건이 있었다. 삼수三水가 합쳐지는 곳이라야만 좋은 소리를 낼 수 있다는 것이다. 함양징의 장인 오덕수 씨는 징점을 차리기 위해 전국 각지를 돌아다니다 지리산과 덕유산의 산정기가 뻗은 곳, 세 갈래의 개울물이 흘러오다 합쳐지는 이 외딴곳에 징점을 차린 것이다.

평생 동안 징 일만 하다 세상을 뜬 그는 징소리 속으로 자취를 감추어 버린 것일까? 고요한 밤에 짐승의 울부짖는 소리도 아랑곳 없이 산마루의 외딴집에서 세 갈래의 물소리를 들으며 징 소리를 생각하며 많은 밤을 보냈으리라.

흘러내리는 물소리일지라도 다른 계곡에서 흐르는 물소리는 각기 다른 데가 분명히 있었을 것이다. 세 갈래의 물소리를 어떻게 하나의 소리로 조화시켜 놓을 수 있을까. 징 소리를 만드는 비결이 거기에 있었던 게 아닐까 한다.

삼수의 소리란 어떤 것일까. 깊은 산의 계곡을 타고 흘러내리는 세 줄기의 물소리가 한데 어울려 과연 어떤 소리를 내는 것일까.

이 소리를 마음으로 알아듣고 그것을 소리로 다듬어 내는 경지야말로 장인적인 재질만으로 될 수 있는 일이 아니고 선적禪的인 경지까지 도달하지 않으면 안 되리라고 생각한다.

징이 웅웅 울리며 내는 삼수의 소리는 하늘과 땅과 인간의 소리일지 모른다. 인간의 모든 감정을 하나의 소리로 빚어 자연의 소리와 합일시켜 놓은 것이 징소리가 아닐까 한다.

징 소리를 들으면 막혔던 가슴이 트이는 듯한 느낌을 받는다. 그것은 한국의 청명한 하늘과 산의 깊이와 땅의 말씀이 한데 어울려 우러나는 소리가 아닐 수 없다. 그렇기 때문에 징 소리를 듣고 가슴이 울렁거리지 않는 한국인이 있을 수 없고 저절로 놀이판으로 빠져들어 어깨춤을 덩실덩실 추게 만드는 것이다.

징은 가운데 부분과 바깥 부분의 두께가 다르다. 누구나 징의 틀은 만들 수 있지만, 본래의 징 소리는 내기가 어려운 것도 이 까닭이다.

고요한 호수에 돌멩이를 던지면 잔잔한 물 파문이 번지는 것을 볼 수 있다. 징에 이와 같은 물 파문 모양을 만들어 놓은 것과 새겨진 파장마다 두께가 다르게 된 것은 징 소리를 가다듬는 비법일 것이다.

서양 사람들이 과학적으로 징을 만들어 소리를 내어 보지만 우리 징 소리를 도저히 흉내 낼 수 없다고 한다. 우리의 징 소리엔 한국인의 마음 바탕과 영혼이 소리로 울려 나오고 있기 때문이다. 삼수의 소리인 까닭이다.

징소리를 듣는다.
한국의 소리, 그 마음이 울리는 소리를 듣는다.